文庫

沃野の刑事

堂場瞬一

講談社

目次

沃野の刑事

第一部　自死

1

ソニー社長の井深大というのは、まったくもって大した人物だ。
高峰靖夫はテレビを観ながら、一人感心してうなずいた。早くも一九六〇年にはアメリカに現地法人を設立し、世界へ向けて商売を始めた……敗戦からわずか十五年で、日本の工業製品が世界に通用するようになったのだと思うと、感慨もひとしおである。その立役者が、まさに画面に映るこの人物だ。

番組のテーマは七〇年代のビジネスマン。六〇年代後半はモーレツ社員が注目されたが、七〇年代に活躍するのはどんなタイプのビジネスマンなのか――そういうテーマで、実際に働く人たちが登場し、さらに井深大は経営者の立場から「望むべきビジネスマン像」を提言していた。「常に世界を意識しなければならない」「技術の革新に限界はない」。言葉の一つ一つが腑に落ちる。やはり、世界に飛躍した人の台詞は重い。

「父さん、何見てるの？」

息子の拓男が居間に入って来た。

「ああ、『ドキュメント70』だ」

「今夜、井深大だよね？」

「そうだ」

拓男が隣に腰を下ろす。恵比寿の自宅は三年前に建て替え、すっかり洋風になった。居間にはソファとテーブル。高峰は未だにこれに慣れず、畳にちゃぶ台の生活を懐かしく思い出すことがあった。しかし今やこの家で和室は、高峰と妻の節子の寝室だけである。拓男も娘の佳恵も洋間を自分の部屋にして、すっかり馴染んでいる。

「まだ勉強してたのか？」

「期末試験が近いからね」

拓男がテレビの画面に視線を据えたまま、指先で器用に鉛筆を回した。

「井深大って、すごいよね」

「そうだな」急に何を言い出すのかと思いながら、高峰は応じた。「戦後、裸一貫でここまでやってきて世界と戦っているんだから。それにしても、社長っていう感じがしないな」

「それがいいんだよね。偉そうじゃないのが」拓男が嬉しそうに言った。

「尊敬してるのか？」

「まあね。ソニーのラジオはいいし」拓男の趣味の一つが、ラジオの深夜放送を聴くことである。当然、ラジオはソニー製だ。

しかし、井深大を尊敬しているとは意外だった。高校の一年目が終わりかけている拓男と話す機会は最近少なく、何を考えているのかよく分からない。実際、警視庁捜査一課の理事官である高峰だけでなく、拓男も忙しいのだ。都立高の中でも進学校に進んだので授業は厳しく、帰宅しても部屋にこもって机に向かう毎日だ。唯一の趣味がラジオ……勉強しながら、深夜放送に耳を傾けているようだ。いったいいつ寝ているのかと心配になるぐらいだが、それは高校受験を終えたばかりの佳恵も同じである。俺の子どもたちが、こんなに勉強熱心になるとは思わなかった……節子も、口うるさく言ってきたわけではないのに。

「お前もこういう社長……いや、技術者になりたいのか？」

「どうかなあ」拓男が首を捻る。「まだ全然決めてないけどね」

警察官は、と言いかけ、高峰は言葉を呑んだ。高峰の父親も警察官で、親子二代で東京の治安維持に力を尽くしてきた。拓男が三代目になるかもしれないという期待もあるが、無理強いするつもりはない。拓男の成績なら、間違いなく大学へは行けるだろう。大学を出れば仕事は選び放題——もしかしたら国家公務員I種の試験を突破して、警察庁入りするかもしれない。そうなったらまさに、「トンビが鷹を生む」だ。

電話が鳴った。拓男が立ち上がりかけたが、高峰は「俺が出る」と制した。ちらりと壁の時計を見る。月曜日の午前零時……こんな日、こんな時間にかかってくる電話は、間違いなく自分宛だ。

「高峰です」

「理事官、石沢です」

「ご苦労さん」高峰の下にいる捜査一課の管理官だ。この男から電話がかかってきたということは、間違いなく重大事件——殺しである。

しかしその予想は外れた。

「お知らせするべきかどうか、迷ったんですが……」いつも歯切れのいい石沢にしては、あやふやな言い方だった。

「何だ、はっきり言えよ」高峰は語気を強めた。

「自殺です」

「おいおい」高峰はふっと息を吐いた。「それぐらいで一々電話されたら困るぜ」しかしすぐに、単純な自殺ではないと悟る。普通の自殺なら、そもそも本部の管理官に情報が上がることさえないのだ。特殊な自殺——もしかしたら著名人が自ら死を選んだのかもしれない。それなら、マスコミ対策などで所轄が本部に相談してくる可能性はある。

「『東日ウィークリー』の小嶋学編集長をご存じですか」

「――ああ」高峰は低い声で認めた。マスコミの人間との接触はご法度だが、隠しておけるものではない。次の瞬間、思わず声が上ずる。「まさか、小嶋が死んだんじゃねえだろうな？」

「いえ……息子さんです」

「小嶋和人か？」

小嶋の一人息子、和人は、去年の春に大学を卒業して商社に就職していたはずだ。早生まれでもうすぐ二十三歳――死ぬには早過ぎる。

高峰は、鼓動が速くなるのを感じた。会社で何かあったのだろうか？　新入社員は、とかく悩みを抱えこみがちだし……いや、既に就職して一年近くが経っているから、会社にも慣れて充実した毎日を送っていたのではないだろうか。

何があった？　小嶋とは意識して距離を置いてきたが、ここはやはり声をかけるべきだろうか。しかし、何を言っていいか分からない。

石沢から情報を聞き出し、高峰は電話を切った。現場へ出るべきか――いや、もう現場はない。和人が飛び降り自殺したのは昨日の夕方で、既に現場検証も終わっている。それに、自殺は所轄が処理するのが基本だ。本部の理事官である自分が首を突っこむと、所轄を萎縮させてしまうだろう。

だったら、この件にはどう対応する？　ただ葬儀に参列するだけでいいのか？

相談できる人間が一人だけいる。高峰は電話機に戻した受話器に手を置いたまま、相手の顔を思い浮かべた。もう長いこと話していないとはいえ、自宅の電話番号は知っている。

電話はかけなかった。

今夜の一件は一大事だが、それでも……二度と話さないだろうと思っていた相手なのだ。その決意を覆すほどのこととまでは言えない。

2

小嶋の息子が自殺した——この情報は月曜日の未明、海老沢六郎の耳には「情報」として入ってきた。一般人が自殺しても、警視庁公安一課の理事官である海老沢には直接関係ない。しかし、仕事でなくても様々な情報が集中するのが警視庁、特に公安部という組織なのだ。
「情報」は注釈つきだった。この自殺者には検挙歴がある。起訴もされなかった軽い案件だが、一応注意が必要——海老沢は注釈も含めて頭に叩きこんだが、心は揺れていた。小嶋とは長年——正確には、昭和二十七年を最後に会っていない。当時の彼は、『東日ウィークリー』の記者。その後はこの有力週刊誌の内部で出世の階段を上り、二年前からは編集長として誌面作りに采配を振るっている。『東日ウィークリー』は、警察に対してやたらと当たりが強い上、不祥事ネタなどにも強い。警察内部の不満分子をいいネタ元にしているようだが、そういう週刊誌との接触はご法度だ——特に海老沢のように、公安一課一筋で秘密の多い警察官人生を送ってきた人間にとっては。

しかし……今回の一件は、あくまで小嶋の私生活に関するものだ。職務上、接触は許されないのだが、通夜に顔を出すぐらいはすべきではないだろうか。線香をあげ、「御愁傷様でした」と悔やみを言っても、問題にする人はいないだろう。

だいたい今、海老沢に注意できる人間は限られている。公安一課では、自分の上にいるのは課長だけなのだから。心配なのは、ずっと敬遠してきた高峰と会う可能性が高いことだが、今回はあくまで特別だ。

結局海老沢は、数日後の午後、小嶋の一人息子、和人の通夜に足を運んだ。場所は都内——品川区にある小嶋の自宅にも近い寺。一応警戒して、海老沢は近くを一周してみた。『東日ウィークリー』や、発行元である東日新聞の関係者がうようよしていたら、参列せずに引き返すつもりだったのである。しかし見たところ、マスコミ関係者には見えない若者の姿が多かった。学生風、あるいは入社したてのサラリーマン……和人の学生時代の友人や、会社の仲間たちだろう。

小嶋とは話さず、急いで焼香して立ち去るのが一番いいだろう。本当は一言悔やみの言葉をかけたいところだが、余計なトラブルは避けたかった。

読経が流れる中、参列者の列に並ぶ。焼香は始まったばかりで、しばらく待たされることになりそうだ。誰かに気づかれるのを恐れ、海老沢はずっとうつむいたままでいた。とは言え、そうしているのが次第に馬鹿らしくなってくる。自分が、目立たぬ初老の男に過ぎないことはよく分かっていた。参列している人たちに見られても、誰だか分からないだろう。

ただし、小嶋がどう思うかはやはり気がかりだった。そもそも彼は、自分の顔を忘れてしまっているかもしれない……何しろ最後に会ってから、十八年も経っている。自分は今や、白髪頭と皺が真っ先に目立つ外見になっている。

線香の香りが濃く漂う中、読経が右から左へ抜けていく。この歳になると、通夜も慣れたものだが、今回はやはり重みが違う。特別な相手の家族が死んだ、と強く意識せざるを得ない。

自分と高峰、小嶋——小学生の時から仲が良かった三人組だ。戦争では小嶋だけが徴兵され、大怪我を負って日本に戻って来て以来、関係がギクシャクし始めた。自分も高峰も空襲の被害を受けたが、小嶋は怪我と病気の後遺症に長く苦しめられたのだから。戦後すぐに結婚し、混乱と貧乏の中で生まれた和人は、唯一の希望の星だったのだろう。どれだけ大事に育ててきたことか……。「これからは英語ぐらいできないと苦労する」と、小学校に上がる前から英会話教室に通わせ、教育にはたっぷり金をかけてきたはずである。それが実を結び、和人は無事大学を卒業して、学生に人気ナンバーワンの総合商社・朋明商事に入社……疎遠になっても、毎年届く年賀状には、和人のことしか書かれていなかった。小嶋にすれば、手塩にかけて育てた一人息子がようやく独り立ちして、ほっとしてもいただろう。もちろん、誇らしい気持ちもあったはずだ。

それが、入社から一年もしないうちに飛び降り自殺……仮に今も小嶋とつき合いがあったとしても、何と慰めていいか分からない状況だ。

とにかく、礼儀だけは尽くさないと。焼香の番が近づき、次第に緊張感が高まってきたが、そんなことでどうする、と自分を叱咤した。だいたい小嶋も悲しみに耐えるだけで精一杯で、自分と積極的に絡もうとはしないだろう。

焼香の番がきた。顔を上げ、遺影に目をやる。和人は背広にネクタイ姿で、穏やかない笑みを浮かべている……幼い頃に会ったきりだが、その頃の面影がわずかに残っている感じもした。わずか二十二歳で自ら命を絶つ決断をした若者……仕事柄、海老沢も死者と向き合う機会は少なくなかったが、ごく身近な人の死を前にすると、やはり冷静ではいられない。

　急いで焼香を済ませ、遺影に一礼、さらに遺族に向かって頭を下げた。視線はずっと床に向けていたので、小嶋がいるかどうかは分からない。とにかく義理は果たした……海老沢は早足にならないよう、わざとゆっくり、斎場の後方に向かって歩き出した。その瞬間、誰かがぶつかってきた衝撃によろめく。すぐに胸ぐらを摑まれ、息が苦しくなる――慌てて顔を上げると、真っ赤になった小嶋の顔がすぐ目の前にあった。

　十八年ぶりの再会。

「お前は……」小嶋が絞り出すように言った。「お前たちが殺したんだ!」

　小さな声だったが、そこに滲む苦悩と苛立ちは、海老沢の心をすぐさま侵食した。しかし意味は分からない……どうしてこんな因縁をつけられなければならないのだ?　そう、海老沢にすれば、まさに因縁でしかなかった。俺たちが殺した?　いったい何のことだ?

「お前たちが余計なことをしなければ……」

　小嶋の声に力が入る。このままずっと締め上げられても、耐えられそうではあった。小嶋は戦地で右肩に爆弾の破片を受けて以来、右腕があまり上がらないのだ。今も左手一本で締め上げているだけなので、窒息する恐れはない。むしろ心配なのは、斎場に静かに広がり始めたざわめきだった。通夜の席でこの騒ぎは何だ？　遺族を怒らせるほどひどいことをしたのか？

その時、自分と小嶋の間にいきなり割って入った男がいた。

「小嶋、よせ」

高峰。もう一人の会いたくない人間……それは向こうとて同じだろう。自由になった海老沢は一歩下がったものの、どうしていいか分からなかった。黙って立ち去るには、小嶋の発した言葉は重過ぎる。「お前たちが殺したんだ！」——まさか。「お前たち」というのは警察、あるいは公安のことか？　だったら因縁だ。和人は自殺したのだ。

「外で待ってろ」

振り返った高峰が小声で告げる。どうして高峰の指示に従わねばならない？　しかし海老沢は、むっとした思いと裏腹に、一礼して静かに歩き出した。高峰に命令されたのは気に食わないが、小嶋が何を考えているかは知りたい。高峰なら、間違いなく小嶋から事情を聞き出すだろう。

訳が分からないまま帰りたくない。

寺を出て道路を渡り、海老沢は一人歩道に立ち尽くした。仕事なら、理事官は運転手つきの車を使える。しかし今日は私用での外出なので、一人きりだ。身を隠す場所もなく、ただ高峰を待っているしかないのが情けない。しかも折悪しく、雨が降り始めている……三月になって寒さは少し緩んできたが、今日は雨のせいもあって、冬のようにぐっと冷えこんでいた。気温が上がらぬまま雨が降り続くと、夜には雪になるかもしれない。

傘を開き、斎場を出入りする人を観察し始めたが、逆にこちらが疑惑の目で見られているのを意識する。先ほどの騒ぎを見た人たちは、本当に自分のことを「人殺し」と思っているかもしれない。和人がどうして死んだかは分かっているはずなのに。

煙草があればよかったな、と思った。海老沢は煙草を習慣的には吸っていなかったが、大きな事件の捜査などで家に帰れない日々が続くと、つい手を伸ばしてしまう。単なるストレス解消の手段で、癖になっているわけではなかった。その証拠に、捜査が一段落すると、ぴたりと煙草を手放す。今は一種の「間氷期」で、手元には煙草はなかった。誰か知り合いがいれば、一本をねだることもできるのだが……。

雨が傘を打つ音が鬱陶しい。靴が濡れるほどではないが、既にアスファルトには水たまりができ始めていた。折しも大型のトラックが目の前を行き過ぎようとして、海老沢は慌てて傘を前に掲げた。トラックが撥ね上げた水が傘を直撃すると、手に圧力を感じるほどだった。

まったく……戦後、東京の道路は路地裏まですっかり舗装が進んだが、ここは既にだいぶ傷んでいる。忌々しく思いながら、海老沢は傘を振って雫を落とした。頭上に再度傘を差し上げた瞬間、道路の向こうに高峰が立っているのが見えた。傘は持っていない。高峰は素早く左右を見回すと、そのまま道路を走って渡った。信号も横断歩道もないところで——警察官失格だ。もっとも高峰は、昔から細かいことを気にしない男だったが。

「ちょっと話せるか？」高峰の方で切り出してきた。

「僕と話す気があるのか？」長い断絶の期間が引っかかる。

「今日だけは特別だ」高峰が海老沢を睨んだ。「小嶋の問題なんだぞ？　お前だって引っかかってるだろう」

「ああ」

「この辺、喫茶店とかないのかね」高峰が周囲を見回す。

「分からない」海老沢は首を横に振った。「あまり来たことがないんだ。お前は？」

「俺も知らん。しょうがねえな……うちの車の中でどうだ？」

「車で来てるのか？　公務でもないのに？」

「荻窪の特捜に行ったついでだ」

「資産家夫婦の強殺事件か」しばらく前に新聞紙面を賑わせた事件だ。

「よく知ってるな。お前は、うちの仕事になんか興味がないと思ってたよ」高峰が皮肉っぽく言った。

「新聞はちゃんと読むさ」

「そうか……こっちだ」

高峰が踵を返し、さっさと歩き始めた。傘がないので首をすくめ、早足で……相変わらずせっかちだ。傘をさしかけてやろうかとも思ったが、高峰と相合傘は気が進まない。

高峰は、大通りを左へ折れた路地に車を停めていた。高峰が近づくと、運転席に座っていた若い刑事が素早くドアを開け、外に出ようとした。高峰は「ああ、いいよ」と軽い口調で刑事の動きを制する。ドアを開けてもらうような人間ではない——というより、自分で開け閉めする方が面倒がないと思っているのだろう。高峰は、何でも自分でやらないと気が済まない男だ。

人間は、そう簡単には変わらない。宮仕えの終わりが見えてくる五十三歳になっても、若い頃の性癖はそのままだ。

高峰が先に車に入り、助手席側まで尻をずらしながら移動する。海老沢は運転席の真後ろに座り、ドアを閉めた。高峰が素早く黒いネクタイを解き、煙草に火を点けて窓を細く開ける。雨の音がまた車内に入りこみ、海老沢は喪服が濡れるような錯覚に襲われた。

「お前、まだ煙草吸ってるのか?」

「これぐらいしか楽しみがねえんだよ」

「映画も舞台もご無沙汰か」

「最近は、そういう暇はないね。本もろくに読んでねえんだ」高峰があっさり認めた。

海老沢たちは小嶋の影響で、戦前から映画館や芝居小屋に入り浸っていた。しかし戦争、そして終戦後の混乱の中で、次第にそういう趣味からは離れてしまった……海老沢は戦後、洋画専門で映画だけはよく観ていたのだが、今は映画館に足を運ぶ機会はほとんどない。仕事は忙しくなる一方で、とにかく時間がないのだ。今はせいぜい、テレビで放映される映画を観るぐらいである。

「おい」高峰が、運転席に座る刑事に声をかけた。

「はい」若い刑事が、緊張しきった口調で応じる。

「ここで聞いた話は他言無用だ。誰にも言うな。たとえ一課長に聞かれても喋るんじゃねえぞ」

「分かりました」若い刑事が唾を呑む音が聞こえてくるようだった。

「若い奴をあまり脅すんじゃないよ」海老沢は警告した。

「捜査一課では、これぐらいは脅しじゃねえぞ。でかい声で思い切って言わねえと、話が通じねえんだ」

「相変わらず乱暴な男だな」

「捜査一課はこういうもんなんだ」

高峰が慌ただしく煙草を吸った。通夜で溜まった悲しみや苛立ちを、煙草の煙で追い出そうとでもいう勢い……たちまち半分ほどを灰にしてしまい、細く空いた窓の隙間から煙草を道路へ弾き飛ばす。

「お行儀が悪いな」

「和人は、逮捕されたことがあるそうだな」海老沢の非難を無視して、高峰がいきなり切り出した。

「そうなのか？」海老沢はとぼけた。

「知らないのか？」高峰がぎろりと海老沢を睨んだ。

「どうかな……僕は知らない」

「お前のところだよ」

「うちが？　記憶にないな」この「芝居」は高峰に通じているだろうか、と心配になる。昔から鋭い男なのだ。

「大量に逮捕してすぐに釈放して……お前の所のやり方だと、容疑者の名前なんか一々覚えてねえわけか」

これについては反論できなかった。実際その通り――大規模なデモなどがあると、とにかく片っ端から公務執行妨害や暴行の現行犯で逮捕し、留置場にぶちこんでしまう。デモの勢力を削ぐための定番の手法で、実際に起訴される人間はごく一部だが、それは問題ではない。六〇年代後半、東大紛争を中心にした学生運動の最盛期に、公安部と警備部が手探りの中から採用した作戦だった。

「起訴はされなかった。そんなことになったら、普通に就職もできなかっただろう」

「ああ」

「小嶋は、その件が今回の自殺に結びついたんじゃないかと思っている」

「まさか」海老沢は反射的に言ってしまった。「今時の学生――若い連中は、そんなに柔じゃない。卒業したら武勇伝にしてるぐらいだよ」

「しかし、会社の方でそのことを知って問題視したらどうなる？」

「そうだったのか？」

「確証はねえ」高峰が首を横に振った。「しかし小嶋は、そう信じてるんだ」

「あり得ない」

「そうか？」高峰が探るように言った。

「小嶋は……ショックを受けているだけじゃないか？　一人息子が死んだんだから、

冷静でいられるはずがない。ちゃんとした動機があると信じたいんだろう」

家族を自殺で亡くした人間が一番悩むのがこれだ。遺書が残っていて、はっきりと自殺の動機が分かれば、まだ納得もできる。しかしそうでないと、「自分が悪かったのではないか」と疑心暗鬼になり、精神的な辛さは増す一方だ。

「お前のところから会社に情報が漏れたんじゃねえか？」

「それはない」海老沢は即座に否定した。「うちは、誰かを逮捕したという情報を、関係者以外に流したりしない」

「もしもその人間が、活動家の顔を隠して就職して、今でも過激派とつながっていたら？　依然としてお前らの標的だろう。潰すためには、どんな手でも使うよな？」

「和人が標的だったというのか？」

「小嶋がそう言っていた」

「あり得ない」海老沢は首を横に振った。「あいつは頭の中で、自分が納得できる筋書きを作ってるだけじゃないのか？」

「しかし、一度信じてしまったら、否定するのは難しいぜ。あいつ、この自殺を調べ直してくれって、泣きながら俺に頼んできやがった」

「調べ直すのか？」

「そういう捜査はしない――普通はな」

「だったら——」

「これはうちの問題だ。やるかやらねえかはこれから判断するし、それをお前に教える必要はねえだろう」

「そうかい」海老沢はドアに手をかけた。事情が分かれば、もうどうでもいい——高峰はどこか喧嘩腰で、まともに話ができる雰囲気ではなかった。十八年前のことを未だに気にしているのかもしれない。

「あいつにすれば、お前は公安の代表だ。だから、あそこで摑みかかったんだろうよ。気にすることはねえ——公安が何もしてなければ、な」

「公安は暇じゃない」海老沢は言ったが、自信は薄れ始めていた。もしかしたら本当に、小嶋の息子を潰そうとした人間がいたのかもしれない。日本を代表する総合商社で働く若手サラリーマンが過激派とつながっていたら、大問題だ。

「小嶋にすれば、今まで積み上げてきたものが突然崩れたみたいな感じだろう」

「だから調べてやるのか?」

「さあな」高峰が言葉を濁した。「とにかく、今の一件はそういうことだ。お前が気にしてるんじゃねえかと思って……一応教えたからな」

「ああ」

本当はここで「ありがとう」と言うべきなのだが、その一言が出てこない。二人の関係は――仲違いしたわけではない。ただ、それぞれの進む道が違ってしまい、接近すると悶着が起きると二人とも分かっていたが故に、接触を避けていただけだ。話すのは十八年ぶりだから、ぎこちなくなるのも仕方がない。

「じゃあ、僕はこれで」

海老沢はドアを開けた。濡れた道路に靴を置いた瞬間、高峰が「お前はこれで終わりなのか？」と訊ねた。

「何が？」海老沢は振り向いた。

「和人の件、気にならねえか？」

「僕は現場の人間じゃないんでね」海老沢は肩をすくめた。

高峰が何か因縁をつけてくるのではないかと思った。現場にいようがいまいが、刑事は刑事ではないか、とか。しかし彼は何も言わなかった。

傘を広げ、走り出す車を見送る。何も言われなかったせいか、かえって胸の中で疑念は大きく膨らんでいた。小嶋の息子は、一体何をしていたんだ？

通夜から本部に戻り、海老沢はさっそく管理官の迫田に改めて確認した。

「自殺した小嶋和人には逮捕歴があるそうだな」

「そうですね」迫田が海老沢のデスクの前で「休め」の姿勢を取る。そもそも、和人の自殺を知らせてくれたのがこの男だった。

「どこまで把握している？」

「詳しいことはあまり……」迫田が首を捻った。「所轄で終わっている話ですし」

「当時の情報が知りたい。もう少し詳しく調べてくれないか？」

「時間をいただけますか？」

「ああ、特に急がない――分かり次第でいい」海老沢はうなずいた。

さほど時間はかからないだろう、と海老沢は気楽に構えた。今年四十五歳の迫田は、純粋に戦後派の刑事である。海老沢のように、戦前の特高にルーツを持っているわけではない――そのせいかどうか分からないが、妙に如才がなかった。仕事は効率的にこなすし、そこに私情を交えることはない。今時の言葉で言えば「クール」だろうな、と海老沢は自分を納得させていた。海老沢自身、それほど熱くなるタイプではないし、そもそも公安で最も大事なのは「冷静さ」だから、これでいいのだ。事件で熱くなるのは、捜査一課の刑事だけでいい。

通夜に参列していた間に溜まってしまった書類を片づけ始める。今の海老沢の仕事の大半は、下から上がってくる報告書に目を通し、判子を押すだけと言っていい。七〇年安保に反対する運動が高まる中、過激派の捜査を担当する公安一課の仕事は増すばかりなのだ。そう、雑魚を相手にしている暇がないぐらい……戦前だったら、共産党員を予防拘禁、あるいは適当な容疑をでっち上げて逮捕することで、彼らの運動を壊滅させることはできたが、今や市民運動は分裂しながら広く深く蔓延している。相手にするのは共産党ではなく、共産党から分派した過激派だ。共産党は仮にも国会に議席を持つ合法的な政党だが、学生が中心になっている過激派は、海老沢の感覚では単に乱暴狼藉者の集団である。海老沢は、彼らの思想に対して善悪の判断を下すつもりはなかったし、そもそも興味も抱いていない。誰でも自由に物事を考え、集会でそれを発表し、話し合う権利があるのだから。彼らの掲げる革命思想は幼い――実現性の低い夢物語だとは思うが、それはそれとして……海老沢が問題にするのは、彼らの過激な活動だ。大規模なデモ、爆弾や火炎瓶などによるゲリラ闘争は、市民生活にまで悪影響を与える。そういうことを排除するのが公安一課の仕事である。戦前と違い、思想統制が目的ではない。

いつの間にか書類に没頭していた。「理事官」と声をかけられ、慌てて顔を上げる。目の前に立った迫田が、一枚の書類を差し出していた。

「もう分かったのか？」海老沢は目を見開いた。いくら仕事が早いと言っても、調査を頼んでから三十分も経っていない。

「それほど情報もありませんでしたから――逮捕されたのもだいぶ前の話ですよ」

「いつだ？」書類に目は通さず、海老沢は迫田に直接訊ねた。

「四十一年です」

「四年も前か……起訴されなかったんだな？」

「ええ。逮捕翌日には釈放されています。最終的には不起訴になっていますね」

「分かった。すまんな」

「いえ」さっと頭を下げ、迫田が下がった。海老沢は書類に目を通したが、大筋を把握するには、迫田の報告を聞いただけで十分だった。

まず、個人情報から――小嶋和人、昭和二十二年三月十日生まれ。東都大を経て、去年の四月に朋明商事に入社。家族構成もしっかり記されていた。逮捕された時に、この辺りについてはすぐに調べ上げたのだろう。そして和人はすぐに喋った――つまり、筋金入りの活動家ではなかったわけだ。過激派の中核メンバーは、仮に逮捕されても黙秘を貫く。家族の情報などを握られれば、それが弱みになることをよく分かっているのだ。

逮捕されたのは昭和四十一年十月十五日で、当時の和人は東都大の二年生だった。渋谷で行われたデモが荒れ、出動した機動隊と衝突、その最中に逮捕されたようだった。とりあえず身柄を拘束するための逮捕――公務執行妨害の容疑がつけられていた。

そして翌日には釈放――こういう場合、在宅のまま取り調べを続けて、容疑が固ま

れば起訴、そうでなければ不起訴になるのだが、和人は後に不起訴処分となってい
た。これは「容疑がない」わけではなく、「起訴するほどの犯罪ではない」という意
味での起訴猶予だったようだ。
和人と警察との関わりは、その時だけだった。しかし警察は、その後も和人の動き
を追ってはいた。当時はまだ、七〇年安保運動が盛んになる前の時期――いわば六〇
年安保と七〇年安保の「間氷期」で、世間も比較的静かだった。そもそも「いざなぎ
景気」と呼ばれる好景気がずっと続き、世間の人は「社会改革」よりも「金儲け」に
必死になっていた時期である。だからこそ活動家は目立ち、一度目をつけられるとそ
の後も警察にマークされる。ある意味「嫌がらせ」だが、それでうんざりして活動か
ら手を引いてしまう人間も少なくない。警察的にはそれで十分なのだ。過激派の戦力
を削ぐことになるのは間違いないのだから。
しかし、和人の情報は昭和四十二年の初頭で切れていた。完全に活動から手を引い
ていたか、警察の方でこれ以上調べる必要がないと判断したか、どちらかだろう。
報告書で分かることには限界がある。海老沢は個人的に、もう少し調べてみること
にした。調べた先に何があるか分からないのが不安ではあったが……理事官が直接指
揮できる係に命じることにした。公安は、自らの中に得体の知れない闇を抱えてい
る。公安一課ナンバーツーの理事官である海老沢は、その闇をよく知っていた。

3

高峰は通夜に出た後、渋谷中央署に向かった。既に四年前のこととはいえ、和人を逮捕したのはこの署である。当時の記録が残っているかもしれない。

渋谷中央署は、青山（あおやま）通りと明治（めいじ）通りの交差点沿いにあり、二年前、昭和四十三年に建て替えられたばかりだった。地上四階、地下一階の堂々たる庁舎のすぐ上を、その前年に開通したばかりの首都高三号線が走っており、ひどく近未来的な光景に見えた。東京の上空に蜘蛛（くも）の巣のように張り巡らされつつある首都高は、高峰が想像していた未来の街の姿そのまま——戦前、子どもだった頃に、雑誌の『キング』か何かでそういう絵を見た記憶があった。

四年前に事件を直接担当したのは、当然警備課である。高峰の顔が利く刑事課でどれぐらい情報が取れるかは分からなかったが、一つだけ有利な点があった。渋谷中央署には、かつての捜査一課の後輩、相良（さがら）がいるのだ。出世を重ねて、今や副署長。次の異動では捜査一課に戻り、自分の後釜として理事官になるのではないだろうか。高峰も、上にそう推薦するつもりだった。

「高峰さん」高峰が一階にある副署長席に近づくと、相良が笑みを浮かべて立ち上がった。昔は――初めて知り合った戦後間もない頃は、まだ少年のような面影が残っていたのだが、さすがに今は年齢を重ね、渋さが顔に表れていた。

「おう、久しぶり」高峰は軽く手を上げて挨拶を返した。「悪いな、遅くまで居残ってもらって」所轄は当直に交代している時間だが、事前に電話を入れて、待っていてもらったのだ。

「いきなりどうしたんですか？」既に私服――背広に着替えていた相良の顔に、一瞬影が過ぎる。何か問題が起きて、捜査一課の理事官がわざわざ顔を出したのかと、嫌な想像をしたのだろう。

「今、話せるか？」

「いいですよ」

相良がちらりと署長室を見遣った。すぐに「そっちでどうですか」と切り出す。

「じゃあ、使わせてもらうか」

相良は気を遣ったのだ、とすぐに分かった。渋谷中央署には、普段から警察回りの記者が常駐しており、副署長席にもしばしば顔を出す。夜になっても同じで、人目につかない署長室を使わせてもらえるなら、その方がいい。

署長室の応接セットに落ち着くと、高峰は素早く煙草に火を点けた。今日は吸い過ぎ……去年売り出されたばかりのセブンスターが軽くて美味いという評判なので愛煙するようになっていたが、それでも最近は、本数が過ぎると喉が痛む。長い間だいぶ体を痛めつけていたのだ、と実感することも多い。

「……で、ご用件は？」

相良が慎重に切り出す。高峰は煙草を指に挟んだまま、身を乗り出した。尻の下で、革張りのソファがきゅっと音を立てる。

「四年前の話なんだが」

「四年前ですか……」相良が顔をしかめる。「俺はまだ、捜査一課にいましたよ」

「それは分かってる。ただ、どうしてもその情報が欲しいんだ」

高峰は簡単に事情を説明した。相良の眉間の皺が見る間に深くなる。

「——つまり、公安が朋明商事に情報を流したと？」

「父親がそれを疑ってな……穿った見方をしているだけかもしれねえが」

「息子に自殺された親としては、何か明確な動機が欲しいんじゃないですか？」

高峰はニヤリと笑った。それを見て、相良が居心地悪そうに体を揺らす。

「……何ですか？」

「いや、俺も同じことを考えてたんだ」

「やっぱり、弟子は師匠に似るものですね」相良も相好を崩した。

「お前は俺の弟子じゃねえよ。自分で勝手に成長したんだろうが」

「いや、高峰さんの背中を見て育ったんですよ」

こいつともいろいろあった……出会った時は、捜査一課四係の先輩と後輩。後に高峰の階級が上がって上司と部下の関係になり、互いに異動もあったのだが、何だかんだで十年ほど一緒に仕事をしてきた。高峰にすれば、常に傍(かたわら)に置いておきたい右腕に成長してくれたのだ。

「分かりました。ちょっと調べてみますよ」相良が即座に請け合った。

「やれるか？」

「四年前ですから、資料をひっくり返してみないと分かりませんけどね。少し時間をもらえますか？」

「ああ、構わねえよ。助かる」

「高峰さん、相変わらずですね」相良がふっと笑った。

「何が？」

「やっぱり高峰さんは『情』の人ですね」

「そんなことはねえよ」急に照れ臭くなり、高峰は慌てて煙草をふかした。

「この件、内密で動いた方がいいですよね？　相手が『東日ウィークリー』の編集長ということは、周りに知られない方がいいでしょう」

「ああ」

「この小嶋さんとは、どういうご関係なんですか？」

「ガキの頃からの友だちなんだ」高峰は打ち明けた。

「幼なじみってやつですか」

「奴が戦後、『東日ウィークリー』で働き始めてからは、距離を置くようにしてきたけどな。あらぬ疑いをかけられても困るから」

「『東日ウィークリー』は、事件の記事だとあることないこと書き散らしますからね」相良が苦笑した。「最近、とみにその傾向がひどくないですか？　嘘を気にすることはないけど、警察に迷惑がかかるような話もあるからなあ」

「今回は、どうなるか分からんけどな。自殺の動機が分かったからといって、それを記事にすることはねえだろう。さすがに、自分の息子の自殺までネタにはしねえんじゃねえかな」

「でしょうね」相良がうなずく。「じゃあ、とにかく少し時間を下さい。何か分かったらすぐ連絡します」

「悪いな。一回借りにするよ」

「とんでもない」相良が顔の前で慌てて手を振った。「高峰さんにはお世話になりっ放しですから」

「お前、その悪い癖だけは直らねえな」今度は高峰が苦笑する番だった。「先輩をヨイショしても、一文の得にもならねえぞ」
「何言ってるんですか。本心ですよ」
そう言われれば悪い気はしないが、調子に乗っては駄目だ。警察官人生の最後は近づいているが、警視庁本部の庁舎を出る最後の日まで、緊張を解いてはいけない。

捜査一課で一番忙しいのは管理官だ。統括する係が所轄の特捜本部に入ると、顔を出して指揮をとらなければならない。しかも複数の係を束ねているので、事件が連続して発生すると、特捜本部をいくつも抱えることになる。高峰も、管理官時代が一番忙しかった。あの時は二年間、ほとんど休みを取らなかったのではないだろうか。

理事官になると、多少は楽になる。もちろん、捜査には責任を持たねばならないが、管理官と違って特捜本部に常駐するわけではないのだ。そんなことをすると、屋上屋(おく)を架す格好になる……時折顔を出して督励(とくれい)するぐらいでいい。基本は、一課長の補佐役としての仕事が多くなる。

そう、捜査一課の管理職の中では、理事官が一番楽かもしれない。一課長になると、毎晩官舎にマスコミ各社の捜査一課担当が夜回りに来て、その相手をするのも仕事だ。各社五分ずつ、順番に家に上げるようにしているのだが、それで一時間、二時間がすぐに過ぎてしまい、日付が変わる前に床につけることなど滅多(めった)にない。もちろん、高峰の家にも記者は来るが、ごく稀だ。そもそも高峰は、記者たちの間では「扱いにくい人間」で通っている。昔から記者とはなるべく接触しないようにしていたし、今も決して家には上げない。玄関先で一言二言話して終わりなので、敬遠されているようだ。

七時過ぎに帰宅した高峰は、NHKの夜のニュースを観ながら夕食を摂った。今日のトップニュースは、国立大一期の入試。昨年は東大の入試が中止になって大きな問題になったが、今年はその原因であった大学紛争もすっかり下火になっている。しかし国立大一期には、「紛争校」である千葉、新潟、金沢の三校が含まれているので、警察官が大量動員されて警戒に当たっていた。父兄が構内から締め出されたり、一部の大学で全共闘系の学生がビラ配りをしたりしたようだが、大きな混乱はなかった。
それにしても、受験生にとっては大迷惑だ……。

ニュースの後は、『特派員報告「断絶の世代」(アメリカの若者たち)』。ついつい見入ってしまった。六〇年代後半は「若者の時代」と呼ばれ、世界的に若者たちが既存の社会に不満の声を上げて立ち上がった。その流れは今も残っているが、そこに乗り切れず、社会の「溝」にはまってしまった若者たちの姿を紹介する狙いらしい。ベトナム戦争から帰還してアメリカの矛盾に悩む学生、カリフォルニアの山中で共同生活を送るヒッピー、首都ワシントンでアングラ新聞を発行する若者……日本の若者もいろいろ大変だろうが、アメリカは日本よりはるかに広く、人種も多様であるが故に、悩みもより複雑なようだ。

番組が終わると、拓男がすっと居間に入ってきた。テレビのチャンネルを替えてから、「まだ観てた？」と訊ねる。

「いや、いいよ」替えてしまってから言われても……高峰はテーブルを離れた。今日は通夜に出たせいか、精神的に疲れた。せめて風呂に入って、体だけでも清めよう。

拓男はテレビの正面の席に座り、頬杖をついて画面に見入っていた。『ゲバゲバ90分！』か……最近若者たちに人気のナンセンス番組だが、高峰には何が面白いのかさっぱり分からない。

高峰は立ったまま、新聞のテレビ欄を確認した。映画でもやっていないかと思ったが、観たいものは特にない……テレビで流れる映画には、最初は違和感しか覚えなかった。大画面で観てこその映画なのに、こんな狭い画面に押しこめて何が面白いのか。とはいえ高峰も、好みの映画をやっていると、ついテレビの前に座るようになった。

映画は、テレビのせいですっかり駄目になったと言っていい。先日新聞で読んだのだが、邦画の観客動員数は、全盛時の四分の一ほどまで落ちこんだという。やはり無料のテレビの方が気楽――安っぽいドラマや笑えないバラエティ番組でも、人はついつい観て時間を潰してしまうものだ。まして、本来は映画館で観るべき映画まで放映しているとなったら……映画館へ行く人が減るのも当然である。芝居も同様だ。戦前は映画と並んで「娯楽の王様」だったのに、最近は劇場を人が取り巻く光景などまず見られない。芝居が面白くなったというより、テレビに客を奪われたのだろう。

しかし何も、『ゲバゲバ90分！』を観なくてもいい……そう言えば、この「ゲバゲバ」という言葉は、デモ隊が機動隊と衝突する時などに使う「ゲバ棒」からきているのだろうか。流行(はや)りものに乗っかった感覚かもしれないが、あまりにも安易ではないだろうか。

馬鹿馬鹿しい。さっさと風呂に入り、気分をすっきりさせよう。

そう思ってシャツを脱いで下着姿になった瞬間、電話が鳴る。クソ……だいたい電話は、間が悪いタイミングでかかってくるものだ。台所にいた妻の節子が、素早く受話器を取る。

「はい、高峰でございます……あら、相良さん。ご無沙汰しています。いえいえ、こちらこそお世話になりまして……はい、今主人に代わりますね」

もう？　高峰は訝(いぶか)りながら受話器を受け取った。拓男に視線を送り、掌(てのひら)を二度、三度上下させる。拓男が肩をすくめて立ち上がり、テレビのボリュームを下げた。そのままテレビの近くの席に移動して、画面を見続ける。

「俺だ」高峰は普通に話した。仕事優先。下らないテレビ番組を観ている息子に気を遣う必要はない。「まさか、もう割り出したのか？」

「記録が残ってました。雑なものですけどね……自分なりにまとめましたけど、どうしますか？　今、話します？」

高峰は、電話台に置いてある鉛筆を手に取り、メモ帳を広げた。いや……今夜はやめておこう。

「お前の方でメモを作ってくれたんだな？」高峰は確認した。

「ええ」

「そいつを明日、俺の席に届けてくれねえか？　お前のメモを見た方が頭に入りやすい」相良には様々な美点があるが、報告書を作るのが上手いのもその一つだ。これがどうしようもなく下手な刑事もいるのだが、相良の場合は天性の才能なのか、実に簡潔に分かりやすく報告書を書く。喋って説明する方が、むしろ分かりにくい。

「分かりました」

「頼む。一回飯を奢るぜ」

「いえ、ですから、そういうのは……」

「俺は、お前と飯を食いてえんだよ。それならいいだろう？」

「だったら喜んでお供しますよ」

電話を切り、高峰は鉛筆をそっと電話台に置いた。相良は若い頃、何度も高峰の家に来て、節子の手料理を食べた。

「相良さん、お元気なの？」節子が訊ねた。

「ああ。さすがにだいぶ老けたけどな」

「声は若い感じだったわよ」

「顔が老けるのはしょうがねえさ……あいつももう五十過ぎだからな」

「やめてよ……」どこか嫌そうな口調で節子が言った。節子は今年五十二歳になる。高峰ほどではないが、最近白髪も目立つようになっていて、白髪染めするかどうか、真剣に悩んでいた。染めて気持ちが若くなるならそうすればいいと思うのだが、染めた後の手入れも大変らしい。

「ま、誰でも歳は取るってことだよ……風呂に入るぜ」

「はい」

節子にはずっと、面倒をかけっぱなしだ。病気がちだった高峰の両親をきちんと看病してくれたし、その後は子育て……二人の子どもが続けて生まれたのは三十代半ばで、子育ては体力的にきつかったと思うが、愚痴をこぼしたこともない。だから高峰としては、髪ぐらい自由に染めてもらいたかった。手入れに手間がかかってもいいではないか。子どもたちも、もう手がかかる歳でもないのだし。

間もなく警察を辞める日が来る。辞めても何か仕事をするつもりではいるが、今まで以上に忙しくなることはあるまい。だから、せいぜい女房孝行したい……しかしどうすれば節子が喜ぶか、さっぱり分からなかった。家のことは本当に任せきりだったのだと考えて、反省するばかりだ。

翌朝、出勤すると、高峰のデスクに一通の封筒が載っていた。どういう手を使ったのか、昨夜のうちに相良が本部に届けてくれたようだ。義理堅いというかせっかちというか、とにかくあいつは仕事が速い。

ざっと目を通した瞬間、高峰は首を傾げた。こいつは間違いなく、「見せしめ逮捕」だ。いや、間が悪い時に間が悪い場所にいただけ、というべきか……四年前のことで、当時の所轄の担当者も既に異動していて、詳細については分からなかったのだが、相良は調書を引っ張り出して、自分なりにまとめてくれたのだろう。

当時、和人は大学の二年生。多くの大学生と同じように、デモなどの活動に参加していたようだ。四年前といえば、六〇年安保の喧騒が遠くなり、現在の学生運動の騒ぎはまだ「芽」の段階だった……しかし学生たちは、何かと理由をつけては徒党を組み、デモしていた。

渋谷で行われたデモは、紛れこんでいた共産主義者同盟の扇動で途中から荒れ始め、警備していた警官隊と衝突になった。機動隊が投入され、全面的なぶつかり合いになる中、数十人が逮捕された。容疑はいずれも公務執行妨害で、その中に和人もいた——よくある話だ。最前線で機動隊に襲いかかった連中を、とにかく一斉に検挙してしまう。はっきり言えば、容疑などどうでもいい。相手の戦力を削いで、やる気を失わせる作戦だ。六〇年安保でデモ隊に国会突入を許して以来、政府主導で機動隊の増強、装備の近代化が進められ、「力で制圧する」警備が主流になった。その中で生まれた手法が、この「見せしめ逮捕」である。とりあえず大量検挙でデモの騒ぎを止める——きちんと事件化して、関係者を裁判に持ちこめるかどうかは別問題だ。

容疑は、「デモ警備をしていた機動隊員と揉み合い、公務の執行を妨害した」。これを見た限り、機動隊員に怪我を負わせたわけではなかったようだ。実際、機動隊員の装備は強固で、しかも普段から鍛えているから、学生が襲いかかったぐらいではびくともしない。

単なる見せしめだった証拠に、和人は翌日には釈放され、しばらく後には起訴猶予処分になっていた。

高峰の感覚では、大した話ではない。要するに、ちょっとした若気の至りではないか。一度や二度、警察の世話になっている若者は珍しくないし、起訴されなければ、前科として問題になることもない。

気になるのは、和人の「その後」だ。去年、無事に就職——しかも就職先は一流商社の朋明商事だ——しているのだから、学生運動からは完全に足を洗ったと考えるべきだろう。朋明商事ほどの会社なら、入社希望の学生の身元は徹底して調べるはずだ。逮捕された事実も摑んでいただろう。それでも入社させたのだから、「問題なし」と判断したのは間違いない。あるいはたまたま調査から漏れて、今になって問題になっていたのだろうか。

高峰は受話器を取り上げ、相良に電話をかけた。

「受け取ったよ。すまねえな」

「いえいえ、とんでもないです」相良の口調は軽快だった。

「所轄で摑んでいた情報はここまでだな？」

「ええ」

「釈放された後のこと——その後の活動については把握していないな？」

「少なくとも、うちが作っている名簿には名前は入っていません。本部の方はどうか分かりませんが」

「そうか……」

「高峰さん、正直言って、これは無駄というか……調べる価値があることとは思えませんよ」相良が遠慮がちに言った。

「まあな」高峰は渋々認めた。「ただな、友だちが困ってるんだから、少しでも力になりてえじゃねえか」

「友だちと言ってしまっていいんですか？」

問いかけに、高峰は言葉に詰まった。本当は、警察官として接触してはいけない相手——しかし自分も、永遠に警察官でいるわけではない。辞めたら友情が復活するのではないかと、淡い期待を抱いている。利害関係さえなければ、小嶋は大事な幼なじみなのだから。

「まあ……もしかしたら、会社内で何か問題があった可能性もあるからな」

「そこに首を突っこむんですか？」

「分からん。とにかくこの件は忘れてくれ。他言無用で頼むぜ」

「もちろんです。それと、気をつけていただきたいことが一つあります」

「何だ？」

「本部の公安も動いてるようですよ。まさか、今さら事件化するようなことはないと思いますが」

「そうか、公安か……」

海老沢。

あいつも密（ひそ）かに動き始めたに違いない。近いうちにまた会わないといけないだろうな、と高峰は覚悟を決めた。小嶋と話すよりも、よほど気が重い。

4

戦前は芝居の脚本検閲、戦後は共産党の監視・捜査から転じて、今は過激派捜査の最前線である公安一課のナンバーツー――海老沢は時々、自分の警察官人生の「波」を思い返して溜息をつくことがある。仕事を離れる日が近づいてきている今、こういう人生が正しかったのかと悩むこともしばしばだった。今さらやり直せないし、後悔しても何にもならないのだが……もやもやした気持ちに襲われる度に、海老沢は「こうするしかなかったのだ」と自分に言い聞かせることにしている。自分で選んだこともあれば、他人に指示されてやったこともあるが、結局全ては自分の責任だ。今は……とにかく俺には家庭がある。それだけでもよしとしなければ。

海老沢は結婚が遅れた。終戦後に妹を事件で亡くし、その後母親も悲嘆（ひたん）にくれたまま病気で没した。家族を相次いで失った結果、積極的に家庭を持つ気がなくなってしまったのだ。

しかし、警察というのは、お節介な人間が揃（そろ）った組織である。上司の紹介で見合いをし、十歳も年下の三浦貴子（みうらたかこ）と結婚したのは昭和二十八年。翌年の二月には一粒種の利光が生まれた。その利光がもう十六歳、高校生になっている。月日の流れる速さには驚くばかりだ。

海老沢は二年前、東横線の都立大学駅近くに家を建てていた。地下鉄日比谷線が開通し、東横線との乗り入れが実現した結果、警視庁の最寄駅の一つである霞ケ関駅へ行くのに便利な路線になったので、初めて自分の家を持つ街に選んだのだった。名前の通りに都立大の最寄駅であり、街には学生が多い。大学は公安の重大な監視対象なのだが、都立大では過激派学生の動きは目立たなかった。

家は駅から歩いて七分ほど、住所的には目黒区柿の木坂になる。周りには新しい家が多く、静かで清潔な雰囲気の街だ。家族全員、この環境が気に入っている。ただし利光は少し不満げ——高校が遠いのだ。中学生の時からサッカーに打ちこんでいる利光は、サッカーの強い私立高校に進学した。練習が厳しく、毎日帰宅も遅いせいか、学生運動などに巻きこまれていないのは幸運というべきかもしれない。最近は、デモや集会に参加する高校生も珍しくないのだ。

午後七時に海老沢が帰宅した時、利光はまだ帰っていなかった。学校は遠い——乗り継いで一時間近くもかかる大田区の私立高校に通っているので、帰宅は毎日午後八時過ぎ、九時近くになることもある。慌てて食事を終えると、もうダウンという毎日だった。それでいて成績もそれほど悪くないのは、どういうことだろう。

今日も夫婦二人きりの食事になった。面と向かって食事をしていると、何となく気分が沈んでくる。会話が弾まないのは辛い。昔からこうだった。妻は当時の警視庁幹部の娘――結婚した時は二十六歳だった。あの頃、女性で二十六歳の結婚はかなり遅かった。あまりにも大人しくて口数が少ないのが、結婚が遅れた原因だったかもしれない。

しかしこの結婚は、海老沢を組織の中でさらに引き上げてくれた。婚姻関係で出世が決まるなど馬鹿馬鹿しい限りなのだが、「引き」がよくなるのは事実である。既に亡くなった貴子の父親は、結婚した時には新宿中央署の署長を務めていた。警察官人生の終わりが近づいてはいたのだが、間違いなく警視庁内では有力者であり、その後海老沢が出世街道に乗るのに、この結婚が果たした役割は小さくなかった。

「お茶、もらえるか」

無言でうなずき、貴子が立ち上がる。無愛想というわけではないのだが、未だに海老沢とまともに会話するのを恥ずかしがっているような感じがある。それに比して、利光は明るく元気な若者に育った。いったい誰を手本にしたのだろう。

食後のお茶を飲みながら、音を小さくしたテレビの画面をぼんやりと観る。ちょうどニュースの時間……どうやら大学入試は無事に進んでいるようだ。混乱を予想して、公安部の人間も各大学に張りつけていたのだが、問題の報告はまったくない。これで一山越えた……しかし今年最大の山場は、まだ先にある。六月に安保条約が自動延長になる直前が、一番危険だろう。海老沢には、六〇年安保の時の一触即発の記憶が未だに鮮明だ。

玄関のドアが開く音がした。反射的に壁の時計を見上げる。七時半……利光が帰って来るには少し早い。

利光が、居間のドアを開けて入って来る。足を引きずっているとすぐに分かった。

「どうしたの？」さすがに心配になったのか、貴子が声をかける。

「ちょっと挫いただけだよ。大したことないけど、湿布、あるかな」

「はいはい」

貴子が居間を出て行く。利光が大きなバッグを床に置いて、椅子にだらしなく腰を下ろした。大きく息を吐いて、両手で顔を擦る。

「医者に行かなくていいのか？」海老沢は訊ねた。

「そこまでひどくないよ」

「怪我はどこだ？」

「右足首」

「利き足じゃないか」

「平気、平気」軽い調子で言って、利光がテーブルに出ていたたくあんをつまんで口に入れた。「行儀悪いぞ」

歯切れのいい音を響かせながら嚙む。

「腹減ってるんだ」もごもごとした口調で答える。

「飯を食うなら、ちゃんと治療してからにしろよ」

「分かってるって」

利光が靴下を脱いだ。確かに右足首が赤く腫れ上がっている。歩いて来たぐらいだから骨は折れてはいないだろうが、心配になった。貴子が薬箱を持ってきて、利光の前でひざまずく。利光は少し恥ずかしそうに「自分でやるからいいよ」と言って、貴子の手から湿布を取り上げた。痛む場所を確認して張りつけ、包帯を巻きつけ始める。器用なものだ……湿布が剝がれないようにするためではなく、患部を固定するための巻き方。

「お前、いつの間に包帯なんか巻けるようになったんだ？」

「先輩にやらされるからね。試合中に怪我しても、自分たちで何とかしないといけないから、自然に覚えるんだ」

「怪我の功名ってやつか」

「そんな感じで……これでよし、と」

利光が立ち上がる。二、三歩歩いて感触を確認していたが、納得したようで「ああ、腹減った。飯、もらえる？」と貴子に頼んだ。どうやら怪我は大したことがなさそうだ。電話が鳴る。薬箱を片づけていた貴子が出ようとしたが、海老沢は目で制して自分で受話器を取り上げた。

十係の係長、山崎（やまさき）だった。

十係だけは「遊軍」である。公安一課は、係によって担当する過激派セクトが決まっているが、十係だけは「遊軍」である。状況に応じて様々な捜査を行う――そして、海老沢直轄の部隊でもあった。係長の上には管理官がいて、複数の係を束ねているのだが、十係のみ、理事官の海老沢が直接指揮を執っていた。何か特殊な事件が起きた時に、自由に動かせる人員がいないと、たちまち捜査が行き詰まってしまうからである。もっとも、公安一課の口さがない連中は「十係は理事官お抱えのスパイ部隊」と陰口を叩いていた。そういう揶揄（やゆ）が耳に入ってしまうこと自体、問題があるのだが……。

「理事官、夜分に申し訳ありません」山崎がかしこまった口調で切り出す。

「大学か？」十係はここのところ、大学入試の監視を応援していた。今日も何事もなかったはずだ。

「いえ、先日の小嶋和人の件なんですが、ある程度調査がまとまりましたので、ご報告をと思いまして」

「もうまとまったのか？」海老沢は目を剝（む）いた。山崎に密かに調査を指示してからまだ数日しか経っておらず、しかも十係は大学入試警戒の応援で総出になっていたはずなのに。

「大したことではありません」山崎の声に自信が滲む。「いくつか重要な点だけを押さえてあります。電話を何本かかけるだけで済みました」

「分かった。それで、どんな具合だった？」

「小嶋和人は、公務執行妨害で逮捕された後に、学生運動からは完全に足を洗ったようです。逮捕されたのが、よほど応えたようですね。その後は、学生運動をやっている友人とは疎遠になって、真面目に勉学に励んでいたようです」

「それで一流商社の朋明商事に入社か……活動歴は問題にならなかったんだろうな」

「朋明商事に関しては調査していませんが、気にするほどのことではないでしょう。逮捕されただけで、前科がついたわけでもありませんし、そういう学生はいくらでもいます」

「そうか……」

「どうしますか？　もう少し詳しく掘り下げますか？」

「いや」一瞬言い淀んだ末、海老沢は「これで十分だ」と告げた。

十係に関しては、他の幹部に気兼ねなく、海老沢の一存で動かせるが、それにも限界がある。これは事件捜査ではなく、あくまで個人的な興味からの調査なのだ。本当なら十係を使わず、自分で全て調査すべきである。

「小嶋和人が当時所属していたセクトは、共革同だったな」

「ええ」

共革同はブントの一分派で、活動が盛んだった頃も、比較的穏健だったと記憶している。そして今は存在していない……他のセクトに吸収されたわけではなく、いつの間にか自然に解散した、と海老沢たちは見ていた。これもよくあること……学生たちは熱しやすく冷めやすい。

「当時の主だったメンバーの動向は摑んでいるな？」

「分かりますが、幹部連中でも、その後運動に関わっている人間はいないはずですよ。基本的には足を洗っています」

「小嶋和人より上の連中は、もう就職しているか？」

「おそらく」

「……分かった。当時のものでいいから、名簿が欲しい」

「どうされるんですか？」山崎の声に疑念が混じった。「理事官、ご自分で調べられるおつもりでは……」

「調べるかもしれないし、調べないかもしれない」

「必要なら、我々でやりますが」

「お前たちにはお前たちで大事な仕事があるだろう」海老沢はきっぱりと言い切った。「何か重大な問題になりそうだったら、また頼むかもしれないが、とりあえず名簿だけもらえれば十分だ」

「では明日、提出します」

「頼む」

電話を切って、海老沢はゆっくりと受話器を置いた。何だか肩が凝る……旺盛な食欲を発揮して夕飯を平らげている利光を横目に、海老沢は自室に引っこんだ。ここは寝る場所、そして書斎でもある。夫婦の寝室が別になってどれぐらい経つだろう。遅くまで資料を読みこんだりするので、貴子に迷惑をかけるわけにはいかないと、四畳半の和室を自分の部屋にしたのだが、結婚して初めて独りきりで寝た時、ほっとしたのを覚えている。

自分はいったい、何のために結婚したのだろう。この家族の意味は何なのだろう。

利光が明るく素直なことだけが、唯一の救いだった。

翌朝出勤すると、海老沢のデスクに一枚の紙が裏返しで載っていた。山崎の太く力強い字が裏移りしている。ひっくり返して確認すると、五人の人間の名前、住所、連絡先が載っていた。ざっと確認して、とりあえずすぐに話を聞けそうな人間に目星をつける。渋谷に本社がある食品会社に勤めている男がいいだろう。年齢——大学での年次は和人の一年上だから、事情をよく知っているかもしれない。

受話器を一旦取り上げたが、すぐに戻して立ち上がる。まずは山崎を労っておかないと。

公安一課の大部屋には普段から人が少ない——極秘の潜入捜査に従事していて、ここにはほとんど顔を出さない刑事も多いのだ。十係にも、係長の山崎しかいなかった。海老沢に気づくと、山崎がさっと立ち上がる。海老沢は右手を上げ、座るように無言で指示した。そうしておいて、自分は彼の斜め横の椅子を引いて座る。

「名簿は受け取った。助かったよ」

「理事官、事情聴取されるなら、やはり我々が——」

「大丈夫だ」海老沢は彼の申し出を途中で遮った。「俺も元々は刑事だからな。事情聴取ぐらいはできる」

「そういう意味ではないんですが」山崎が短く否定する。

この男は公安の刑事らしく、喜怒哀楽が滅多に顔に出ない。第一線の刑事としても優秀だが、むしろ部下の管理や捜査指揮に力を発揮する。それ故、比較的若い四十歳という年齢で本部の係長の地位にあるのだが、海老沢はさらに上に引き上げるよう、画策していた。

「この件で何を気にしておられるんですか？」

「情報漏れだ」海老沢は初めて事情を明かした。公安の刑事は、上の命令なら、いかにおかしなことでも黙って従うように教育されているが、これはやはり「捜査」ではない。きちんと話しておくべきだろう。

「情報漏れ？」山崎が眉をひそめる。「うちからですか？」

「分からん」海老沢は首を横に振った。「所轄の可能性もあるが、そもそも情報漏れがあったかどうかも分からない」

事情を説明すると、山崎の眉間の皺が次第に消えていった。

「理事官、考え過ぎではないですか？　共革同はもはや消滅していますし、この小嶋和人には、逮捕された後の活動歴は一切認められません。会社側に情報を提供する理由はないように思われます」

「つまり、理由があればやるわけだ」

実際、そういう裏工作を行ったこともある。学生時代の活動歴を隠して就職し、自分で給料を稼ぐようになると、所属している組織の「シンパ」として金を上納する――そういう人間は少なくない。資金源を断つためにも、「何某(なにがし)は過激派と今もつながりがある」という情報を会社側に密かに流すことはあった。

過激派の構成員を逮捕するだけでなく、資金源を断ち、組織の弱体化を図るのも、公安一課としての立派な作戦だ。

「とにかく、彼に関してそういうことがあったとは思えない。ただ、親がそう信じこんでいる」

「そうですか……放っておいたらいいんじゃないですか?」

「そうもいかないんだ」海老沢は顔を撫でた。「相手は『東日ウィークリー』の編集長だぞ? あることないこと書かれたら面倒だ。毎週五十万部も出てるんだから、影響力は小さくない」

「分かりました」山崎がうなずく。「何かあったら、いつでも言って下さい。マスコミ対応も、我々の大事な仕事だと思いますので」

海老沢はうなずき返したが、これは「マスコミ対応」ではなく、完全に個人的な問題だ。通夜の席で小嶋に摑みかかられた衝撃が、今も消えない。だが、あの時生まれた感情は怒りではなく、悲しみであった。大事に育てた一粒種が自殺――子を持つ親として、小嶋の苦しみは痛いほど分かる。小嶋本人が死にたがっているぐらいだろう。思いとどまらせるためには、和人の自殺の動機をはっきりさせるのも大事だ。

それが公安一課の捜査でないにしても、今回は例外措置として個人的に動くべきだろう。

小嶋と知り合ってから四十六年。関係が切れてから十八年。何かと皮肉な男で、扱いにくい一面もあるのだが、それでも海老沢の思い出の中では大事な「友だち」だった。二人とも――高峰を含めて三人は、間もなく仕事を離れる。今はマスコミと警察ということで利害関係がぶつかってしまっているのだが、三人とも現役を退け(しりぞけ)ば、昔のように呑気な友だちづき合いを復活できるのではないかと海老沢は想像している。そのためには、今のうちに小嶋の苦しみを取り除いて、昔の関係を取り戻す準備をしておくべきではないだろうか。そして自殺の動機を調べるなら、素人よりも警察の方がやりやすい――一肌脱ぐことに、抵抗はなかった。

5

相手は露骨に警戒していて、今にも電話を切ってしまいそうな様子だった。しかし海老沢は、長年かかって身につけたテクニックで、相手の注意を引きつけることに成功した。

沈黙。

「切るぞ！」と脅された時には、決してこちらから何か言ってはいけない。「待って下さい」の一言だけでも、こちらの焦り(あせり)を感じさせ、相手に精神的に優位に立つ機会を与えてしまうのだ。切られたら、何度でもかけ直せばいい。特に相手が会社にいる場合、本人は無視していても、他の人が電話を取りつぐので、とにかくしつこく繰り返すのが大事だ。

今回の相手——江森という男も「切りますよ」と言った。しかしその声には、怒りよりも必死さが感じられた。何とかこの急場を乗り越えたいと焦っているのが分かる。

海老沢は敢えて黙りこんだ。不快な沈黙は、江森に圧力を与えるはずだ——江森は結局、電話を切らなかった。ここで切っても抜本的な解決にはならないと分かっているのだろう。

「もう一度言いますが」海老沢は沈黙を破り、最初の説明を繰り返した。「あなたに問題があるわけではない。昔の知り合いについて教えて欲しいだけです」

「昔の仲間とは、もう……」

「知っている限りで構いませんよ」海老沢は愛想よく言った。「そんなに構えなくてもいいんです。気楽にお茶でも飲みながら話しましょう。そもそも本当に深刻な話題だったら、こんな電話をかけずに、いきなり会社を訪ねて行きますよ」

その説明が決め手になったようで、江森は今日の午後、会社近くの喫茶店で会うことを了承してくれた。面倒なことは早く済ませたい——会えば、何とか解決できると思ったのだろう。もちろん海老沢としても、ややこしい状況を作り出すつもりはなかった。

庁内の食堂で食事を済ませてから、警視庁を出る。今回は車を使わず、電車を乗り継ぐことにした。最近は動き回るにも不便になったな、と思う。昔は、都電が蜘蛛の巣のように都心部を覆い、山手線の内側だったらどこへ行くにも便利だった。しかし爆発的に増えている車との共存が難しくなり、廃止が相次いでいる。いずれは、車と競合しない地下鉄の路線に置き換わるという話だが、昔のように便利になるのはいつだろう。バス網は充実しているが、都内の道路は慢性的に渋滞しているので、仕事での移動では当てにできない。

結局海老沢は、地下鉄と山手線を乗り継いで渋谷に出た。昔から馴染みの街である。戦前から映画館や劇場に通っていたのだが、戦後の変化たるや恐るべきものがある。かつての面影は、もはやほとんど感じられない……二年ほど前には、昔よく通っていた映画館の渋谷松竹、渋谷国際の跡地に西武百貨店が開店し、人の流れがさらに激しくなった。その近くには東急百貨店本店もあり、渋谷は「買い物をする街」としても賑わい始めている。一方、昔ながらの呑み屋なども残っていて、夜になると給料の安い酔っ払いのサラリーマンを引きつける。若者の絶対的な数は増えたものの、全体では様々な年代、性別の人が入り混じって、混沌とした雰囲気が強い。今は渋谷駅西口ビルの工事が進んでおり、この秋に開業予定だ。そうするとまた、人の流れが変わるかもしれない。

渋谷は常に変化し続ける街だ。

変わらないのは人の多さ。江森の勤める会社は玉川通り沿いにあり、この街の裏道を知っている海老沢なら、人ごみに揉まれずに行けるのだが、今日は敢えて道玄坂の混雑に足を踏み入れてみた。

まあ、何とも歩きにくい……この賑わいは、戦後に闇市ができて賑わっていた頃とそっくりだ。今の渋谷の原型は、あの頃にあるのかもしれない。戦後二十五年……とても戦争で致命的な被害を受けた街とは思えない賑やかさで、日本の底力をはっきり感じる。ただ、この街にたむろする若者の服装だけは奇抜に感じられて、落ち着かない。やたらとすそ幅の広いジーパン、それに対して体を締めつけるように細いコート、その隙間から覗く花柄のシャツ……海老沢もジーパンぐらいは許容範囲——自分で穿くことはないが——だが、最近の若者のファッションにはついていけない。テレビのせいだろう、と思う。タレントたちの服装をカラーテレビで見て、それを真似したいと思うのは、若い世代にとっては普通のことだろう。戦後すぐに封切りされた『カサブランカ』を観て、自分がハンフリー・ボガートのコートに憧れたのと同じようなものだ。

十分近く歩いて、江森が勤める「大昭フーズ」に到着する。来る前に調べたところ、創業は昭和二年二月だった。前年が昭和元年――大正から昭和へ代替わりした時期に創業されたことを記念して、この社名にしたのだろう。

定礎を見て、五階建てのビルは戦後建てられたものだと分かったが、既にかなりくたびれていた。玉川通りと首都高のすぐ近くで、毎日排ガスを散々浴びるせいだろう。元々はベージュ色だったらしい壁は、あちこち黒くくすんでいる。そういえば海老沢も、最近咳きこむことが多くなった。排ガス公害の話題も、盛んに新聞を賑わせている。

大昭フーズの本社を通り過ぎ、近くのビルの一階にある喫茶店に入る。午後一時半――ガラガラだった。いかにもビジネス街の喫茶店らしい、と海老沢は一人うなずいた。東京の勤め人の行動は、どの街でも大体似通っている。昼休みの一時間、前半の三十分でそそくさと食事を済ませ、残りの三十分でコーヒーと煙草を楽しむ。その波が引いているのが、今の時間帯だ。

江森はすぐに見つかった。店の奥、トイレに近い目立たない席に座って、しきりに煙草をふかしている。黙って彼の前の椅子に滑りこむと、江森が驚いたように目を瞬かせた。コーヒーは減っていない。しかし灰皿には既に、三本の吸い殻があった。彼にとっての精神安定剤は、コーヒーではなく煙草なのだろう。

海老沢は、「警視庁公安部」という所属と、代表番号しか書いていない名刺を差し出した。最近は人と名刺を交換することは少なくなったのだが、そうせざるを得ない場合は、何種類か持っている名刺のうち、これを渡すことにしている。相手に最小限の情報しか与えないためだ。

江森は名刺を出そうとしない。彼は海老沢以上に警戒している様子で、自分の情報を一つたりとも与えるつもりはないようだった。しかし彼は甘い……公安一課は、その気になれば一人の人間を簡単に丸裸にしてしまうのだ。それも極めて短時間に。

話を始める前に、海老沢は江森をさっと観察した。小柄でほっそりした顔つき。耳が隠れるほどの長さに伸ばした髪は、緩く七三に分けている。シャツは最近流行りの、やたらと襟が大きなものだ。それとバランスを取るつもりなのか、ネクタイも極端な幅広である。

「お忙しいところ、申し訳ないですね」海老沢は下手に出た。

「いえ……」

海老沢は手を上げて店員を呼び、コーヒーを頼んだ。コーヒーが来るまでは世間話――店員が近くにいる時は、用件を切り出せない。しかしカウンターの方を見ると、マスターらしい男性がサイフォンでコーヒーを準備し始めた。これは時間がかかりそうだ……仕方なく、海老沢は今日の本題を持ち出した。

「小嶋和人」

江森がすっと頭を上げる。かつての仲間――後輩の名前は、今も彼の頭にあるらしい。

「彼について教えて欲しいんだ」

「そう言われても……」

「会ってない？」

「卒業してからは会ってないですね」

「彼が朋明商事に就職したことは知ってる？」

「ええ……就職が決まった時に電話がかかってきました」

「普段からそうやって連絡を取り合っていたんですか？」

「いや……」江森がうつむく。

「たまたま？」

「たぶん、嬉しかったんでしょう」江森が顔を上げた。「朋明商事は難関ですからね」

「人気企業だし」

「ちょっと浮かれた感じでした」

江森が短くなった煙草を灰皿に押しつけ、さらに新しい煙草を引き抜いた。口元に持っていったが躊躇(ためら)い、結局箱に戻してしまう。拳(こぶし)を口に押し当て、咳払いを一つ――やはり吸い過ぎなのだろう。

実は自殺して——と言おうとした瞬間、コーヒーが運ばれてくる。店員が去るのを待ってから、海老沢は話を再開した。

「実は彼は、自殺した」

「え？」江森が目を見開く。

「自殺したんだ」海老沢は繰り返した。「三月一日の日曜日。新宿のビルから飛び降りた」

「まさか……」江森がぽかりと口を開けた。「まさか、自殺なんて……」

「どうして『まさか』と思う？」海老沢は突っこんだ。「彼のことを、そんなによく知っているのか？」

「いや、最近のことは……ただ、一年前には嬉しそうに電話してきたんですよ。朋明商事に入れたことが、よほど嬉しかったんだと思います」

「その後は話していない？」

「ええ……電話でも」

「共革同の同窓会はなかったのか？」

江森の頬が引き攣った。共革同の名前は、今の彼にとっては禁忌——こんな明るい喫茶店の中で気軽に聞きたい言葉ではないだろう。しかし海老沢は、淡々と話を進めた。変に遠慮していると、いつまで経っても事情聴取は終わらない。

「共革同は、実質的に消滅したね」

「解散宣言したわけじゃないですけど……その話は勘弁して下さいよ」

「どうして」

「終わったことじゃないですか」

「終わったことだったら、話しても問題ないだろう」

江森が周囲を見回した。まるで誰かが――会社の関係者が聞き耳を立てているのではないかと恐れるように。

「会社には、そういう活動を知られたくないんです」

「逮捕されたこととか？」

「あれは……知られたくないのは分かるでしょう？」すがるように江森が言った。目が潤(うる)んで赤くなっている。

「逮捕されたぐらいは、何でもないだろう」江森も、四年前の一件で身柄を拘束された一人だった。ただし和人と同じように、翌日には釈放され、起訴猶予処分になっている。

「まだ入社二年目なんですよ……こんなことが知られたら馘(くび)になります。馘にならなくても、左遷(させん)されます」

「今の仕事は？」

「市場調査です」

「市場調査？」

「ああ、その……」江森が両手をこねるような仕草をした。「新製品の評判を調べたり、新しい商品を作る時に消費者の嗜好を調査したりするんです」

「面白いかい？」

「社会の流れみたいなものが分かります。食品に関してだけですけど」

「気に入っているわけだ。だから、他の部署には回されたくない」

「そうなんです」力をこめて江森がうなずく。「だからこんな昔の話を……今更蒸し返されても困ります」

「蒸し返すつもりはない」あまりにも用心し過ぎではないかと思いながら、海老沢は保証した。「私の方から、この情報が第三者に漏れることは絶対にない」

「そうですか？」江森はまだ安心できない様子だった。

「信じてもらうしかないが……問題は君のことじゃない。小嶋君のことだ」

「自殺したって、本当なんですか？」江森が心配そうに訊ねる。「そんなニュース、見てませんけど……」

「自殺は、他の人に迷惑でもかけない限り、記事にはならないよ。この件も、マスコミには広報しなかった」

「そうなんですか……でも、どうしてですか？」

「それがまだ分からないんだ。それでいろいろ調べている」

「ああ……」江森の顔に血の気が差した。警察官ならば自殺の捜査ぐらいするだろう、と思ったに違いない。実際には、自殺の動機について後から詳しく調べることなどまずないのだが、勝手に勘違いさせておこう。

「仕事の面はともかく、過去のことは気になっている。君が気にしているようにね。彼の活動歴が会社にばれて、それで悩んでいたかもしれない」

「あれは……クラブ活動みたいなものだったんですよね」江森がぼそりと言った。

「クラブ活動？」その軽い言い方に、海老沢は引っかかった。過激派同士の闘争では死者も出るというのに。

「学生時代は、ほとんどの人間があああいう活動にかぶれるんですよ。全学連系の大きな組織に入る人間もいるし、そういうのを格好悪いと思って、もっと先鋭的な組織に入る人間もいる」

「格好いいとか悪いとか、そういう問題なのか？」その発想は海老沢にはなかった。

「少人数の方が動きやすいですし。まあ、そもそも共革同は勉強会に毛の生えたようなものでしたけどね」

「我々が知っている限り、共革同には七大学から百人以上が参加していた」

「それぐらいだと、弱小セクトですよ」江森が皮肉っぽく言った。「いずれにせよ、いつかは卒業する——就職しなくちゃいけないですからね」

「それで、クラブ活動と同じというわけだ」海老沢はうなずいた。こういう感覚を持つ学生も少なくはない。学生運動は「学生」だからやるものであって、就職してまでデモに参加するのは無駄。反抗的な態度を急に引っこめ、小汚い服を脱ぎ捨てて綺麗なスーツに着替え、髪を短く整える。

企業側でも、そういう事情は分かっているはずだ。全ての大学生が学生運動をしているわけではなく、むしろごく一部の学生が騒いでいるのが、マスコミの増幅効果で「日本全国の大騒ぎ」に見えるだけだろう。真面目に勉強して、ごく普通に就職を目指す学生の方が普通である。だから海老沢も、江森のような人間を見下す気にはならない。

ただ、違和感はあった。

政治活動は、スポーツや遊びではない。人の一生を決める可能性があることなのだ。それを、大学生活の四年間が過ぎたらあっさり忘れてしまう——まるで、流行り物のファッションに飛びつき、時代遅れに感じられるようになったら古着屋に売り払ってしまうようなものではないか。

「それで、共革同の活動から離れた後の小嶋君はどんな様子だった？　そもそも、どうして活動をやめたんだろう」

「懲りたんだと思います。私と同じですよ」江森が煙草を引き抜いた。テーブルの上のマッチで火を点け、深く吸いこむ。吐き出した煙が、煙幕のように彼の顔を隠した。

「懲りるものかね」

「懲りますよ」どうしてそんなことも分からないのかと言いたげに、江森が首を傾げる。「誰も、本気で革命なんか起こせるとは思ってないんだから。特に私たちが学生の頃は、はっきりした闘争対象もなかったんですよ。六〇年安保は終わっていたし、七〇年安保にはまだ早かった。ちょうど端境期みたいな感じですよね？」

「確かに」海老沢はうなずいた。

「まあ、誰でも経験する――麻疹みたいなものかもしれないですね。今の学生たちだってそうですよ。七〇年安保反対で騒いでいるけど、安保条約が自動延長されるのは間違いないし、どれだけ騒いだって政府がひっくり返るわけでもない。青春の記念みたいなものじゃないですかね。爺さんになったら、得々として自慢するんですよ」

「ほとんどの学生がそんな気持ちなのかね」

「そりゃそうでしょう」呆れたように江森が首を縦に振る。「小嶋だってそうですよ。あいつは本来真面目で優秀な学生で、仲間内でも一目置かれていたんです。子どもの頃から英会話教室に通ってたそうで、英語もペラペラでしたからね。だから、商社に就職したのは合ってたんじゃないかな。英語の能力を活かせたはずだし」

「元々商社希望だったのかな」

「そう言ってましたよ。海外で仕事をするのが夢だって」

「夢は叶ったわけだ。それで実際、海外で仕事をしてたのかな」

「どうかなあ」江森が髪をかきあげた。「あいつが就職してからは話してませんから……でも、さすがに一年目からどんどん海外に出張していたとは思えないな。最初の一年は、どこの会社でも見習いみたいなものでしょう」

江森は普通に話せるようになってきたが、役立つ情報は出てこなかった。しかし彼の言葉に嘘はないだろうと海老沢は判断した。

和人は「更生」した。真面目に勉強し、就職した。しかし、前科こそつかなかったものの、逮捕された事実は残る。

これをどう考えたらいいのだろう?

6

捜査一課は、様々な事件にかかわる。その結果、思いもよらぬ伝手を手にすることも多い。

高峰はそういう伝手の一つを、記憶にとどめていた。二年ほど前に、新橋で起きた殺人事件の被害者が、朋明商事の現職の課長だった。酔った上での喧嘩がエスカレートした事件だということは状況からすぐに分かったが、犯人が分からなかったので、特捜本部が設置された。当時高峰は台東署の副署長で、この事件の捜査には直接かかわっていなかったものの、日本を代表する商社の社員が被害者になった事件なので記憶に残っている。

その時に所轄で捜査を担当した刑事・正岡が今、三係にいた。事情を聴くと、被害者の身辺捜査をするために、朋明商事の人事部にも何度も事情聴取を行なったという。

「どんな感じだった？」

「協力的でしたよ」正岡があっさり言った。まだ若い——三十歳になったばかりだ——から、そう簡単に相手の本性を見抜く力もないのではないかと思ったが、やけに自信たっぷりな台詞を聞くと、信じざるを得ない。

「社員が殺されたとなったら、警戒してもおかしくないと思うが」

「ええと……要するに、会社とは関係ない事件とみなしていたんだと思います」

「確かに企業犯罪じゃないが、そんなもんかい？」

「ええ」正岡がうなずく。「酒の上でのごたごただとすぐに分かりましたし、被害者に落ち度があるにしても、会社の仕事とは関係ないですからね。週刊誌なんかが朋明商事のことを書き立てるかもしれないけど、警察に対して反抗的な態度を取るのはマイナスだと判断したんだと思います。とにかく、こっちが聴きたいことには何でも答えてくれましたよ」

「そうか……今でも話は通じるか？」

「向こうが異動していなければ、大丈夫だと思います」

「そうか。悪いが、そこへつないでくれねえか？　ちょっと聴きてえことがあるんだ」

「何か事件でも？」途端に正岡が警戒した。

「そういうわけじゃねえ。個人的な問題みてえなことだよ」

正岡には、和人のことは話していなかった。あまり情報が広がるのもまずい。

「自分もお手伝いしますよ」受話器に手を伸ばしながら正岡が言った。ここで点数を稼げるかもしれない、とでも思っているのだろう。

「つないでくれればそれでいいよ」高峰は淡々と言って立ち上がり、自席に戻った。

ほどなく、正岡がメモを持ってやって来た。

「摑まりました。当時の人事課長が、今は部長になっていました。忍田（おしだ）という人です」

「おう、助かるぜ」メモを受け取り、高峰は軽く目礼した。

「本当に、何かお手伝いすることはありませんか？」正岡が繰り返す。

「三係は今待機中だろうが。待機の時は、余計なことをしねえで大人しくしてろ。いつ何時、事件が起きるか分からねえんだから、そういう時に備えておけ」

「……了解しました」

正岡が引き下がったので、高峰はすぐに受話器を取り上げた。事件の捜査なら――仕事としての事情聴取なら、何の問題もない。誰が相手でも、こちらのペースで話を進められる。しかし今回は違う……個人的な調査のようなものだから、相手の都合に合わせねばならない。

しかし、正岡が上手く話をつけてくれたようで、話はすんなり通った。電話を切ってすぐに席を立つ。久々に現場で事情聴取――今は管理職としてデスクについている時間が多いのだが、昔取った杵柄だ。かつては「若き名刑事」と言われていたのだから……高峰はやる気が燃え上がるのを感じていた。

しかし、さすがの高峰も緊張した。初めて訪問する朋明商事――威圧感のある新宿本社ビルに、まず圧倒されてしまったのである。他の会社に入ったことは何度もあるが、ここまで大きいビルを訪ねたことはなかったのだ。本社だけで従業員数三千人、国内に支社が六ヵ所、海外でも各地に駐在員を置いている——東京にずっと貼りついて仕事をしている高峰には想像もできない規模の会社だ。

日本を代表する商社、東証一部上場企業の人事部長というから、どんなにどっしり構えた人物かと思ったら、忍田は小柄で髪がほとんど白くなった、控えめな男だった。警察官に会ったら誰でも緊張するものだが、最初から穏やかな笑みを浮かべている。番頭タイプだな、と高峰は読んだ。笑みを絶やさず、一番上にいる人間を補佐して組織をまとめ上げる——実際の彼は、人事部という部署の頂点にいるわけだが。

人事部の一角にある応接セットに通される。面と向かって名刺を交換した途端、彼の顔を思い出した。まさに、和人の通夜の席で会ったではないか。これをきっかけに会話の糸口が摑めると、少しだけほっとした。

「お通夜でお会いしましたね」

「ああ、そうでした」思い出したのか、忍田が大きくうなずく。「確かにいらっしゃいましたね。それで……今回はその件だとか？」

「そうなんです」高峰は少し身を屈め、忍田に顔を近づけた。応接セットは衝立(ついたて)で囲まれているが、大声で話していたら人事部員に聞かれてしまうだろう。少し声を低くして続けた。「今回の自殺なんですが、動機についてはどう考えておられるんですか？」

「これは、正式な捜査なんですか？」

「いや」高峰は即座に否定した。「正式な捜査なら、私の部下が複数で来ます」

忍田が高峰の名刺を取り上げ、眼鏡をずらして確認した。

「理事官というのは……」

「課長の下です」こう言っておけば向こうも緊張しないだろう。一般の会社で「課長の下」と言えば係長だ。ただし警視庁の場合は、係長と課長の間に、管理官、理事官と管理職が挟まっている。しかも捜査一課は刑事が四百人もいる大所帯だから、民間の会社だったら部、あるいはその上の本部並みの大所帯である。まあ、勝手に係長クラスだと思ってもらえればそれでいい。緊張せずに話してもらうことが大事なのだ。

「管理職の方がわざわざお見えになるというのは、大変なことではないんですか？」

「今回は極めて個人的なことなんです」高峰は事情を明かすことにした。彼には、話しても大丈夫だろう。「亡くなった小嶋さんの父親が、私の昔馴染みでしてね。どうしても動機を知りたいと言ってるんですよ」

「お父上ですか……うちにもお見えになりましたよ」忍田が渋い口調で打ち明ける。

「揉めたんですか？」高峰は目を細めた。小嶋は暴力的な男ではないが、常に斜に構えて世の中を見ている。会社の人間に対して暴言を吐き、問題を起こす可能性もある。

「いえいえ」忍田が慌てた様子で首を横に振った。「息子さんの私物を引き取りに来られたんです。奥さんが臥せってしまったそうで……可哀想な話です」

「その時、どんな様子でした？」

「いや、私は直接立ち会っていないのでお会いしていないんですが……小嶋君が所属していた海外一部の連中は会っているはずです」

「海外一部というのは……」

「アメリカ――北米の担当です」

なるほど、と高峰はうなずいた。海外を統括する部署に、重要な順から番号を振ったのかもしれない。戦争で日本を打ち負かしたアメリカは、戦後は最も重要な貿易相手になったのだから。もっともアメリカは最近、日本に対して強硬姿勢に出ている。日本製の安い綿製品がアメリカに大量に流れこみ、これに危機感を抱いたニクソンが、日本に対する「繊維輸出規制」を公約に大統領に当選したほどなのだ。商務長官が来日して自主規制を求めたのは、確か去年。日本側はこれを拒否しており、新聞紙上では「日米繊維摩擦」と呼ばれている。商社にとっても正念場だろう。

「アメリカは、日本にとって一番大事な貿易相手でしょう。海外一部というのは、エリートコースじゃないんですか？」

「そういうことは、自分で認めるものではないと思いますが……」

「いずれにせよ、和人君は期待の星だったんですね」

「そう言っていいと思います。彼の同期は四十人ぐらいいるんですが、入社後すぐに海外一部に配属されたのは彼だけですからね」

「英語ができたからですね？」

「商社に入ってくるような人間は、英語ぐらいは話せますが、彼は群を抜いて上手かったですね」

「小学校に上がる前から、英会話教室に通っていたんですよ」

「ああ、なるほど」納得したように忍田が大きくうなずく。「教育熱心なご両親だったんですね」

高峰もうなずき返した。昔、小嶋から散々自慢されたものだ。戦後、雨後の筍のように生まれた英会話教室に息子を通わせ始めてみたら、親から見ても驚くほど上達が早い。語学の才能があるようだ……話を聞いて、妙な気分を抱いたのを覚えている。南方で戦った小嶋は、怪我の後遺症で右腕が少しだけ不自由になった。アメリカを敵と考え、憎んでもおかしくないのに、終戦後に「これからはアメリカと対等につき合っていかないと日本は駄目になる」と真面目に言い出したからだ。左派連中の言葉でいえば「転向」だろう。

「仕事ぶりはどうでした？」

「熱心でしたよ。それに優秀でした。海外一部から上がってくる査定でも、いい評価がついていましたからね。一年目からもう、何度もアメリカに行っていました」

「それは異例ですか？」

「少なくとも一年目は、海外出張はあまりないのが通例ですね。修業中のようなものですから——まずは国内で基本的な仕事のやり方を覚える、ということです」

「そういうのを飛ばしても、アメリカで仕事をしていたわけですね」

「やはり、語学力のある人間は重宝されるんですよ。上司からも頼りにされていたようです。通訳としても通用するぐらいでしたから」

「なるほど……だったら、仕事は順調だったんですね？　会社の中で、特に問題はなかったと言い切れますね？」

忍田がピンと背筋を伸ばした。話が本題に入りつつあると悟ったのだろう。

「問題はなかったです」

「人事部長として、間違いなくそう言えますか？」意地悪なしつこさだと意識しながら、高峰は突っこんだ。

忍田が無言で立ち上がり、応接セットを離れた。すぐに、一冊の小冊子を持って戻って来て、高峰の前に置く。

「これは？」高峰は『朋明商事の核として』というタイトルのついた小冊子を手に取った。

「今年度の新入社員が、入社半年の節目に書いた手記を集めたものです。毎年作るんですが……小嶋君の手記は最初にあります」

高峰は小冊子を開いた。確かに和人の手記が載っている。タイトルは「アメリカと渡り合う」。

「私はアメリカが好きだ」という書き出しで始まる短い文章を読むと、半年間仕事をして、自信を持ち始めたことが分かる。アメリカへ三回出張して、交渉相手と渡り合ったこと。厳しいやり取りをする中で、アメリカにも「友人」と言える存在ができたこと——これから十年は、徹底してアメリカを相手に仕事をしたい、と締めくくっていた。

悩んでいた様子はまったくない。自分の読みが甘いのかと思って、もう一度読み返してみたが、何もない——明る過ぎて、逆に呆気に取られるほどだった。

小冊子を忍田に返し、「少なくとも半年前までは、悩んでいた様子はないですね」と言った。

「現在も——亡くなる前も同じだったと思いますよ」

思います、か……人事部は、社員の健康や精神衛生にも気を遣う部署だろうから、今回の自殺についてもそれなりに調べたはずだ。社員が自殺して、社内に問題があったことが発覚したりすれば大問題である。しかし忍田の言い分は、あくまで「又聞き」という感じだった。

「直接の上司は、海外一部の部長さん、ということですか」

「ええ」

「一緒にアメリカにも行ったりしていた？」

「そうですね」

「お会いできませんか？」

「いや、それは——」忍田が難色を示した。社員への事情聴取は避ける——自分が防波堤になるつもりだったのだろう。しかしこれだけ大きい会社だと、人事部長一人が頑張ってどうなるものでもない。

「もう少し詳しく事情を知りたいんです。父親に教えてあげたいので……正直言って、御社にとっては厄介な相手かもしれませんよ。何しろ『東日ウィークリー』の記者ですから。会社の方に責任があると思ったら、ゴシップ記事で攻撃してくるかもしれない。そんなことにならないよう、穏やかに送ってあげたいんです。何しろ、こんな小さい頃から知っていた子ですから」高峰は、膝の辺りで掌をひらひらさせた。

この脅しは効いた——忍田はすぐに、海外第一部長の篠原につないでくれた。

海外第一部には様々な業務上の秘密があるので、部外者は立ち入り禁止——仕方なく、また人事部の部屋で部長と対面することになった。

忍田と違い、篠原は見るからに精力的な男で押し出しが強かった。身長も百八十センチ近くありそうで、胸板は厚く首も太い。三月でまだ寒いのに、背広の上衣を脱いで、ワイシャツの袖をめくり上げていた。四十代前半というところだろうか……忍田は席を外したので二人きり、ともすれば気圧されそうになるのを、高峰は必死に耐えた。

篠原が煙草を取り出し、火を点けた。その瞬間、手がかすかに震えているのに高峰は気づいた。緊張しているのはこの男も同じか……警察官がいきなり訪ねて来て、平気で対応できる人間はいない。

「小嶋さんのことで話を伺いたいんですが」

「まったく、残念なことをしました」深みのある低い声で、篠原が答えた。

「あなたの右腕のような人だったとか？」

「入社一年目ですから、そこまで言うと大袈裟になりますが、将来的には——二、三年後には部を背負って立つはずの人間ですよ——いや、人間でした」言い直すと、言葉から力が抜ける。和人の死にショックを受けているのは間違いないようだ。

「何度も、アメリカ出張に同伴していたそうですね」

「通訳としても頼りになりました。アメリカ人っていうのは、そんなに難しい人間じゃないんです。英語がきちんと通じて意思の疎通ができれば、それだけでビジネスの話はできます」

「どんな商談が多かったんですか？」

「それこそ、今話題の繊維関係とか……いろいろです。うちは、国内の様々なメーカーから依頼を受けて動くことが多いので。いい製品を持っていても、海外での販路を持たない小さな会社が多いですからね」

「他には？」

「まあ……」篠原が言い淀む。「業務上の秘密もありますので、その辺で勘弁してもらえますか？」

「私から情報が漏れることはないですよ」少し神経質になり過ぎではないか、と高峰は訝った。

「そうでしょうが、やはり……うちは扱う商品も多いですし、額も巨額です。そういう大きなビジネスを遅滞なく進めるためには、情報漏れは絶対に避けなければいけないんですよ」

「そうですか」

高峰は、普段の和人の様子を確認し続けた。やる気ある若者で、アメリカ人と対峙しても物怖じしない。寝る間も惜しんで勉強もしていたし、ああいう若者が七〇年代の日本経済を支えていくのだろうと思っていた——篠原の言い分はあまりにも綺麗事に過ぎる感じがしたが、嘘をついている様子はない。

「私生活はどうですか？　女性問題とか」

「今は、つき合っている人はいないと思いますよ」

「そんな話もしたんですか？」部長と平社員の会話には相応しくない気がする。

「アメリカに長期出張して、同じ部屋でずっと暮らしていると、プライベートな話にもなりますよ」

「だったら、彼が学生運動をやっていて逮捕されたことがあるのはご存じですか？」

「まさか」篠原が目を見開いた。

「ご存じない？」高峰は念押しした。

「まったく……初耳です。むしろ、ああいうことは馬鹿にしているのかと思いました」

「そういう話もしたんですか？」

「海外一部の部屋では、ずっとテレビを点けっ放しなんですが、学生運動のニュースが流れたりするでしょう？　そういう時、鼻を鳴らしたりしてね。そういうのを見たら、どう考えているか分かりますよ」

「彼の学生時代のことについて話したりしたことは？」

「ないですね」淡々とした口調で篠原が言った。「うちの部には、基本的に入社から数年経った人間が配属される――小嶋君には同期がいなかったし、若い先輩も少し年次が離れていましたから、そういう話題は出ないんですよ。それに、仕事を始めてしまえば、学生時代の話なんか関係ありませんからね」

「そうですか……彼が逮捕されたのは事実です」

「どういうことですか？」

高峰は、事実関係を極めて簡潔に説明した。逮捕されたが起訴はされていない――

篠原の顔が少しだけ緩む。

「じゃあ、前科はつかなかったわけだ。単なる若気の至りですね」

「詳しいですね」

「法学部だったもので……それも、専門は刑法です」

「だったら、私よりもよほど詳しいでしょう」

高峰が軽く笑ってみせると、篠原は「いやいや」と苦笑で返してきた。

「本当に、逮捕の事実はご存じなかったんですね」高峰は念押しした。

「ええ」

「彼は、会社の誰にも言ってなかったんでしょうか」

「そうだと思いますよ。まあ……仮にその事実が分かっても、特に問題にはならなかったと思いますけどね。起訴されていないということは、真っ白も同然ですから。あまり厳しいことを言っていると、この会社には誰も入ってこなくなってしまう。例えば、学生時代に交通違反で罰金刑を受けても、普通に入社してくる人間はいますよ」

交通違反と、学生運動による逮捕では意味合いがまったく違うのだが……あまりにもあっけらかんとした篠原の態度に、高峰は気勢を削がれた。商社というのはこういうものかもしれない。これが公務員だと——特に警察官だったら、逮捕された過去があるだけで採用は見送られるだろう。

「仮に、彼が逮捕されたという過去が明らかになっても、会社では問題にならなかったんですか？」

「人事辺りは事情を聞きたがったかもしれませんが、うちが絶対に許しませんよ。貴重な人材でしたし……余計な心配をせずに、仕事に邁進して欲しいですからね」

「彼は何で自殺したんでしょうね。逮捕されたこととは別に、会社の中で何か問題はなかったんですか？」

高峰の問いかけに、スウィッチが切れたように、篠原の笑顔が消えた。

「問題とは？」

「仕事のトラブルとか、人間関係の悩みとか、そういうことです」

「そういうのはないですね」篠原があっさり言った。

「間違いなく？」

「ええ」

「彼が亡くなったことは、損失ですか？」

「大変な損失です」真顔で篠原がうなずく。「若手で、あれだけ頼りになる人材はいない。ここ数年では一番ですね。将来のエース候補ですよ」

「何か、思い当たる節は？」

「それが、まったくないんです」篠原が力なく首を横に振った。「仕事は順調、病気で悩んでいたわけでもないし、亡くなる前日の土曜日まではまったく普通だったんですよ。定時に引き上げたんですが、元気そうな様子でした。いったい、何があったのか……」

篠原の言葉が力なくかすれる。有能な部下を失った篠原の辛さを、高峰ははっきりと感じ取った。

しかし、これでは何も分からない。会社側が和人の逮捕歴を把握していなかったことはまず間違いないが、だったら自殺の動機は何なのだろう。それが分からない限り、小嶋は納得しないのではないだろうか。

これから彼と話さねばならない。友情からやっていることではあるが、何とも気が重かった。

会社を出ると、目の前が第一京浜……高峰は思わず顔をしかめた。出たら煙草を吸おうと思っていたのだが、排気ガスがひど過ぎて、その気が失せてしまう。片側三車線の広い第一京浜は、長大な駐車場のように車で埋まっている。最近の東京の幹線道路は、時間帯に関係なく常に渋滞しているので排気ガスもひどく、高峰も咳に悩まされることが多い。長年煙草を吸い続けているせいかもしれないが。

こんな風に街に車が溢れ始めたのは、十年ほど前だ。昭和三十六年にトヨタがパブリカを発売してから、車は庶民にもぐっと身近な存在になった。捜査一課の若い刑事たちも、結婚して子どもができると車を欲しがる。高峰は結局、マイカーを持たずに五十三歳になってしまった。もっとも、休みもろくに取れなかったから、車があったとしても家族揃ってドライブに行くこともできなかっただろうし……この先、車を持つ予定もない。だいたい東京では、車なしでも移動に不便はないのだ。若い連中が車を欲しがるのは見栄か、それこそ家族揃ってのレジャーのためだ。そういえば「レジャー」という言葉が普通に使われるようになったのも、パブリカが発売された頃だったのではないか。

こういうのが豊かさなのだろうか。

東京はすっかり変わった。もはや戦前の面影はほとんど残っていないと言っていい。恐らくこれからも、その姿は変わり続けるだろう。拓男が自分の歳になる頃——二十一世紀になる頃には、どんな姿になっているか、想像もできない。拓男も、「昭和四十五年頃はよかった」と溜息をつくかもしれない。高峰にとっては、過去は主に悪夢の記憶だが。戦時中の死の恐怖、戦後の飢え……昭和前期、子どもの頃の楽しい記憶も、そういう嫌な経験に消されてしまった。

今の若者たちは、これからの日本をどうしていきたいのだろう、と疑問に思うこともある。学生運動に打ちこんでいる若者たちも、本気で革命を起こせると思っているわけではあるまい。だったら彼らは何を夢見て学生運動に打ちこむのか……高峰はずっと、「個人を守る」という、いわば近視眼的な方法で仕事に取り組んできた。「国を守る」という海老沢の姿勢と衝突することも多く、その結果、二人の行く道は完全に分かれてしまった。

もしかしたら、二人の人生が再び交わるかもしれない。それが、やはりかつての親友であった小嶋の息子の死に起因するものだとすれば、必ずしも嬉しいことではないが。

ぼんやりと立ち尽くしていたことに気づき、高峰は大股で歩き出した。警視庁まで

は歩いて帰ろう。少しでも運動して、体の調子を整えていかないと。定年まで二年
——俺はまだまだ走り続けねばならない。

7

「知らなかった？　そんなはずはない！」小嶋がテーブルに拳を叩きつけた。

高峰はそれを無視して、遺影に手を合わせ続けた。小嶋の家の仏壇（ぶつだん）には彼の両親の遺影があるが、そこに息子の写真が新たに加わった……小嶋の無念は理解できる。順番が違う、と悔やんでいるに違いない。

高峰は目を開け、ゆっくりと立ち上がった。わずかな時間正座していただけなのに、膝がぽきりと音を立てる。最近、とみに体が硬くなった感じがしていた。そのうち、膝痛で歩くのも面倒になるかもしれない。

家には二人きり……体調を崩した妻は、病院へ行っているという。この一家が日常を取り戻すのは、だいぶ先になりそうだ。

「少なくとも、直属の上司は知らないと言っていた」高峰は静かに答えた。

「嘘だ」小嶋が断言した。乱暴に煙草を振り出すと、口の端にくわえる。ライターを持つ手が震えて、なかなか火が点かない。

「どうして嘘だと思う?」

「和人本人がそう言っていたんだ! 会社にばれた、白い目で見られているって」

「そうか……」

高峰が手帳を広げるのを見て、小嶋が嫌そうな表情を浮かべる。

「何だ、これは? 取り調べか?」

「正確に記録してるだけだ。もう一度……和人君は、正確には何て言ってたんだ?」

「だから、逮捕されたことがばれて、先輩や同僚に指摘されたと……周りの人間から、距離を置かれていたそうだ」

「そう言われたのはいつ頃だ?」

「一月ほど前だ」

うなずき、高峰は手帳に情報を書きつけた。親が言っているのだから間違いはないだろう。とすると、やはり朋明商事の人間が嘘をついていたのか……しかし高峰の感触では、人事部長も海外第一部長も「シロ」だ。仮に知っていたとしても、会社側が隠す理由が見つからない。

しかしそれは、小嶋には言えない。

「会社の中で、和人を追いこむような動きがあったんじゃないか」小嶋が厳しい口調で言った。目は充血している。

「知らなかったら、そんなことをするはずがねえよ」

「絶対に知ってたんだ！」小嶋が声を荒らげる。「だからこそ、こんなことになったんだろうが。そしてその情報は、公安から流れたに決まっている。他から、そんな情報が漏れるはずがない」

「落ち着けよ、小嶋」高峰は低い声で言った。「一度でも逮捕されれば、少なからぬ人数が事実を知ることになる。特に和人君は、仲間何人かと一緒に逮捕された――そういう人間から情報が流れたのかもしれないぞ」

自分で言ってみたものの、それも筋が通らない……共革同の人間が、今になって和人を貶める意味はないだろう。そもそも、共革同自体がもう存在していないはずだ。

「昔の仲間同士の裏切りか」小嶋が鼻を鳴らした。「捜査一課は、そういう下らない筋書きを書くのか？」

「あり得ない話じゃねえぞ」むっとして高峰は言い返した。お茶を一口……やたら濃いお茶で、かえって喉が渇きそうだ。

「だいたいこれは、本当に自殺なのか？　誰かに殺された可能性はないのか？」

いきなり突拍子もないことを言い出しやがる……高峰が黙っていると、小嶋が身を乗り出して畳みかけてきた。

「共革同の連中だとしたら――和人が邪魔になったんじゃないのか」

高峰は沈黙を守った。それが小嶋の怒りをさらに加速させてしまう。

「過激派の連中は信用できない。最近は、内ゲバなんてのがあるそうじゃないか。もしかしたら和人は、そういう連中に殺されたのかもしれない」

「それは、和人君が今も共革同の人間であるという前提の話だろう？　それはない」

「……ああ」ようやく小嶋が折れた。

「間違いなく自殺なんだ」

「警察が適当に処理したんじゃないか」

「それはない。絶対にない」高峰は激しく首を横に振った。「お前がどう考えているか知らねえが、警察は人の死に関しては徹底して捜査する。自殺か他殺か、見間違うことはねえよ」

「百パーセントないと言い切れるか？」小嶋はまだ挑発的だった。

「ああ、言い切れる」特に今回の件は……高峰は、現場を調べた所轄の連中から徹底して事情聴取した。それだけにとどまらず、待機中の係を派遣して、もう一度現場を調べさせた。やはり、結論は自殺——不用心と言うべきか、和人が飛び降りた雑居ビルの屋上には鍵がかかっておらず、誰でも出入りできた。しかも四方に張り巡らされたフェンスは高さが一メートルほどしかなく、子どもでも簡単に乗り越えられる。和人の靴はフェンスのすぐ近くに揃えて置かれており、その横にはいつも使っている鞄が置いてあった。いかにも、自殺する人の最後の身支度のような……高峰も、そういう自殺現場を何度も見ている。飛び降り自殺する人は、何故か靴を脱ぎ、きちんと揃えて置くことが多い。

遺書こそ見つからなかったものの、状況的に自殺だったのは間違いない。和人以外の人間が屋上にいた証拠もなかった。所轄の捜査、その後の捜査一課のチェックにもミスはない。

「なあ、小嶋……あまり深刻に考えるなよ。事件だったら、うちが間違いなく捜査している」

「自殺でも……公安の連中の嫌がらせが背景にあるんだよ。公安が殺したかもしれないじゃないか」

「そう決めつけるのは無理だぜ」悲しみのあまり、小嶋の発想は飛び過ぎている。

「結局、警察内部の話になると、お前らは庇い合うんだろう」小嶋が皮肉っぽく言った。

「そんなことはねえよ。うちと公安は、昔から仲が悪い」

「ま、警察は警察で勝手にやればいい。この件に関しては、うちが徹底して調べる」

「『東日ウィークリー』としてか？」

「そうだ。うちの調査能力を舐めるなよ」挑みかかるように小嶋が言った。「必ず真相を探り出してやるからな。その時に、警察がどんなダメージを受けるか……俺は一切配慮しない」

せっかく調べてやったのに――文句が喉元まで上がってきたが、何とか言葉を呑みこむ。小嶋はまだ、息子の死という衝撃から抜け出せていないのだ。この状態で責めるのは、酷というものだろう。

沈黙が流れる中、誰かが階段を降りてくる音が聞こえてきた。顔を上げると、見知った人間――先日話を聞いた朋明商事海外第一部長の篠原がいた。高峰を見て、驚きの表情を浮かべる。高峰は立ち上がり、軽く一礼して声をかけた。

「篠原さん……どうしたんですか」

「遺品を届けに来たんです。先日引き取っていただいたんですが、まだ会社に残っていたものがあったので」低い声で篠原が答える。「部屋に直接、置いてきました」

「俺が頼んだんだ」小嶋が補足する。「まだ和人の部屋には入れない――入りたくない」

「そうか」

「では、私はこれで」篠原が緊張した表情のまま一礼し、玄関の方に消えた。小嶋は見送ろうともしなかった。会社に問題があったと信じている……篠原を追及するいい機会なのだが、さすがに自宅で厳しくやり取りする気にはなれないのかもしれない。

「俺も、今日はこれで失礼する」高峰は立ち上がった。ひどく喉が渇いていたが、残ったお茶を飲み干す気にもなれない。

自分の調査は中途半端なのだろうか……急に不安になると同時に、会うべき人間がいることに気づいた。

海老沢。

この十八年間、海老沢とはまったく会わなかったわけではない。それほど広くない庁内で仕事をしていれば、顔を合わせてしまうことはあるのだ。実際、警視庁の食堂ではしばしば見かける。だが言葉を交わすこともなく、目礼することもなく、互いに無視し合っていた。昭和二十七年、公安がしかけた過激派潰しの陰謀を巡り、二人の仲は完全に破綻していたから……先日、和人の通夜の後で話し合ったのは、本当に久しぶりだった。

未だにわだかまりはある。しかし悩んでいる小嶋を救い出せるのは、自分と海老沢だけではないか？

午後八時半、高峰は海老沢の家の近くに来ていた。東横線都立大学駅は、この時間になっても賑やかだった。学生の多い街だから、夜遅くまで騒がしいのだろう。公安の幹部がこういうところに住んでいて、過激派学生にでも見つかったら面倒なことになるのでは、と高峰は心配になってきた。

電話ボックスを見つけて入り、青電話の上に十円玉を何枚か重ね置いて、まず二枚を投入した。警視庁で調べてきた海老沢の自宅の電話番号を回し、呼び出し音に耳を傾ける。やけに鼓動が激しくなっているのを意識した。大きく息を呑んだ瞬間、受話器を上げる音が聞こえたので、思わずぐっと呼吸を止めた。

「海老沢です」

聞き慣れない若い声に戸惑う。ああ、これが海老沢の長男の利光か。高峰の息子、拓男と同学年。利発そう——というと失礼かもしれない。そういう褒め言葉は、高校生ではなく小学生向けだろう。

「高峰と言います……利光君かな？」

「はい」利光の返事には疑念が混じっていた。高峰という名前に心当たりはないのか……それも仕方がない。利光が生まれたのは、高峰と海老沢が仲違いしてからなのだ。

「お父さんはご在宅ですか」

「はい——お待ち下さい」

がさがさと音がして、すぐに海老沢が電話に出た。

「ああ」

「おう」挨拶とも言えない挨拶。昔は、こういう素っ気ないやり取りの中にも親密さが感じられたのだが、今は違う……やはり、どこかよそよそしい感じがあった。

「今、小嶋と会ってきた。それで――お前にちょっと話がある」

「ああ……うちは……」海老沢が躊躇う。

「出て来られないか？」家に入れたくないのだ、とすぐに分かって高峰は誘った。

「駅の近くに『湖水』という喫茶店がある」

「酒じゃねえのか」

「酒を呑む気にはならない」

「――分かった」

「その店で待っててくれ。十分で行く」

着替えて準備して、十分で来られるぐらい駅に近い家か……いいところに住んでいるなと思いながら、高峰は喫茶店「湖水」を探した。駅前の交番で場所を確認すると、駅から少し離れた、目黒通り沿いのビルの一階にあるという。

店はすぐに見つかり、中に入った瞬間、高峰は店名の由来を知ることになった。壁に、無数の湖の写真が飾ってあるのだ。いかにも素人の撮った写真だが、いい雰囲気ではある。もしかしたらマスターの趣味は、湖の撮影かもしれない。頻繁に旅に出かけて、各地の湖を撮影しているなら、優雅なものだ。最近は、こういう金と時間のかかる趣味を楽しんでいる人も少なくない。昔なら考えられない……日本は豊かになったものだとつくづく思う。

そのマスターは、カウンターの奥でコーヒーを淹れていた。丁寧にオールバックに撫でつけた髪は、ほぼ真っ白。しかし口髭が目立つ顔には皺が見えない。青いシャツに黒い前かけ姿でサイフォンを見詰める姿は、いかにも神経質そうだった。

そこそこ広い店内には、カウンターの他にテーブルが十あった。客は学生らしい三人組だけで、テーブルについて煙草をふかしている。何か気に食わないことでもあるのか、話もせずに、全員が不貞腐れた表情を浮かべていた。店内には、小さな音量でジャズが流れている。カウンターの中の棚には大量のレコード……ジャズ喫茶ということか。都内には最近この手の店が多いのだが、高峰が自ら進んで立ち寄ることはない。ジャズは煩いだけで、何がいいのか分からないのだ。もっとも今流れているのはゆったりした聴きやすい曲――ピアノの軽やかな旋律に、細く絞り出すようなトランペットの音が絡みつく。

高峰は、学生らしき三人組とできるだけ離れた席に座った。そこで初めて、マスターがサイフォンから視線を逸らし、高峰を見る。軽く会釈してきたので、少し声を張り上げて「コーヒーを」と注文した。マスターは無言でうなずくのみ……客に愛想を振りまくより、コーヒーを上手く淹れることの方が大事なのかもしれない。

煙草に火を点け、天井に向かって煙を吹き上げる。そう言えば、煙草を吸うのは数時間ぶりだ。すぐに体が解(ほぐ)れてくるのを感じる。高峰にとって煙草は、緊張状態に対処するための特効薬だ。

煙草を一本灰にしたところで、ドアが開く音がした。海老沢。クリーム色のコートに濃い灰色のズボンという格好だった。海老沢はまずカウンターに近づき、マスターと一言二言話した。それからコップを二つ受け取って、高峰の前に座る。コートを脱いで椅子の背にかけると、下に分厚いセーターを着ているのが分かった。

「この店はセルフサービスなのか？」高峰は訊ねた。

「ああ」海老沢の表情が少しだけ緩んだ。「マスターがコーヒーを淹れている時は、水も自分で運ばなくちゃいけない」

「何だか気難しそうな人だな」高峰は声を低くして言った。「馴染みの店なのか？」

「息子が小さい頃にはよく来たよ。ここはケーキも美味いんだ。食べるか？」

「まさか」高峰は素早く首を横に振った。「甘いものは苦手だ」

「ああ……そうだったな」

コーヒーが出てくるまでに、高峰は煙草を一本灰にした。会話が上手く進まない。コーヒーが出てくるまで本題には入れなかったし、今の二人には共通の話題が何もないのだ。昔なら、映画や芝居の話をいつまでも続けられたものだが。

海老沢が、コーヒーを一口飲んで切り出す。高峰は新しい煙草に火を点けた。

「で？」

「今、小嶋に会ってきた」

「どんな様子だった？」

「俺の言うことをまったく信じてなかったな」高峰は簡単に状況を説明した。本来、公安の人間とは余計なことを話すべきではない――しかしこれは、公の捜査ではないのだ。友人を心配する会話と言っていいだろう。

「小嶋も、疑心暗鬼になってるんだろう。しょうがないよ」海老沢が肩をすくめる。

「しかし、お前たちに責任を押しつけようとしてるんだぜ？　今でも、そっちから情報が流れたと信じてる」

「会社側も否定しているのに？」

「ああ。完全に意固地になってる」

「和人君は、逮捕されてから完全に足を洗った。というより、共革同は完全に消滅して、メンバーは全員、学生運動からは手を引いている」

「間違いねえのか？」

「間違いない。僕の方でも少し調べてみた」

「理事官自ら？」高峰が首を傾げる。

「部下に任せる話じゃないからな」

「そりゃそうだな。俺も同じだよ」

「和人君が、あの一件以来、運動から身を引いていたのは間違いない。目が覚めたんだろうな」

「公安としては、それで作戦成功というわけか」

「ああ。何も、全員を裁判にかけて有罪判決を勝ち取る必要はない。逮捕をきっかけにして運動から離れさせる――それも作戦のうちだ」

「相手の戦力を削ぐわけか」

「荒っぽい真似をするだけが能じゃないからな」

「この十年で、公安部はすっかり武装闘争路線に転じたかと思ったぜ」

高峰が皮肉を吐いた途端に、海老沢が黙りこむ。痛いところを突いたと確信して、高峰はさらに続けた。

「機動隊は、もはや軍隊と言っていいからな。結局お前たちは、力で過激派を押さえつける方向へ向かったわけだ」

「機動隊は警備部の所管だ。公安部が指示しているわけじゃない」海老沢が苦々しく言った。

「お前は昔、『一般市民に手を出すようなことは絶対にない』と言ってたよな。学生たちは一般市民じゃないのか」十数年前に交わした会話が、高峰の脳裏にくっきりと蘇る。

「暴力的な行動をする連中を、一般市民とは呼べない」海老沢が言ったが、いかにも苦しげな言い訳にしか聞こえない。

「こうも言ったぜ？『ただ、危険な団体を合法的に排除するだけだ』とな。ああいうやり方が合法的なのか？」

「機動隊のやり方については、僕は何も言えない——批判する権利もない。何度も言うけど、あれは警備部の話だ。共革同については、最小限の手間で、誰も傷つけずに消滅に追いこんだだろう？　そのやり方が間違っていたとは思わない。それともお前は、うちのやり方に文句を言いにきたのか？」

「ああ、分かった、分かった」高峰は顔の前で手を振った。指に挟んだ煙草から、長くなった灰がズボンの膝に落ちる。

「灰」海老沢が指摘する。

「分かってるよ」高峰は煙草を灰皿に押しつけ、ズボンに落ちた灰を乱暴に払い落とした。「とにかく、そっちから朋明商事に情報が流れた可能性はねえんだな？」

「ない。流す意味もない」

「水に落ちた犬をわざわざ打つ必要はねえ——そういうことか？」

海老沢が無言でうなずき、コーヒーを飲んだ。そこで高峰も初めてコーヒーを飲む。美味いコーヒーだった。酸味と苦味のバランスがよく、しかもかすかに甘みが感じられる。マスターが、コーヒーに異様なこだわりを持っているのは間違いない。

「お前の言うことを信用しねえわけじゃねえが、小嶋はそうは思っていない」

「だろうな」

「『東日ウィークリー』で叩く、とも言っている」

「そんなのは放っておけばいい」海老沢が吐き捨てる。「書いたって、どうせでっち上げなんだから、信じる人はいないよ。それにそんな記事を書けば、和人君が学生運動をしていて逮捕されたことが、多くの人に知られてしまう。亡くなっているとはいえ、父親としてそういうのは辛いんじゃないか？」

「わざわざ大声で宣伝する必要はねえ、というわけか」高峰が目を細めて顎を撫でた。

「あいつはまだ落ち着いてないんだよ。誰かに当たり散らして、鬱憤を晴らそうとしてるだけだろう。黙って受け止めてやればいいんじゃないかな。時間が経てば落ち着くよ」

「えらく鷹揚じゃねえか」

「友だちだから……友だちと言っていいかどうか分からないけどな。向こうは認めないだろうし」

「お前としては、とんだ濡れ衣ってわけだ」高峰は少しだけ表情を崩した。「いつも裏でこそこそやってるから、こういう目に遭うんだよ」

「そういう仕事なんだから、しょうがない」半ば諦めたような表情を浮かべ、海老沢が肩をすくめる。

高峰は、まだ熱いコーヒーをぐっと飲み干した。これで話は終わり……何の結論も出ていないが、これ以上話すこともない。あとはせいぜい、小嶋の動きに気をつけろ、と忠告するぐらいだ。

「帰るのか」海老沢が探りを入れるように訊ねた。

「言いたいことは全部言った」

「お前、この件はこれからどうするつもりだ？」

「さあな。今のところ、調べる手もねえし……お前こそどうする？」

「僕は僕なりに、もう少し調べてみるつもりではいる」

「公安には公安の手があるわけか」

「詳しいことは言えないが」

「まあ、せいぜい気をつけてくれ。小嶋は要警戒だぜ」うなずき、高峰は立ち上がった。気づいて尻ポケットから財布を抜き、メニューを確認して百円玉を一枚、置いた。「払っておいてくれ」

「ああ」

「お前――」

「何だ？」

「いや、何でもねえ」高峰は、自分でも何が言いたいのか、分からなくなっていた。

8

海老沢はさらに調査を進めることにした。和人の死については、内ゲバの可能性も疑っている。所轄の捜査では自殺に間違いないという結論が出ていたが、背後に何があるかまでは分からない。表に出ていない真相が明らかになれば、小嶋も少しは落ち着くかもしれない。逆に、怒りが加速する可能性もあるが。

内ゲバは、昭和二十年代からあった。共産党が国際派と所感派に分裂した後、双方に所属する学生同士がぶつかり合ったのが、その「走り」と言える。六〇年安保以降は、新左翼勢力が分裂し、個人を標的とした拉致、リンチ事件も珍しくなくなった。

海老沢自身にも、苦い思いがある。公安の狙いは、新左翼勢力の弱体化・抑えこみだから、内ゲバは間接的にこちらの役に立つ。身内で殺し合えば、当然組織はガタガ夕になり、逃げ出す人間も増えるからだ。そのため、密かに情報を流して、内ゲバを助長するような作戦も取っていた。海老沢が直接指示したことはないものの、こういうやり方に忸怩(じくじ)たる思いを抱いていたのは事実である。それによって、本当に新左翼の勢力が弱ったかどうかについては——何とも言えない。

　内ゲバ説は次第に薄れてきた。海老沢は元共革同のメンバーに会い続けたが、やはり和人は活動から完全に身を引いていたようだ。全員が同じことばかり言うので、口裏合わせをしているのではないかと思えるほどだったが、共革同との関係が切れていたのは間違いない。

　その日会ったのは、和人の大学の同級生で、卒業後は大学院に進んだ岩尾(いわお)という男だった。連絡を取ると、すぐに会うことを了承した——指定してきたのは、二人が通った大学のキャンパスだった。

　東都大は共革同のかつての拠点の一つで、他のセクトの活動も活発である。構内に足を踏み入れた途端、海老沢は大量の立て看板に出迎えられた。各セクトが競うように主張を展開しており、内容はばらばらだ。七〇年安保反対、成田(なりた)空港建設反対……考えてみれば「反対」ばかりである。要するに彼らは、体制側がやることには全て反対なのだ。学生たちから建設的な意見が出ることがあるのか、と海老沢はいつも不思議に思っている。

しかし、岩尾も何とも思わないのだろうか。警察官が学内に入ることに対して、異常な抵抗を示す人間もいるのに……そもそも警備員に何も言われなかったのが不思議でならない。まあ、警察手帳を示したら、それでまた一悶着起きただろうから、これでよかったのだが。

岩尾は、面会場所に大学院の研究室を指定してきていた。大学院生がどういう勉強をしているかは分からないが、個室を持っているわけではないだろう。他の学生たちがいるところで話をするような羽目に陥らないことを、海老沢は祈った。

「西田研究室」と書かれた看板を確認し、ドアをノックする。「はい」と低い声で返事があったので、海老沢はゆっくりとドアを押し開けた。罠がしかけてあるわけではないだろうが、慎重にいくに越したことはない。

ここは教授の部屋なのだろう、本と資料で埋まっているせいか、かすかにカビ臭い臭いがする。一人の男が、部屋の中央にあるテーブルについて煙草をふかしていた。間違いなく岩尾——海老沢は写真で既に確認していた。ただし、逮捕時の写真と、今目の前にいる男は別人と言っていいほど違う。当時は肩にかかるほど長い髪だったのだが、今は短くして、ようやく耳が隠れるぐらいの長さになっていた。頬が削げたように見えるぐらい痩せていたのに、少しふっくらしている。しかし、特徴的な鼻の横の黒子のおかげで、すぐに本人だと確認できた。

「岩尾さん？」

「岩尾です」岩尾が立ち上がりもせずに言った。

「入っていいかな」

「どうぞ」

そうは言ったものの、いかにも不機嫌な様子である。海老沢は、自分が場違いな場所に来てしまったことを強く意識しつつ、彼の正面に座った。大きな灰皿には吸殻が五本転がっており、窓を締め切っているせいで煙草の煙が充満していた。

「普段からここを使ってるのかね？」煙の向こうに霞む岩尾の顔をしっかり見ようと、海老沢は目を細めた。

「指導教授の部屋ですけどね……ここにいることは多いです。今は、教授は海外出張中です」

「どちらに？」

「西ドイツの学会に」

「海外出張は多い？」

「人によりますね」岩尾は素っ気なく返事するばかりだった。たとえ雑談でも、こちらの話に簡単に乗る気はないらしい。

「今日は、亡くなった小嶋和人君のことについて伺おうと――」

「分かってます」岩尾が海老沢の言葉を遮った。「昔の仲間に話を聞いて回っているそうですね」

「警告の連絡が入った？」

岩尾が無言でうなずいた。不機嫌に口をへの字に捻じ曲げている。海老沢が会った人間は、全員がどこか怯えていたのだが、岩尾はむしろ不快そうにしている。

「今さら昔の話をされてもね……」岩尾がそっぽを向きながら、煙草を灰皿に押しつける。すぐに新しい煙草をくわえ、火を点けた。

「あなたの昔の話を聴きたいわけじゃない。知りたいのは小嶋君のことだ」

「小嶋は抜けた――抜けたというより、共革同は自然消滅したんです。彼はそれで、運動からは足を洗ったわけですよ」

「間違いなく？　他のセクトには参加しなかった？」

「してないでしょうね。私はずっと大学にいて、彼のことも見てましたけど……懲りたんでしょう」

「たった一回逮捕されただけで？」

「覚悟が足りなかったんじゃないかな」岩尾が肩をすくめた。「警察官には分からないかもしれないけど、留置場に入れられるのは大変なショックなんですよ」

「学生運動をやっている人は、そういうことを気にしないのかと思っていたよ。一度や二度ぐらい逮捕された方が、かえって箔がつくんじゃないかな」

「まさか」岩尾が鼻を鳴らす。「ヤクザじゃないんですから……まあ、俺たちは皆、『網走番外地』を見て、高倉健には痺れましたけどね」

男の義理と誇りを描いたこのシリーズは、昭和四十年に始まり、高倉健を一躍スターダムに押し上げた。これに限らず、東映ヤクザ映画は何故か左翼の学生たちにも人気だと海老沢は聞いたことがある。学生運動に没入する若者たちが、この映画を観て、高倉健の真似をして肩を怒らせながら映画館から出て来る——「アウトロー」という点に、共通点を感じているのだろうか。

「ヤクザも学生運動も同じですよ。社会からのはみ出し者という点ではね」岩尾が、海老沢が考えていたことをそのまま口にした。

「そんなに簡単にまとめていいのか？」

「だって、『学生』運動ですよ」

「どういう意味だ？」

「学生でなくなったら卒業するんですよ」

「期間限定だったと？」先日会った江森も同じように言っていたが、海老沢は何となく釈然としなかった。命を落とす人間さえいるのに、こんな軽い調子で言われても……。

「そうですよ」岩尾があっさり認めた。「本気で革命を起こせるなんて考えてる奴はいないでしょう」

「だったらどうして、これだけ多くの学生が運動に身を投じるんだ？」

「流行ってるからに決まってるじゃないですか」岩尾があっさり言った。「周りの人間がやってるから自分もやる——それだけです。流行の服を着たり、音楽を聴いたりするのと同じですよ。もちろん、学生運動はちゃんと勉強して理論武装しないとできないけどね」

「あなたの今の研究は、学生運動と結びついたものなのか？」

「そうとも言えますね」岩尾がうなずく。「近現代政治史——戦前から戦後にかけての政治を研究してます。この研究をすればするほど、学生運動なんか無駄なものだと分かってくるんですよ。当時の俺たちには見えてなかったけど、政府は、学生運動なんかではかすり傷しか負わなかった。唯一のチャンスが、六〇年安保の時の国会突入だった」

海老沢は反射的にうなずいてしまった。十年前だが、未だに記憶は鮮明である。昭和三十五年六月十五日、約二十万人のデモ隊が国会を包囲し、機動隊と衝突した。この時、デモ隊側で東大の女子学生が死亡して、大きな衝撃が走った。負傷した学生は約四百人、逮捕者は二百人——海老沢は国会の現場には行かず、警視庁本部で指揮を執っていたのだが、時間が経つに連れて、「大したことではなかった」と奇妙な安心感を抱くようになった。二十万人もの人が国会に押しかけたのに、力ずくで占拠しようとしない。それがデモ隊の良心だったのか、国会を占拠してもどうしていいか分からなかったからかは不明だが、これが日本人の限界なのだ、と海老沢は確信した。

七〇年安保に向けた動きは六〇年代後半から次第に活発になっていったが、六〇年安保に比べると闘争方針が分散し、しかも内向的になってきた印象が強い。東大紛争、日大紛争などはその最たるもので、いずれも学内の問題に怒りを覚えた学生たちが暴走した結果である。安田講堂の攻防戦はマスコミにも大きく取り上げられ、学生運動の象徴として捉えられているが、海老沢の感覚では単なる「内輪の争い」だった。機動隊を大量に動員する必要もなかったのではないか。それ以前──昭和二十年代の方が、一般の生活に影響が出る混乱が多かったと思う。

「結局大事なのは、どうやったら日本が住みやすい国になるか、差別がなくなるかということですよ」岩尾が講義でもするような口調で言った。「革命っていうのは、新しい政府を作ることで──特に共産主義革命の場合は、虐げられた人民のための新しい政府を作って、万事平等を目指します。でも、本当に大事なのは、豊かになることじゃないですか？　全体が豊かにならないと、貧乏な平等になってしまう」

「つまり、どうやって隅々まで金を行き渡らせるかが大事なんだね？」海老沢は露骨に訊ねた。

「そうです」岩尾があっさり認めた。「多くの人に金が回れば、日本全体が豊かになる。もちろん贅沢には限りがないですから、どんなに金を儲けても満足しないだろうけど……でも、貧乏するよりはいいですよね？　そのためにはどうしたらいいか？」

「金儲けだね。日本全体で」

「そうなんです」岩尾がうなずく。「学生運動をやっていても、いつかはそれに気づくんですよ。だからほとんどの連中が、卒業すると普通の企業に入って金儲けを始める――正直、革命よりも金儲けの方がはるかに楽ですからね」

岩尾が声を上げて笑うのを見ながら、海老沢は密かに納得していた。昔――終戦直後の労働運動は、もっと危険な雰囲気をはらんでいた。それこそ生活がかかった労働者が、必死になって取り組んでいたせいだろう。しかし今の「学生運動」はもっと軽い感じがする。若者らしい理想主義、それに岩尾が言った通りに「流行り物に飛びつく」感覚で人が集まるのだろうが、海老沢たちから見れば、「伝染病」のようなものである。岩尾のように、最終的にはそこから無事に脱する人間がほとんどだ。だったら、若い連中も捨てたものではない――しっかり物事を見据え、考えているではないか。

「まあ、中には抜けられない奴もいますけどね」岩尾が皮肉っぽく言った。

「いますよ。いつの間にかドロップアウトして、大学から消えてしまった連中が……たぶん、地下活動に入ったんでしょう」

「東都大にも？」

「小嶋君は違うわけだ」

「もちろん」岩尾が首を横に振った。「あいつも目が覚めた一人です。だからこそ、入社試験も、最難関の朋明商事に挑戦したんだから」

「最近、彼と話したことは？」

「ここ一年はないですね。卒業する時に会ったきりかな」

「その時――一年前に、何か変わったことは？」

「明るくなってましたよ」そう言う岩尾の顔も明るかった。「希望の会社に就職できて嬉しかったんでしょう。素直で可愛い奴ですよ」

しばらく岩尾と話し続けたが、結局和人が自殺した動機は分からなかった。やはり内ゲバではなく、会社の中で何か問題があったのではないだろうか……それなら、岩尾が知る由もない。

最後に海老沢は確認した。

「小嶋君が逮捕された事実が外に漏れることはなかったか？」

「何ですか、それ」岩尾が目を見開く。

「逮捕歴が会社にばれて、問題にされていた、という情報があるんだ」

「そんなことはあり得ないでしょう」岩尾があっさり否定した。「それをばらして、誰にとって利益があるんですか」

「利益云々の問題ではなく、つい話してしまうこともあると思うが」

「少なくとも私が知っている限り、そういうことはないですね」

「共革同が実質的に消滅した後も、君たちは連絡を取り合っていたんじゃないか？」

「友人づき合いは続きましたよ。特に私は学科も一緒だったから、普通の友だち同士の関係でした。でも、あの逮捕の話は一度もしたことはないな。お互いに避けていた感じです。わざわざ喋るようなことじゃないでしょう」

「なるほど……」海老沢は膝を叩いて立ち上がった。岩尾の説明に嘘があるとは思えない。

しかし、誰かが嘘をついている——海老沢は、朋明商事という会社に、胡散臭(うさんくさ)いものを感じ始めていた。

本部に戻ると、十係の山崎がすっと近づいて来た。

「例の件でお出かけでしたか？」

「ああ、何かあったか？」傍らの丸椅子を勧めながら、海老沢は訊ねた。

「いえ、そういうわけではないんですが」椅子に腰かけながら山崎が言った。「本当にお手伝いできることはないんですか？」

「ああ……共革同の連中に対する事情聴取は一通り済んだ」

「いかがでしたか？」

「やはり、共革同は完全に活動停止したようだな。問題は……自殺した小嶋和人という人間に関する情報が、本当に朋明商事に流れていたかどうかだ」

「それはないでしょう」山崎が即座に断言した。「意味がありません。団体は既に活動停止、本人も運動から離れて数年経っている——それを考えると、うちが追う意味はありませんよ。今もどこかの組織とつながっているとしたら、そういう手を使って潰す方法はありますけどね」

「……それは公安一課の得意技だからな」

「とりあえず、放置しておいてよろしいんじゃないですか？『東日ウィークリー』が何か書いてきても、無視すればいいんです。どうせ、でっち上げの適当な記事しか載ってないんですから」

「しかし、百に一つは本当のことがある——それが怖いんだ。何か裏があるなら、『東日ウィークリー』に先んじて情報を掴んでおきたい」

「我々が、週刊誌なんかに出し抜かれると思われるんですか？」山崎が目を見開く。

「連中も馬鹿にしたものじゃないぞ」海老沢は忠告した。特に小嶋が編集長になってからは……彼の「攻める」姿勢は脅威だ。確かに「飛ばし」もあるが、時に関係者を慌てさせるスクープも放つ。

「とにかく、今回は悪かったな。普段の仕事とは関係ない話で」

「とんでもないです」山崎がうなずき、立ち上がった。「十係は、理事官の私兵ですから、いつでもご命令を」

私兵か……嫌な言葉だ。山崎は戦後世代、終戦時にはまだ十五歳だったから、戦争の本当の怖さを知らないのかもしれない。海老沢は、「戦争」や「兵隊」という単語を会話に入れこむことに抵抗感を持っていた。

山崎が去って、海老沢は夕刊を広げた。今日の一面トップニュースは、日米繊維摩擦についてだった。日本企業の海外進出はどんどん進んでおり、繊維摩擦もその結果と言っていいだろう。岩尾が言った通り、日本国中が、豊かさを求めて貪欲に動いており、それが他国の政府を苛立たせることもある。

いつもの癖で、一面を読んだ後は社会面を確認する。ざっと流し読み……今日は大きな事件はない。しかし、映画関係の記事に目が止まった。しばらく前から、映画にモデルとして登場する前衆院議員の女性が、「プライバシーの侵害だ」と上映禁止を訴えていたのだが、映画会社などとの話し合いが決裂し、東京地裁に上映禁止の仮処分申請をしたというものだった。戦前、芝居の脚本検閲をしていた海老沢にすれば、微妙に興味を引かれる一件ではあったが、やはり戦前とは事情が違う。昔は「プライバシーの問題」という概念自体がなかったのだ。

最後に、テレビ欄をざっと眺め渡す。ああ、今日は『ゲバゲバ90分！』がある日か……海老沢は、このナンセンス番組が大嫌いだった。若者向けということもあって感覚が合わない。自分たちが愛した上質なユーモアは、いつの間にか日本から失われてしまったようだ。

思えば、戦前何度も舞台で観た古川ロッパのユーモアは乾いていて、子どもには分かりにくかった。どちらかというと、大人のものだったと思う。動きの面白さで笑わせるエノケンの方が、あらゆる世代に受け入れられていた。戦後、海老沢が無条件に受け入れたのは、クレージーキャッツだけだった。元々はジャズバンドなのだが、そういう連中が得意にしている「おふざけ」が注目を集めて映画やテレビに進出し、六〇年代前半には絶大な人気を博した。海老沢は主に映画で観ていたのだが、メンバーの植木等が主演した『ニッポン無責任時代』には啞然とさせられた。ストーリー的には大したことはないのだが、乾いたギャグの連打に、何となく懐かしい——ロッパに通じるものを感じた。

しかしその後、テレビが普及するに連れて、コメディは子どもたちのものになった。コント55号やザ・ドリフターズなど、その最たるものだろう。ああいうドタバタを見て笑い転げている子どもたちは、将来何に心を動かされるのか、心配になる。まあ、いいだろう。テレビの影響力は無視できないが、海老沢がそれに絡むことはないのだから。

新聞を読んでいるうちに、また和人のことが気になってきた。ここはやはり十係ではなく、四年前に共革同を捜査していた連中に話を聴かないと……当時の担当は三係。メンバーはだいぶ変わってしまったが、それでも古株の刑事はいる。

海老沢は警電の受話器を取り上げ、三係にかけた。いきなり顔を出すよりも、まずは電話で話した方が騒ぎは大きくならない。当時の担当刑事を確認すると、大ベテラン――海老沢より一歳年上の八田（はった）だと分かった。電話で呼び出して用件を伝え、打ち合わせなどに使う小部屋で話を聴くことにする。

八田は、五十四歳という年齢にしては大柄だ。戦時中は中国で従軍していたのだが、「体がでかいと的になりそうで怖かったですよ」と酒の席で苦笑したことがあった。

狭い部屋で正面から対峙すると、嫌な緊張感がある。やはり体の大きな男は、それだけで威圧感を発しているのだ。それに自分より年上なのに、まだ四十代にしか見えないのも何となく忌々（いまいま）しい。

「八田さん、さっきも言ったけど、四年前の話なんですよ」海老沢は基本的に、年上の相手には敬語で話すことにしていた。巡査部長の八田と警視の海老沢の階級には三段階の差があるのだが、軋轢を生まないためには年齢を重視した方がいい。ただし、そういう気遣いも間もなく終わり……定年が近づいてきて、自分より年上の人間は少なくなった。

「四年前ですか」八田が、白いものが混じったもみあげを人差し指で撫でつけた。「記録には残してありますが、それ以上のことはちょっと……私も年ですから、すぐに忘れてしまう」

「そんなことないでしょう。頼りにしてますよ」

「いやいや」八田が苦笑する。「脳細胞もだんだん死んでいるみたいですよ」

「――それはともかく、小嶋和人という学生がいたでしょう」

「ええ」

すぐに反応するあたり、彼の記憶力がまだ確かな証拠だ。

「彼が自殺した話は聞きました?」

「情報としては」

「三係としては、その後はマークしていなかったんですね?」

「外してました。追う意味もなかった――彼は、学生運動からは完全に足を洗っていましたからね」

「間違いなく？」

「ええ」八田がわずかに不機嫌な表情を浮かべる。「そういう確認では、ヘマはしませんよ」

「だったら、追跡して嫌がらせをする必要もなかったわけだ」

「朋明商事に就職したそうですね？　日本経済のために必死に働くのは、悪いことじゃないでしょう。エコノミックアニマルの一員になる覚悟があるんだったら、むしろ歓迎すべきじゃないですか。そういう連中が稼いだ金は、回り回って我々のところに流れてくるんだから」

「それはそうだ……彼の逮捕情報を、朋明商事に流していませんね？」

「まさか」八田が真顔で否定した。「調査対象でもない人間なのに、そんなことをする必要はありませんよ」

「嫌がらせする意味はない、ということですね」

「日本のために金儲けしてくれる若者の足を引っ張るような真似はしません」八田も「金」を判断基準に置いているようだった。

「そうか……」

「自殺の動機はそれなんですか？」

ね」

「逮捕された事実がばれて、会社で白い目で見られていた、という話がありまして

「まあ……武勇伝で済まされるかどうかは微妙なところでしょうね」八田が顎を撫でた。「商社なんて、野武士の集まりだって言いますけど、それにしても、学生運動はマイナスだと感じる人もいるでしょう。会社の中で問題にされても、不自然ではないな」

「しかし、朋明商事は否定しているんですよ。初耳だったとか」

「理事官、そんなことまで調べられたんですか?」八田の目が鋭くなった。「十係も大変ですな」

「いやいや……十係は関係ないですよ」下準備をしただけだ。

「だったらご自分で?」八田が目を見開く。

「私も、現役を引退したわけではないですからね——本当に、三係から朋明商事に情報が流れた可能性はありませんか?」

「ありません」八田が鼻で笑う。「うちもそれほど暇じゃありませんよ」

「誰かが嘘をついている気がしてならないんですがね」

「内輪の人間を疑い出したらお終いでしょう」八田の唇が皮肉に歪む。「まあ、うちは昔からそういうところですけどね」

内輪の人間も信じない——確かにそれは、公安の伝統だ。誰が何をやっているか分からないから、全面的に信用してはいけない。特に八田のようなベテラン捜査官は、本心で何を考えているか分からないから、警戒が必要だ。飼い犬に手を噛まれるのも珍しいことではない。外部の人間が見たら異常な世界だろうが、海老沢はこの部署で用心する手法をすっかり学んでいた。

その日の夜、海老沢は高峰の自宅に電話を入れた。警視庁の中にいる時は、たとえ電話でも話しにくい……海老沢が自身で調べ、判断したことを話す。

「やっぱり誰かが嘘をついてるってことか」高峰が唸(うな)った。

「僕はそう思う」

「会社の人間かな」高峰が自信なげに言った。「白眼視された社員が自殺したら、会社としてはあまり表沙汰にしたくねえだろう」

「ああ。しかし、どこから情報が流れたのかは分からない。昔の仲間からとは考えにくいし、うちからというのもあり得ない」海老沢は断言した。

「本当かね」

「うちが情報を流しても、何の利益もないんだ」

「公安は、利益を第一に考えて動くわけか」

「税金の無駄遣いはしたくないからな……なあ、僕も小嶋に会ってみようと思うんだが、どうだろう」

「本気か?」高峰の声に緊張感が混じる。「まずいだろう。奴は、お前に個人的な恨みを抱いてるんだぜ」

「僕が恨まれる筋合いはない」

「そりゃそうだ。俺もそう思うよ。でも、小嶋はそう考えてる……あれは、理屈で押しても絶対に納得しねえぞ」

「分かってる。しかし、放っておいていいとは思えないんだ。僕が犠牲になって済むなら、それでいいじゃないか」

「お前が守ろうとしてるのは、自分の部署じゃねえのか」

高峰に指摘され、海老沢は黙りこんでしまった。そう、このまま小嶋の怒りが収まらなければ、『東日ウィークリー』は本格的に公安に対する攻撃を始めるかもしれない。週刊誌に書かれたぐらいでは公安一課はびくともしないが、それでも世間体はよくない。そうならないうちに、自分が防波堤になれれば……。

「俺が言っても、どうせ聞かねえんだろう?」

「ああ」

「分かった。だったら俺も一緒に行く。二人一緒なら、奴も簡単に手出しはできねえい」

「小嶋は臍を曲げるかもしれないぞ。警察に圧力をかけられたと感じるかもしれな

だろう」

「実際、圧力をかけるんだよ」高峰が認めた。「俺たちが二人がかりで調べて、小嶋

が心配しているようなことはないと分かった……それを納得してもらうしかねえな。

そのためには、二人がかりで説得するしかねえだろうが。それにこの件は、厳密には

捜査一課の扱いなんだぜ？　一般市民の自殺なんだから」

「ああ……分かった。どうする？」

「俺が連絡を取るよ。お前が電話したら、反発するに決まってるからな。約束してお

くから、お前は黙ってそこに来てくれ」

「小嶋は何も言わずに帰るかもしれないぞ」

「その時はその時で考えよう。それで、お前の空いている日時は――」

高峰と日程のすり合わせをして、海老沢は電話を切った。

「お風呂、どうしますか？」貴子が訊ねた。「あ？　ああ、そうだな」海老沢は壁の

時計を見上げた。既に午後八時を回っている。「利光は？」

「今日はまだよ」

「大丈夫なのか？　怪我してるのに……結局、医者へも行ってないんだろう？」

「そうね」

「だいたいあいつは――」

その時、玄関のドアが開く音がして、すぐに利光が入って来た。特に足を引きずる様子もない。怪我して数日しか経っていないのに、もう回復したのだろうか。

「ああ、腹減ったあ」利光が大荷物を音を立てて床に置いた。バッグの中は汚れたユニフォーム……教科書もノートも全部一緒くたに入れてしまう雑さが、海老沢には理解できなかった。

「お前、足はもういいのか」

「何とかね。軽く練習もしてるし……四月になるとすぐに都大会が始まるから、休んでる暇はないよ」

「試合には出られそうなのか？」

「もちろん」利光が不思議そうな表情を浮かべた。「俺が出ないで誰が出るの？」

「そこまで自信たっぷりなら、たまには試合でも観に行くか」

「それはちょっと……」利光が顔をしかめた。「都大会ぐらいで応援に来られたら、恥ずかしい」

「だったら、どこから応援に行ったらいいんだ？　関東大会か？」

「そうだね」

「行けるのか？」自信たっぷりな言い方に、海老沢は目を見開いた。

「うち、春の都大会では優勝候補なんだぜ」呆れたように言って、利光が首を捻る。

「ああ、そうか。まあ、頑張ってくれ。勉強もな」

「大学、行っていいんだ？」

利光が深刻な表情で訊ねた。息子の心配は、海老沢にも痛いほどよく分かる。自分はあと二年で定年……大学の学費を出してもらえるかどうか、不安なのだろう。もちろん海老沢もそのことは承知していて、既に様々な手を打っている。金のかかる医学部へ行くとでも言い出さない限り、心配はないはずだ。どこかへ再就職して、もう少し働くつもりでもいる。ただし今のところ、どこで働くかはまったく決めていなかったが。

「心配するな。大学ぐらい、何とかする。だけど、下らない学生運動なんかには首を突っこむなよ」

「大学でもサッカーをやるんだから、そんな暇はないよ」利光がバッグを取り上げ、自室へ向かった。

あいつはあいつで色々考えているわけか……様々な可能性を考えられるのは若さの特権だな、と海老沢はしみじみ思った。

9

『東日ウィークリー』の編集部は、銀座に拠点を置く東日新聞本社内にではなく、神保町にある。高峰にとっては懐かしい街……生まれ育った家がこの近くだったのだ。子どもの頃からよく通った古本屋街は空襲の被害を免れ、戦後、いち早く復興の拠点になっていた。もっとも最近は、この街へ来ることも少ない。実家は空襲で焼けてしまったし、知り合いがいるわけでもなく、古本を漁る時間もなかった。

小嶋と待ち合わせしたのは、編集部ではなく、近くの喫茶店だった。高峰が店に入った時には、小嶋は既に席について煙草をふかしていた。遠目に見ても不機嫌なのが分かる。

「すまん、遅れた」高峰は彼の向かいに腰を下ろした。

「ああ」ぼんやりした口調で答え、小嶋が外を見やる。雨——傘をさしていたにもかかわらず、高峰のコートはすっかり濡れていた。冬に逆戻りしたような陽気で、店内は暖房が強く効いているのに、小嶋は寒そうに背中を丸めている。灰皿にはまだ吸い殻が一本もない——来たばかりだな、と高峰は判断した。

コーヒーを注文してから、「もう普通に仕事してるんだな」と切り出した。

「忌引きは一週間だからな。それより長く休みたかったら、自分が死ぬしかない」

強烈な皮肉……戦争から帰って来て、小嶋はすっかりひねくれてしまった。戦前は明るく、周りの人間を笑わせたり、映画や芝居の知識をひけらかして悦に入ったりしていたのに。

「わざわざ申し訳ねえな。忙しいんだろう？」

「編集部を抜け出してくるだけの価値がある話なんだろうな」小嶋が軽く脅しをかけた。

「それを判断するのはお前だ。俺には何とも言えねえ」

「何だよ、それは」不機嫌に言って、小嶋が盛大に煙草をふかした。「時間の無駄になるかもしれないのか」

「何とも言えねえんだ」高峰は繰り返した。

「おいおい」小嶋が肩をすくめる。「天下の警視庁捜査一課のお偉いさんが、そんな曖昧なことしか言えないのか？」

「すまん」高峰としては素直に謝るしかなかった。彼がこれから聞かされるのは、彼が信じている情報ではないのだ。

その時、小嶋の顔がさっと蒼くなった。

「おい――どういうことだ？　俺を引っかけたのか？」

小嶋が気色ばむ。振り返ると、海老沢が申し訳なさそうな表情を浮かべて店に入って来るところだった。

「何であいつが来るんだ？」小嶋が凄んだ。

「俺が呼んだんだ」高峰は淡々とした口調で告げた。

「俺は、和人を貶めた人間と話す気はない！」

小嶋が、左側の椅子に置いたコートを乱暴に摑む。高峰はテーブルの上に身を乗り出し、彼の右腕を摑んだ。その瞬間、小嶋の表情が歪む。右腕の古傷に触ったか――

高峰は慌てて手を離した。

「すまん」小声で謝る。

「クソ！」小嶋が吐き捨て、コートを叩きつけるように椅子に置いた。

「でかい声を出すなよ」高峰は忠告した。「店の中だぞ」

「分かってる！」

様子を見守っていた海老沢が、そろりと高峰の横に腰を下ろした。小嶋が鋭い視線を投げかけたが、声は出さなかった。しばし沈黙……結局、高峰が口火を切ることになった。

「騙したような形になって悪かった」まず謝る。

「騙した『ような』？」小嶋がまた声を張り上げる。「実際、騙してるじゃないか」

「海老沢の話も聞いて欲しかったんだよ。海老沢は海老沢で、和人君のことを調べていたんだ。お前のことを心配して、だぞ？」

「そりゃあどうも」小嶋が白けた口調で言った。「で？　公安の幹部さんは、どういう情報を持って来てくれたんだ？」

「うちから情報が流れた証拠は一切ない」海老沢が低い声で断言した。

「じゃあどうして、逮捕歴のことが朋明商事にバレたんだ？　誰かが言ったからだろうが」

「前にも言ったが、朋明商事の人間はその件を知らねえと言ってる」高峰は会話に加わった。

「そいつが嘘をついてるんだろう」小嶋が反論する。

「今のところ、その証拠はまったくねえ。もしかしたら、上の人間は知らなくても、下の人間――和人君に近い人間は知っていた可能性はある」

「つまり、仲間内のいじめのようなものか？」小嶋が高峰を睨む。

「そうかもしれねえが、もっと時間をかけて調べねえと、はっきりしたことは分からん」

「もうお手上げかよ」小嶋が鼻を鳴らす。

「小嶋……これが本当に自殺だったら、捜査一課としてできることは何もねえんだ。

俺は、お前が苦しんでるから、自分で勝手に調べてみただけだからな。職分とは関係ない仕事をしてたんだから、処分を受けてもおかしくねえんだぞ」

小嶋が黙りこむ。腕を組み、灰皿に置いた煙草から立ち上る煙を凝視した。しばらく、瞬(まばた)きもせずにそうしていたが、やがて力なく顔を上げる。

「だったらこの件は、警察的にはもうおしまいか」

「はっきり言って、そうだ」高峰は認めた。「すまねえが、俺と海老沢はきちんとやった――ベテランの捜査官二人が別々の方向から調べて、お前が想像しているような事実は出てこなかったんだぞ。それで察してくれねえかな。お前が苦しんでいるのは分かるが、時が必ず解決してくれる――」

「こんな苦しみが消えるわけがない！」叫んで、小嶋が拳をテーブルに叩きつけた。「お前らに分かるか！」

「……僕は、妹を殺された」

海老沢がぼそりと漏らした一言が、場の空気を凍りつかせた。これに対しては、小嶋も何も言えないだろう。海老沢の妹は、戦後すぐに、高峰が追いかけていた連続殺人犯の犠牲になったのだ。小嶋もそれを知らない訳がない。

息苦しいほどの緊張感に耐えきれず、高峰は煙草に火を点けた。セブンスターの軽い味わいが、今日はやけに苦く重く感じられる。肺に一杯煙を溜めてから、コーヒーを一口。苦味を味わいながら、小嶋の出方を待った。しかし彼は、依然として口を開こうとしない。海老沢の一言で、高峰が予想していたよりもひどい打撃を受けたようだ。

「なあ、小嶋」

高峰が呼びかけると、小嶋がのろのろと顔を上げた。

「苦しいなら、俺が——俺たちが引き受けるよ。愚痴ぐらい、いつでも聞いてやる。だから……」

「無理だ」小嶋が低い声で言った。「ただ……俺は諦めない。和人が会社で周りから責められて苦しんでいたのは間違いないんだ。会社で何か問題があって、それからひどい目に遭っていた。あいつがそう言っていたんだから……それが自殺の原因だ。若いのに、どうして過去に苦しめられなければならないんだ？　おかしいだろう。学生運動なんて麻疹みたいなもので、多くの人間が経験する。和人に文句を言った人間だって、逮捕されていないだけで、デモや集会ぐらいには参加していたはずだ。あるいは今も、昔の仲間や後輩に資金援助しているかもしれない」

それは極端な考えだ……日本中の大学生のうち、何割が学生運動に参加しているかは分からないが、実数はそれほど多くないのではないだろうか。新聞やテレビが盛んに伝えるから、いかにも大変なことのように思える——増幅効果というやつだ。最近は、政治活動に興味を持たない「ノンポリ」と呼ばれる人が多数派のはずだが、そういう人の存在は目立たない。

「俺はもう調査を始めた。これからが本当の戦いなんだ」小嶋が宣言した。

「小嶋、その前にまず、俺たちの話を聞け。俺と海老沢が調べてきたことを、ちゃんと頭に入れてから判断しろ」

高峰と海老沢は、交互に事情を説明した。しかし小嶋の態度は一切変わらない。そもそも人の話を聞く気にもなれないようだった。

「終わりか？」話が一段落したところで、小嶋がぽつりと言った。「終わりなら、俺はこれで失礼する。言わせてもらえば、お前たちの調査には穴が多い。分からない部分だらけなんだよ。あの会社には、何か怪しいところがある。不正な取り引きか何かがあるかもしれない」

「和人君がそれに関係していたのか？」高峰は訊ねた。

「あいつがそんなことをするはずはない！」小嶋がまた激昂した。「しかし、そういう会社だったとしたら、和人を追いこむぐらいするかもしれない。あいつは自殺したんじゃなくて殺されたんじゃないか？　誰かに突き落とされて――」

「よせよ」高峰は忠告した。「仮定の話――お前の想像じゃないのか？　裏が取れるかどうか分からない話に、お前のところの取材力を割く必要があるのか？」

「警察には、うちの方針に口出しする権利はない！」

小嶋は伝票を掴んで立ち上がった。高峰は密かにその姿を目で追った……小嶋はレジのカウンターに乱暴に金を叩きつけると、大股で店を出て行く。ドアについたベルが高い音で鳴った直後、海老沢が溜息をついて立ち上がった。すぐに高峰の向かい、先ほどまで小嶋が座っていた席に腰を下ろした。高峰は新しい煙草に火を点け、目を閉じたまましばらく紫煙を薫せた。灰を落とそうと灰皿を見ると、既に吸い殻で埋まっている。会っていた時間は三十分ほどのはずだが、小嶋は煙草を四本灰にしていた。

「今の話、どう思う？」高峰は訊ねた。

「何とも言えないな。殺された……それはさすがに小嶋の思いこみだと思う。根拠がある話とは思えない。でも、あいつは絶対に引かないぞ」海老沢がぽつりと言った。

「ああ」

「完全に自分の考えに凝り固まっている。事実に関係なく、あることないこと書いてくるかもしれない」

「それは覚悟しておこう。しょうがねえよ……会社の問題についてはどう思う？　俺は、そういう情報は掴んでねえぞ」

「僕も分からない」海老沢が首を横に振った。

「お前のところから情報が漏れたわけじゃないというのは本当か？　信じていいのか？」

「百パーセント確実とは言えないが、そもそもそんなことをする意味がない」

「こういう情報は、ひょんなことから漏れるもんだろう。漏らす意図があったかどうかは関係ねえんだ」高峰は応じた。「和人君が、社内できつい目に遭っていた事実はあるかもしれねえ」

「それについては、お前が否定してたじゃないか」

「二人の部長から話を聴いただけだからさ。平社員の間では問題になっていて、部長クラスは把握していない可能性もある」

「ああ」海老沢がうなずき、コーヒーではなく水を一口飲んだ。「もしかしたらお前の事情聴取が引き金になって、社内で調査が始まるかもしれないな」

「ああ」高峰は認めた。「少し時間をおいて、また話を聴いてみてもいい」

「そうか——もう出ないか？」海老沢が周囲をさっと見回した。「長居し過ぎた」

確かに。しかもかなり大きな声で話し合っていたので、何度か店員や他の客の視線を感じていた。目立ってはいけない……高峰はうなずくと、コートを摑んで席を立った。

コートを腕にかけたまま店の外に出ると、真冬並みの寒気と冷たい雨が容赦なく襲いかかってきた。慌ててコートを着こんだが、一瞬で体は芯まで冷えてしまった。一方海老沢は、さほど寒そうにしていない。ただうつむき、何かを深く考えこんでいるようだった。

二人は無言のうちに靖国通りに出た。道の両側にずらりと並んだ古本屋……大きなビルも増えたが、基本的には戦前と似た光景だ。

ふと、海老沢が立ち止まる。

「どうかしたか？」

「いや……」海老沢は傍の二階建ての古書店を見上げていた。「昔、ここでお茶を飲んだことがある」

「ここって、古本屋で？」

「二階で、店主にお茶を出してもらったんだ」

「お前はよほどの上客だったんだろうな」高峰は言った。「店の人もサービスしたくなるぐらいの」

「そういう訳じゃないんだ……話すと長くなるんだけどな。その時僕と一緒にいた人間は、その後死んだ——殺された」

高峰は口をつぐみ、ぐっと息を呑んだ。彼が連続殺人のことを言っているのは明らか……被害者の中で、妹以外に海老沢と接触があったとすれば、戦前に劇団「昭和座」の座付き作家だった広瀬孝だけだ。その広瀬も、犯人の手にかかって殺された。広瀬は死んでも、彼が通っていた古書店は残っている。この店――街の「寿命」はどれぐらいなのだろう、と高峰は不思議に思った。

「お前、どうするんだ」

再び歩き始めた海老沢の背中に向かって、高峰は訊ねた。二、三歩先を行っていた海老沢が立ち止まり、振り返る。

「決めかねている」

「俺もだ」

「本来の仕事もあるしな……気にはなるけど、実際にできることは限られている」

「まったくだ」高峰はうなずいた。「正直、これ以上手もねえんだ。部下を動かせればもう少し調べられるが、単純な自殺だから無理だ」

「それは僕も同じだ」

「お前には、いつでも自由自在に動かせる隠密部隊があるんじゃないか?」高峰はそういう噂を聞いたことがあった。捜査一課には、課長―理事官―管理官―係長というしっかりした指揮命令系統ができていて、命令・報告のルートは極めて単純だ。理事官が平刑事に直に命令を下すことはない。しかし公安一課の場合、理事官の直接指揮で動く「遊軍」のような係があるらしい。いかにも公安らしい話だ……。

「たとえ動かせる人間がいても、動かす理由がない」

「小嶋の悲しみは分かるけど、所詮（しょせん）は……」高峰は言葉を呑んだ。「所詮は自殺」。事件性がなければ、警察が積極的に乗り出すべき問題ではない。去年の全国の自殺者数は一万五千人ほど。それに一々深く対応していたら、いくら人手があっても足りない。通常は、自殺だと判断した時点で手を引く。捜査を続けるのはよほど特殊な場合のみ——そして今回は、特殊事案とは思えない。動機がはっきりしていないことだけが、特殊と言えば特殊なのだが。

「これで手を引くか？」高峰は訊ねた。

「そうだな……」言ったものの、海老沢の心は揺れているようだった。「お前こそ、本当にそれでいいのか？」

「分からん。もしも俺が平（ひら）の刑事だったら、暇を見つけて勝手に捜査するだろう。しかし今は、そういうわけにもいかねえ」

「理事官は全体を見るのが仕事だからな」海老沢がうなずく。

「下手に偉くなるもんじゃねえなあ」高峰は溜息をついた。「お前は偉くなると思ってた……昔から上に目をかけられてたよな。しかし俺は、ずっと現場で動き回ってるつもりだった」

「それだけお前も優秀だったってことだ。上に立って、指揮を執る人間は絶対必要だしな」

「俺はそうは思わんが……まあ、いいよ。今回は久しぶりに話ができて——」

「おっと、そこまでだ」

海老沢が高峰の言葉を遮った。二人はこの十八年間ずっと、話すことすら避けてきた。今回の件をきっかけに、高峰は「雪解け」を淡く期待していたが、海老沢はあくまで距離を置き続けるつもりのようだ。小嶋の息子の一件が解決すれば、また別の道を行く——。

お互い定年も近いのだし、このまま何もなければ、昔の交流が復活するかもしれないと高峰は思うこともあった。それは孤独感故である。理事官の椅子は居心地がよくない。気を許して話せる相手が職場にいない。

しかし——やはり心を許してはいけない。二人とも現役であり、これから何が起きるか分からないのだ。退職後の人生を思うこともあるが、本格的に考えるのはもっと後でいい。

10

その相手は、海老沢の自宅の前に立っていた。明らかに自分を待っていたのだと分かったが、一瞬誰だか分からない――東京地検の佐橋だと気づいた時には、もう遅かった。逃げ出したら、後々面倒なことになるだろう。ここで何とか済ませるしかない、と覚悟を決めた。

「やあ」佐橋が軽い調子で声をかけてきた。見覚えがないと思ったのも当然である。長く会わないうちに、見た目がすっかり変わっていたのだ。髪は真っ白になり、体は昔の二倍ぐらいに膨れ上がっている。海老沢が初めて会ったのは十八年前。あの頃は、筋肉質のがっしりした体格だったのだが……。

「どうも」海老沢は無愛想に軽く挨拶した。嫌な予感がする。

「ちょっと話せないか」

「構いませんが……」海老沢は自宅をちらりと見た。彼を家に上げる気にはなれない。

「この辺で、話ができる場所は？」

都立大学駅の近くには、馴染みの喫茶店「湖水」がある。内密の話をするにはあまり適していないのだが、寒い中で立ち話をするのも気が進まない。

「駅の近くに喫茶店がありますが」

「ああ……来る途中で見かけたな」

言いながら、佐橋が早くも歩き始めた。昔からせっかちな男だったな、と思い出して苦笑してしまう。

「いったい何事ですか」背中を追いかけながら訊ねる。

「それは、落ち着いてから話そう」振り向いた佐橋が、どこかもったいぶった口調で言った。

「今も東京地検でしたよね」

「次席だ」

「地検の次席検事が、一人で歩いていて問題ないんですか?」

「馬鹿なことを言いなさんな」佐橋が笑い飛ばした。「とにかくさっさと行こう。今日は寒くてかなわん」

外見はすっかり初老の男だが、歩くスピードは昔と変わらない。それにしても重みがないというか……東京地検次席検事といえば、ナンバーツーの存在である。警視庁で言えば副総監、警察庁だったら次長。そういう立場の人間が一人で自分を訪ねて来るのは、異例と言っていい。

駅前まで引き返し、閉店まで三十分の「湖水」に入る。いつもはほっとできる店なのだが、今日はさすがに落ち着かなかった。食事もコーヒーも、一緒にいる相手によって美味さが決まるものだと実感する。

佐橋がメニューを眺め渡し、相好を崩した。「ケーキがあるんだな」と嬉しそうに言う。

「美味いですよ」

「私はそれと紅茶をいただこう。君もどうだ？」

「甘いものは遠慮しておきます」

佐橋は甘いもの好きだっただろうか？　だとしたら、こんな体型になったのも理解できる。海老沢はコーヒーだけを頼んだ。今日はコーヒーを飲み過ぎなのだが、紅茶はあまり好きではない。今日はマスターが水を出し、注文を取りに来てくれた……閉店間際なので、他に客がいなかったのだ。

「なかなかいい店じゃないか」佐橋が満足そうにうなずいた。

「静かですからね」

「基本はジャズ喫茶なわけだ」

「そうですね」

佐橋が身を乗り出すようにしてカウンターを見る。大量のレコードに目を奪われたようだ。

「リクエストしたら、かけてもらえるだろうか」

「私はそういうことをしたことがないので、分かりません」

「そうか。物は試しで頼んでみるか」

佐橋が立ち上がってカウンターに向かい、すぐにマスターと話し始める——直後、マスターの顔が、海老沢が見たこともないほど明るくなった。コーヒーを準備する手を止めて、レコードの棚に向かう。すぐに一枚のLPを取り出し、佐橋に見せた。佐橋がうなずくと、それまでかけていたレコードを外し、今取り出した一枚をかける。静かな始まり……ジャズというと、海老沢は騒々しい印象を持っていたのだが、このアルバムはそんな感じではなかった。佐橋はカウンターに肘を預けたまま、しばらく曲に耳を傾けていたが、やがて満足そうにうなずくと、席に戻って来た。

「お目当てのものはあったんですか？」

「ああ。あのマスターのコレクションはなかなかのものだね。マイルス・デイヴィスはほぼ揃っている。マイルス・デイヴィスは知ってるか？」

「いえ……」残念ながらと言うべきか、海老沢はジャズとなるとさっぱりだった。

「マイルス・デイヴィスは、ジャズを変えた偉大なミュージシャンの一人だ。私も、アルバムが出る度に買う」

「このアルバムもお持ちなんですか？」

「ああ。去年出た『イン・ア・サイレント・ウェイ』だ」

海老沢はつい首を捻ってしまった。いつでも家で聴けるのに、どうしてわざわざジャズ喫茶で聴く必要がある？　海老沢の疑問に気づいたようで、佐橋が早口で説明した。

「こういう店の大きなスピーカーで聴くと、音が全然違うからね。自宅ではこんなに大きな音は出せない」

「ああ、そうなんですか」家にステレオもない海老沢には、その感覚はまったく分からなかった。

二人分の飲み物と佐橋のケーキが運ばれてきて、会話は一時中断した。しかし呑気なものだな……嬉しそうにケーキを食べる佐橋を見ながら、海老沢は心の中で首を捻った。今のところ、厳しい話、難しい話題はまったく出ていない。旧交を温めるためだけに、佐橋がわざわざここまで来たとは思えないのだが。

ケーキの皿が空になったところで、海老沢は自分から切り出した。

「それで……今日はいったい何の御用なんですか？」

「ああ」紅茶を飲んでいた佐橋が、ゆっくりと口からカップを離した。カップを口の高さに保ったまま、「朋明商事」とぼそりと口にする。

「朋明商事がどうしたんですか？」

「君たちが、あの会社に接触しているという噂を聞いた」

「何のことでしょう」海老沢はとぼけたが、内心冷や汗をかいていた。自分たちは、佐橋の――東京地検の虎の尾を踏んでしまったのだろうか？　彼らが何か捜査していて、その邪魔をしてしまった？

さすがに、東京地検相手に喧嘩をする度胸はない。

「とぼけなくていい。君と高峰君が、朋明商事について調べていることは分かっている。狙いは何だ？　捜査一課や公安一課が手を出すようなことはないと思うが」

「公式な捜査ではないんです」海老沢は事情を明かすことにした。こちらにとって不利になるとは思えない。

「なるほど……ご友人のご子息が自殺、ね」佐橋が納得したようにうなずいたが、声の調子が先ほどよりも一段低くなっていた。「君と高峰君は、また組むことになったのか？」

「必ずしもそういうわけではありません」佐橋は、海老沢と高峰が仲違いし、長年別の道を歩いていたことを知っている。佐橋は、二人が協力して「新しい警察」を作ることを期待していたのだが、彼の願いは叶わず、期待に背く結果になってしまった。後ろめたさがあるが故、海老沢の方から佐橋に連絡を取ることはなかった。彼からは何度か電話がかかってきたのだが、それも最近は途絶えている。

「何かまずいことでもあるんですか？　そもそも、普通の会社員が自殺しても、東京地検の次席検事が気にすることはないでしょう」

「自殺そのものには関知しない」

「だったら――」

「こっちのやることに首を突っこんでいるんじゃないか？」

「どういうことですか？」海老沢は思わず眉を吊り上げた。

「何も知らないのか？」

「ええ」

「公安一課は、昔からおとぼけが得意だな」

「そうかもしれませんが、今回は本当に何も知りません」彼が何を言っているか、まったく見当がつかない。おそらく東京地検は、朋明商事を調べているのだろうが……政界汚職だろうか？　次席検事がこんなに神経質になるのは、絶対に捜査を邪魔されたくないデリケートな事件に取りかかっているからかもしれない。しかし彼も、少し神経質過ぎるのではないだろうか。政治家が絡んだ汚職については、東京地検特捜部が担当するのが決まりだ。公安一課や捜査一課は、汚職の捜査も口出しもしない。

「本当に知らないんだな？」佐橋が念押しした。

「何を心配されているか分かりませんが、佐橋さんが考えているようなことはないと思いますよ。本当に、何を警戒しているんですか？」

「普通のサンズイではないのでね」

「サンズイ」は、捜査関係者やマスコミの人間しか知らない符丁(ふちょう)だ。「汚職」の

「汚」の偏をとって「サンズイ」。

「普通ではない……そんなに大きな問題になるんですか？」

「普通の、というのは、業者が便宜を図ってもらうために政治家に金を渡した――そういうことだろう」

「そもそもそれが、汚職の定義じゃないですか」政治家サイドがよほどの大物なのか……だとしたら、佐橋が神経質になるのも分かる。

「もっと複雑な汚職もあるんだ」

「よく分かりませんが」

「日本のサンズイ捜査史上、類を見ないものになるかもしれない」

大袈裟な、と海老沢は内心白けた。しかし佐橋は、海老沢の想像を超えることを言い出した。

「シーメンス事件は知ってるか？」

「ずいぶん古い話ですね」海老沢は思わず苦笑してしまった。大正三年、ドイツの企業であるシーメンス社が海軍の入札情報を事前に手に入れ、装備品などを一手に納入し、情報を漏らした海軍将校に謝礼を支払っていた。この情報を記した秘密書類をシーメンス社の社員が盗み出して、買い取るように会社を脅迫、会社側がこれを拒否すると、この社員は通信社に情報を売った。結局シーメンス側と、情報を買った通信社の特派員の間で密約が成立し、シーメンス社は秘密書類を買い取って焼却処分し、秘密は葬り去られたかに思えた。しかしドイツの秘密機関は一連の動きを把握しており、シーメンス社を脅した社員が恐喝未遂罪で逮捕されたことから、事件が発覚した。日本は、ドイツでの報道から事件の実態を知ることになったのである。海軍幹部や日本の商社の担当者も逮捕されたが、最終的には内閣——確か山本内閣だった——の総辞職に至った。大正の大疑獄である。

「まさか、海外企業が絡んでいるとか？」

佐橋が無言で素早くうなずく。途端に海老沢は、顔から血の気が引くのを感じた。朋明商事は総合商社だから、当然海外との取引もあるだろう。となると、海外の企業や政治家と癒着して、金のやり取りが発生してもまったくおかしくない。特捜部がこの情報を掴んでいるとしたら、事件としては間違いなく「A級」——いや「S級」だ。

「本当にそんな事件を捜査しているんですか？」

「微妙な段階だがね」佐橋がうなずく。「ただ、そういう微妙な段階だからこそ、あなたたちの動きが気になるわけだ。こういう捜査がどんな風に始まるか、分かるか？」

「関係者、あるいは内部からの情報提供」

佐橋が皮肉な小さい笑みを浮かべた。そう……汚職事件は、「裏切り」で発覚することが多い。AとBが癒着して美味い汁を吸う。それに乗り損ねたCが羨んで、「あいつらは違法行為をしている」と捜査機関に情報提供する。汚職はいわば「被害者のいない犯罪」だから、同じ経済犯罪でも、詐欺事件などと違って表に出にくい。結局は関係者、あるいは内部からの情報頼りなのだ。しかし特捜部は、「芋づる式」の捜査技術を持っていると噂されていた。そもそも、自分が不利な立場に立たされると怒って情報提供してくるような人間には、後ろめたい部分がある。ネタ元の周辺捜査を進め、今度はネタ元本人を別件で逮捕、立件してしまう——特捜部のやり方は非情だ。公安一課だったら、使える情報源はいつまでも泳がせておく。

「どこからですか？」

「そんなこと、言えるわけがないだろう」憤然として佐橋が言った。

「失礼しました……しかし、特捜部は怖いですね。この件で槍玉に挙がる政治家は誰ですか？」

「それは」佐橋が身を屈め、声を潜めた。「言えない」

「それじゃあ、何にもなりませんよ」海老沢は肩をすくめた。佐橋は、少しばかりもったいぶり過ぎている。

「まだ捜査は緒についたばかりなんだ。ここで情報が漏れると、捜査そのものが潰れてしまう」

「それなら、私に言うべきではなかったですね」海老沢は言い返した。「公安に情報が流れると、どう利用するか分かりませんよ」

「君たちはあまり騒がない方がいい」

「どういう意味ですか？」

「日本の将来――防衛問題にもかかわることだ。つまり、学生運動のターゲットの一つだぞ」

海老沢は思わず唾を呑んだ。防衛関係の汚職となれば、まさにシーメンス事件ではないか。

「シーメンス事件並みの問題ですか？」

「大正時代と今とでは事情が違う――今の方が、いろいろ面倒だろうな。日本は、安保条約で、アメリカの核の傘の下に守られているわけだから。君のところの学生たちが大好きな、核の傘だ」

「私のところの学生ではありません」海老沢は即座に否定した。しばらく会わぬ間に、佐橋は喋りがくどくなったようだ。

「とにかくこの件は、絶対に口外しないでくれ。今日は、君たちに思いとどまってもらうために特別に話す。相手はアメリカだ。アメリカの航空機メーカー。受け手は

「──」

「防衛庁ですか？」

「官僚は相手にしないよ」

「政治家ですね？」

言いながら、海老沢は喉が詰まるような思いを味わった。確かにこれはまずい……もしも政治家が絡み、防衛庁全体が巻きこまれるようなスキャンダルになったら、日米安保に対する反発は、今よりはるかに強くなるだろう。それが、七〇年安保闘争に対してどんな影響を及ぼすか、想像もできない。

「もしも摘発可能でも、六月二十三日までは待ってもらえませんか？」

「安保条約の自動延長のタイミングか」さすがに佐橋は鋭く見抜いた。「勝手なことを言わんでくれ。そちらの都合で、こっちの捜査は左右されない」

「こちらは、東京地検の都合だけで動くわけではありませんよ」

「公安一課は、地検の公安部の指揮下にあると思うが」

海老沢は返事を避けた。地検の公安部は、実際にはそれほど機能していない。佐橋が嫌っていた戦前の「思想検事」は、すっかり力を失ったのだ。検察内部では、昭和三十年代に、思想検事の流れを汲む公安検事派と、経済事件を担当する特捜部検事派の暗闘があったと言われている。結果は特捜部検事派の勝利──そのせいかどうか、過激派対策は主に警察の仕事になっている。海老沢も、日本の治安を守っているのは検察ではなく自分たち警察の公安だ、という自負を持っている。検察が機能するのは、容疑者を起訴し、裁判で戦う時だけだ。

佐橋が露骨にむっとした表情を浮かべる。「思想検事」嫌いの佐橋だが、今はナンバーツーとして東京地検を預かる身である。「警察の方が上」とも取れる海老沢の発言を聞いて、平然としていられるわけがない。

「とにかく、もしも一社員の自殺の件をまだ探るつもりなら――」

「正直、その件は行き詰まりです」海老沢は認めた。「しかも、我々としては――仕事として調べる必要はないということなんです。あくまで自殺ですからね。私は、古い友人のために調べていただけなんです」

「どういうことだ？」

「さっきも言いましたが、自殺したのは、昔からの友人の息子さんなんです」

「それは聞いた。お気の毒だが……」目に同情の色をたたえて佐橋がうなずく。しかし次の瞬間には、何か疑念を抱いたように目を細めた。「その人は『東日ウィークリー』の編集長ではないか？」

「そうです」

「そうか……まずいな」佐橋が顎を撫でた。「編集長が部下に取材させたら、余計なことが出てくるかもしれん。うちとしてはそれは絶対に避けたい。君の方で、余計なことをしないよう、説得してくれないか？」

「今日、まさにそうしてきたところです。自殺は自殺で、裏はないようだから、あまり詮索しないようにと……思いこみだけで取材を進めると、怪我するかもしれませんからね」

「それで？」

「拒否されました」

「そうか……」佐橋が溜息をついた。「『東日ウィークリー』の件は、地雷になるかもしれんな。君の方で状況を見て、なにかあったら私に教えてくれ」

「私はあなたのスパイではないですよ」海老沢はやんわりと拒絶した。「警察には警察の都合と秘密があります」

「拒否か」

「申し訳ありませんが」

佐橋がゆっくりと首を横に振った。しかし諦めたわけではなく、何か考えている──突然、海老沢が予想もしていなかった取引材料を持ち出した。

「うちがこれから立件しようとしている事件──誰を狙っているか、知りたいか？」

「知りたいですが、それは外部への情報流出になりませんか？」

「広い意味での調査機関同士の情報交換だ。どうだ？　君にも縁のある人物なんだが、知りたくないか？　私も会ったことがある」

「どういう意味ですか？」嫌な予感が渦巻く。

「市川だ」

「ああ……」海老沢は思わず、気の抜けた声を出してしまった。驚くというより、情けなくなったのだ。

市川はかつて——十八年前に海老沢の上司だった男である。当時は公安一課長。なかなか厳しい男だったが、その後政治家に転身していた。

「しかし、まさか——」

「彼は防衛族の中でも実力者でね。それも知ってるんじゃないか？」

「新聞で読む範囲での話ですが」

「狙いは決まっている。この件はどうしても立件したい。だから君には……捜査に協力してくれとは言わない。ただ、邪魔しないで欲しい。それと並行して、『東日ウィークリー』が変な妨害をしないように見張っていてくれないか？　あそこに嗅ぎつけられたら、東日新聞本体にも情報が流れるからな。週刊誌よりも新聞に書かれる方が、こちらとしてははるかにダメージが大きい」

「……分かりました」

海老沢としては同意するしかなかった。意地の張り合いならいつまでも続けていられるが、そこに事件があるなら立件するのは、法執行機関で働く人間としては当然である。それが日米安保にどんな影響を与えるか——不安ではあったが、政治的な事情があっても、捜査をやめる理由にはならないだろう。

政治の不正を正すことは、すなわち国の軸を強くすることだからだ。海老沢は、国家に逆らい、その屋台骨を揺るがそうとする人間を排除することで治安を守るのが自分の仕事だと信じて、ずっとやってきた。それはつまり——国家は「守るべき価値がある」存在だという前提あってのことだ。汚職で腐りきった政府など、守る価値はない。

しかし、腐敗しない政府はない。政府がというか、政治家や官僚——権力が。東京地検特捜部は、そういう腐敗に対する「劇薬」なのだ。特効薬にはなり得ないかもしれないが、少なくとも患部を治療することはできる。

だったら、佐橋の願いを聞き入れておくべきだろう。地検特捜部の邪魔をするのは本意ではない。

11

佐橋と別れて自宅へ戻り、海老沢はそそくさと食事に取りかかった。普段から会話の少ない夫婦だが、今日は特に……ほとんど言葉を交わすことなく食べ終えると、海老沢は自室に引っこんだ。

部屋には仕事用のデスク、それに本棚をいくつか入れている。それとベッドで空間はほぼ一杯になってしまうが、狭さがむしろ心地好い。広場恐怖症というわけではないが、圧迫感があるぐらい狭い場所の方が集中できる。

性格上、海老沢は本や資料を雑に保存しておくことができない。全て分野別に分類して、いつでも取り出せるようにしていた。

本棚の一角……一番左下のところには、古い映画や芝居の脚本が置いてある。終戦後、焼け残った神田(かんだ)の古本屋を回って買い求めたものだ。どうしてあんなことをしたのか、今でも分からない。戦前は、芝居の上演前に脚本を検閲するのが海老沢の仕事だった。いったい何本の脚本を読んだことか……子どもの頃から芝居好きで、人より早く新作の内容を知ることができると思い、自ら手を上げて選んだ仕事だったのだが、治安維持法の撤廃、特高の解体などで、終戦直後にこの仕事はなくなった。海老沢も警察を離れ、しばらくは無職だった。ほどなく、新しく生まれ変わった警察に拾ってもらい、その後は公安畑一筋――芝居の脚本に、特別な用事があったわけではない。検閲はなくなったし、楽しみとして舞台を観に行く機会も少なくなったのだが……もしかしたらあの頃の自分は、戦前の影を追っていたのかもしれない。実際にはページを開くこともなく、ずっと本棚の隅に入れっ放しだった。

今夜の目当てはスクラップブックだった。いつ頃からか、海老沢は気になる新聞記事を切り取って保存するようにしてきた。当然事件の記事が多いが、他は政治関係……政治の動きと公安の動きは関係してくることが多いからだ。

記憶をひっくり返して、昭和三十五年のスクラップブックを取り出す。六〇年安保で日本が大揺れに揺れたこの年の秋、第二十九回衆議院議員総選挙が行われた。市川が初出馬して当選した選挙……そう、間違いない。公示日の夕刊を調べていくと、都内の立候補者一覧に、市川の経歴と顔写真が載っていた。自民党新人、五十二歳。帝大卒、内務省、警察庁勤務——戦前からの警察官僚だ。

この選挙で、自民党の強い「推し」を受けた市川は、選挙区でトップ当選を果たしている。政治家としては新人とはいえ、自民党は長い官僚生活で政治と役所の裏を知り尽くした市川に、「即戦力」として期待をかけていたのだろう。新聞記事の経歴を確認した限り、公安一課長として海老沢の上司だった頃には、まだ四十四歳だったと分かる。その頃から、本人も政界進出を狙っていたのだろうか。

候補者の話題がより詳しく載っている都内版の記事もスクラップしていたが、市川の話題は小さかった。選挙に挑戦して苦節十年などという候補者に比べれば、市川の経歴には特にドラマがない。新聞が大きく取り上げたいタイプの候補者、新人議員ではなかったのだろう。

海老沢の記憶にある市川は、長身でひょろりとした体型で、手足も長かった。静かな口調で話す男で、どことなく不気味な気配を漂わせていたのを覚えている。実際、彼と最後に会話を交わした時、海老沢は自分が丸裸にされたと恐怖を覚えた。

この年は、実にいろいろなことがあった——そう言えば米大統領戦でケネディが当選した年でもある。海外のこととはいえ、何となく清新な風が吹いたように感じたものだが、ケネディはその後、テキサス州で暗殺された——。

選挙の後に、市川に関する記事をスクラップした記憶はなかった。しかし彼が警察・防衛畑をずっと歩いてきたことは知っている。今の肩書きは何だろうか……大臣にはなっていない。大臣だったら、海老沢は全員の名前を覚えている。

警視庁へ行けば資料があるのだが、それが待てなかった。疑問ができたらすぐに解決——しかし誰に聞けばいいか、分からない。山崎は頼りになりそうだ——実際、時事問題にはやけに強い——が、この話が広がるのはまずいだろう。警視庁内での話ならともかく、これは東京地検特捜部の話なのだ。

まあ、いい。明日出勤してから、資料を確認しよう。

今日は何だか疲れた……小嶋とヒリヒリした時間を過ごした後の、佐橋の奇襲攻撃。あまりにも重い事実を知らされ、頭が痺れた感じさえする。

さっさと寝よう。この疲れは年齢のせいだとは思いたくなかった。

翌日、海老沢は出勤するとすぐ、課内で保管してあるスクラップブックを確認した。公安一課の資料保存の精緻さは、さすがに海老沢個人の比ではなく、日付別、さらに用件別に何冊も作られている。その中で海老沢は、「自民党要人関係」と題されたスクラップブックをまとめて自席に持ってきた。パラパラとめくっていくと、すぐに市川の足取りが明らかになってきた。

やはり警察・防衛の専門家として政治家のキャリアを積み、現在は党務に専念するためか、自民党政調副会長を務めている。次期防衛庁長官の声もある——となると、まさに地検特捜部が狙っている事件の中心人物ということか。防衛畑を歩いてきたとなれば、様々な利権に絡むだろう。政治家の「○○族」という肩書きは、その業界の利益代弁者という意味でもある。例えば「建設族」なら道路などの公共工事を巡って建設会社と癒着するだろうし、「文教族」の場合、相手は教育関係者だ。学校だけではなく、それに関連する教育出版界などとの結びつきも強くなるはずだ。「防衛族」であれば、相手は兵器産業。

あらゆるところに利権がある。

目の前の電話が鳴った。スクラップブックに視線を落としたまま、受話器に手を伸ばす——山崎だった。

「理事官、何かお調べですか？」

「何の話だ？」

「ずいぶんたくさんスクラップブックを持って行かれたようですが」

そんなことまで見ていたのか……部下の発言ながら、ぞっとする。もっとも、十係は資料庫の脇にあるから、動きがすぐに分かってしまうのだが。

「何かお手伝いできることはありますか？」

「いや、個人的な興味で調べているだけだから、気にしないでくれ」

「そうですか。それならいいですが」

「あまり気を回すな。疲れて老けるぞ」

「お気遣い、恐縮です」

電話を切り、スクラップブックを全て閉じた。用事が終わったらすぐに返すのが公安一課のルールなのだが、それは後にしよう。今すぐ資料庫に持って行ったら、また山崎に何か言われかねない。

どうも山崎は、最近俺の動きに介入——介入というより、監視しているような気配がある。十係は、理事官である自分の「私兵」というのが課内の暗黙の了解だが、課長や部長の命を受ければ、そんな状況はすぐにひっくり返るだろう。

もしかしたら、公安一課長が自分に目をつけているのか？　現在の公安一課長、滝本は自分より二歳年下の後輩だが、なかなか厳しい男だ。しかも何を考えているか分からない不気味さがある。

もっとも、課長に「何かありましたか」と確かめるわけにはいかない。余計なことは口にしないのが、公安刑事の生きる道だ。

また電話が鳴った。今度は誰だ……先ほどの山崎の電話で少し苛ついていたので、低い不機嫌な声で「はい」と返事をしてしまう。

「佐橋だが」

「ああ……」

「どうした？　何かあったのか？」佐橋が敏感に気づく。

「いや、何でもありません。それより、ここに電話してきたらまずくないですか？　盗聴されているかもしれませんよ」

「身内を盗聴して、何の意味がある？」

「まあ、それは……それより、何の御用ですか？　昨日の今日で……」

「例の一件だが――君の方の一件だ」

「何か問題でも？」

「苗字は、当然父親と同じだろうな」

「当たり前じゃないですか」佐橋はわざと具体的な名前を外して話しているのだな、と分かった。本当に傍受を心配しているのだろう。

「下の名前は？」

言っていいのだろうかと心配しながら、海老沢は「和人です」と明かした。それに対して、佐橋は「ああ……」と元気のない声で応じた。

「どうかしたんですか？」

「非常に言いにくいことだが……また直接会って話した方がいいかもしれん」

「そう言われると気になります。教えて下さい。抽象的な話でも暗号でも、何でも構いません」

「その名前だが……うちの名簿に載っている」

「名簿とは……」

「そこから先は言わせないでくれ」

佐橋はいきなり電話を切ってしまった。

おいおい、これはいったい――「名簿」という言葉が頭の中を舞った。特捜部が持っている名簿のことだろうが、いったい何の名簿だ？

次の瞬間、いくつかの事実が海老沢の頭の中で結びつく。特捜部が追っている事件、その関係者名簿の中に和人の名前があった――しかし、どういうことだ？　和人が、汚職事件に嚙んでいたとでも？　二十二歳――今年二十三歳になるはずだった、ほとんど新入社員のような若手が、汚職事件に関連するようなことがあるのだろうか。

確かめねばならない。聞くならやはり佐橋――海老沢は受話器に手を伸ばしたが、結局触れなかった。おそらく佐橋も、詳しい事情はまだ知らないだろう。次席検事が自ら、捜査指揮をするわけではあるまい。特捜部がまとめた捜査に、上から二番目の判を押すだけ。今回は、たまたま名簿を目にして戸惑い、海老沢に電話してきたのだろう。

本当に？　嫌な予感が膨らんでいく。

第二部　疑獄

1

土曜日は春分の日で休みだった。稼働している特捜本部にも動きはなく、高峰は自宅待機中——本当は一日中ゴロゴロしていたかったが、そうもいかない。祝日なのに働いている部下もいるから、夜は特捜本部を回って督励することにしていた。昼間は両親の墓参りに行く予定だ。それに合わせて新潟から上京してくる妹の和子（かずこ）の相手もしなければならない。

和子は戦後、婦人警官になり、ずっと所轄の交通課に勤務していた。独り身で仕事一筋の人生だったのだが、父親が病死した後、突然「結婚する」と宣言し、当時勤務していた渋谷中央署の上司の勧めで見合いをして、さっさと結婚してしまった。その相手は年下の製紙会社の技術者で、当時は東京支社勤務だったのだが、その後新潟の本社に異動になり、生まれ育った東京を離れることになった。子どもはできなかったが、主婦業もそれなりに忙しいようで、今は年に一回か二回、上京してくるだけである。今年は正月に来られなかったので、その代わりの墓参りだった。

和子は予定よりだいぶ遅く、昼前にやって来て、「ひどい目に遭った」「疲れた」と文句を零(こぼ)し始めた。時間を有効に使うために、新潟を前の日の午後十一時過ぎに出発する寝台急行「天の川」に乗って、早朝には上野(うえの)に着く予定だったのに、新潟県内の積雪の影響でダイヤが乱れに乱れたのだという。東京はよく晴れた、春らしい日なのに……わずか二百五十キロほどしか離れていないのに、こうも気候が違うものかと驚く。もっとも高峰は、妹が住む新潟には一度も行ったことがないから、新潟の雪の凄さは知らないのだが。退職したら、一度ぐらいは顔を出そうかと思っている――ただし、雪の降らない季節に。

「お前ねえ、疲れるような歳じゃねえだろう」

大量の土産物(みやげもの)をテーブルに置いた途端、崩れ落ちるようにソファに腰かけた和子に向かって、高峰は文句を言った。

「何言ってるの。私ももう五十過ぎなのよ」和子がすぐに反論する。「平均寿命まであと二十五年ぐらいしかないんだから。人生も後半、第四コーナーに差しかかってるのよ」

「嫌なこと言うなよ」それを言えば、男の自分の方が不利だ。確か男性の平均寿命は、七十歳にも届かない。

「しょうがないでしょう。誰だって歳は取るんだから」大儀そうに立ち上がった和子が台所に入り、お茶を淹れ始める。魔法瓶から急須に注がれるお湯の音を聞きながら、高峰はぼんやりと自分の家族のことを考えた。

戦前、警視庁の巡査だった父は病気がちで、早くに退職した後は臥せっていることが多かった。母親も同様。その二人から、自分のように頑丈な人間が生まれたのが信じられない。それを言えば、拓男も佳恵も健康そのものだ。二人とも幼い頃から風邪ひとつひかず、病院には縁がなかった。節子が、「お義父さんとお義母さんの看病が大変だった分、子どもたちには手がかからなかったわね」としみじみ漏らしたことがあるほどだ。

それを聞いて高峰は、申し訳ない気分になった。両親の看病はほぼ節子に任せきりで、すっかり迷惑をかけてしまったのだから、せめてこの後は女房孝行しないと。退職したら、二人で温泉で一ヵ月ほど過ごすのもいい。最近節子は、しきりに腰が痛いとこぼしているし、湯治ぐらい贅沢ではないだろう。

「拓男と佳恵は？」こちらを振り向きながら和子が訊ねる。

「拓男は図書館だ。佳恵は本屋に行ってる。もうすぐ帰って来るよ」

「春休みなのに図書館？　大変ね」

「今の中学生や高校生はそんなもんだよ」拓男は高校では新聞部に入っているが、その活動はほどほどで、勉強中心の生活を送っている。一方佳恵は、中学校では吹奏楽部に入って、全国大会に出場したこともあった。高校に進学しても吹奏楽は続けたいと言っている。

その二人を、和子は昔から徹底して甘やかしていた。金も手間も……義姉の節子とは仲がいいのだが、こと二人の子どもの問題になると、節子から「甘やかさないで」と忠告が入るぐらいだった。夫の仕事の都合で東京を離れる時には、泣き喚いて「離婚する」とまで言いだしたほどである。今回も、二人には何かお土産、プラス小遣いを用意しているだろう。子どもたちも、それなりに反抗期の時期はあったのだが、和子に対しては素直だった。無償の愛情を――そして小遣いを与えてくれる相手に対しては素直になるということか。

和子が淹れてくれたお茶を一口飲む。濃い……新潟に住むようになって既に十年以上、最近は料理の味つけも濃くなったようだ。新潟は寒い雪国だから、体が濃い味を欲するようになるのだろうか。その分、お茶も濃くないと合わないのかもしれない。

「最近、どうなの」

「まあ、本業は暇だな」

「本業以外に何かあるの？　副業でもしてるの？」

「いや、まさか」高峰は苦笑した。「そうじゃなくて、人のためにちょっと手伝ってたのさ」

「あら、兄さん、そんないい人みたいなことしてるの？」

「馬鹿言うな。俺はそもそもいい人なんだよ。気づいてねえのはお前だけだ」

「定年が近いから、いい人になろうとしてるんじゃないの？」

和子がずばりと言ったので、高峰は苦笑してしまった。妹は昔から口が悪く、ずけずけ物を言う。自分は慣れているからどうということもないが、和子の亭主は大変ではないだろうか。技術者ということもあり、学究肌の大人しい——少し物足りないぐらいの男なのだ。

節子が買い物を終えて戻って来た。

「和子さん、ご飯は食べたの？」

「食べたわ」和子が嫌そうな表情を浮かべる。「もう、夜行が遅れて遅れて……朝ごはん抜きになっちゃったから、上野駅に着いた途端に食堂に飛びこんだのよ」

「変な時間に食べたんじゃ、またお腹減らない？」

「大丈夫。何か適当につまむから」

節子が花をテーブルに置いた。墓参り用の花……今日は春らしい暖かい陽気で、両親とも墓の下で喜んでいるような気がする。

「今回は、いつまでいるの？」

「明後日には帰ろうかと思って」和子が答える。

「あら、全然ゆっくりできないじゃない」

「旦那が相変わらず、家事が全然できないから……本当は、家を空けるのは嫌なのよ。帰ったら家中がゴミだらけになってるんだから。どうしたら一日二日であんなに汚せるのか、未だに謎だわ」

和子がまくしたてた。帰って来る度に亭主の悪口を言うのだが、高峰はいつも聞き流していた。口調で判断する限り、本気で怒っている様子ではない。ちょっと悪口を言って、日頃の憂さを晴らすぐらいのつもりなのだろう。

「それより兄さん、さっきの話だけど」

「ああ？　定年後の話か？」

「どこか、行き先でもあるの？　そういうこと、真面目に考えてる？」

「いや、まあな……適当に」

「子どもたちの学費もまだかかるんだから、頑張らないと。捜査一課の理事官だったら、天下り先はいくらでもあるんじゃない？」

「そんな簡単にはいかねえよ」実際には、和子が指摘する通り、天下りは不可能ではない。仕事を選ばなければ、警察を辞めた翌日から働くこともできるだろう。ただ、そうすべきかどうか、決めかねているのだった。戦前からずっと働きづめだったから少しはゆっくりしたい気持ちもある一方で、自分の能力を警察とは別の世界で世のために役立てたい気持ちもある——そんなことができれば、だが。それに、二人の子どもを大学へ行かせるには、経済的な問題も解決せねばならない。

働く気持ちはあるのだが、何をするかはまだまったく決まっていない。

「あら、二人とも帰って来たわね」

節子が言った。高峰には玄関のドアが開く音が聞こえなかったのだが、母親はそういうことにも耳ざとく気づくのだろう。父親っていうのは、何だか駄目な存在だな……和子が満面に笑みを浮かべて立ち上がる。さてさて、とりあえず今日と明日は家族サービスだな。

小嶋の顔が一瞬頭に浮かび、高峰は後ろめたい気分を味わった。


墓参りを終え、自宅近くに戻って焼肉屋に入った。せっかく和子が来たので、今日は一家揃って早めの夕食だ。

拓男も佳恵も旺盛な食欲を発揮した。和子は二人と楽しげに話している。二人も、幼い頃から可愛がってくれた和子が相手だと、自然な笑顔が出るようだった。

「拓男君は、大学へ行くんでしょう？」

「一応、そのつもりだけど」拓男が高峰の顔をちらりと見てから答えた。焼肉を焼く煙で表情はよく見えないが、遠慮していることだけは分かる。

「だったら新潟の大学へ来ればいいじゃない。冬になったらスキーもやり放題よ」

「新潟市は、そんなに雪は降らねえだろう」高峰はつい反論した。

拓男は高校受験が終わった後、初めての一人旅で新潟を訪ねた。そこで人生初のスキーに挑戦した様子を、帰ってから興奮して話していたのを思い出す。

「じゃあ、佳恵ちゃんは？」

「うーん」佳恵が首を捻る。「まだ大学受験なんて考えてないわ。高校受験が終わったばかりなのよ」

「兄さん、どうなの？　二人とも大学へ行かせたいんでしょう？」和子がまた話を振った。

「それを決めるのは俺じゃねえよ」

「今時、大学ぐらい行かないと」

「そうだけど、試験に受からないとどうしようもねえだろう」

「二人とも優秀なんだから、それは心配いらないでしょう。ねえ？」

和子が、両隣に座る二人の肩を同時に叩いた。二人とも、困ったような笑みを浮かべている。拓男も佳恵も高校受験で相当頑張ったから、大学受験の厳しさは簡単に想像できるだろう。今は十八歳人口が多いから、とにかく大学は狭き門だ。「受験戦争」などという言葉も生まれ、皮肉っぽい「四当五落」という言葉も常識になっている。毎日の睡眠時間を四時間まで削って勉強しないと間に合わないというのだ。五時間睡眠だと不合格。まったく、自分たちの若い頃にはなかったことだよな……そもそも大学へ行くのは、本当に限られた人だけだった。

自宅へ戻ると、げっそりとして疲れきった和子は、風呂に入ってすぐに寝てしまった。拓男も佳恵も自室に引っこむ。

明日も休みだと思うと、少しだけ気が緩んで、高峰は久しぶりに自宅で酒を口にした。最近は部下とのつき合いで、外で酒を呑む機会は多いが、その分家では自重するようにしている。たまに家で呑む時は、とっておきのジョニーウォーカー。水で割るのがもったいないので、小さな氷だけを入れてちびちびと呑む。節子がつまみにチーズを出してくれた。

芳醇(ほうじゅん)なウイスキーで口の中を洗い、煙草をゆっくりと吸う。節子が前に座ったので、煙草を揉み消した。

「さっきも大学の話が出たけど、うちの金は大丈夫なのか？」

「奨学金とか、もらえるのかしら」

「どうかな」高峰は灰皿で揉み消した吸い殻を指先で弄(いじ)った。「奨学金はあくまで、低収入の家を助けるためのものだろう？　うちはその基準に入らねえんじゃねえかな。公務員だから、給料の額も誤魔化せねえし」

「何となく予定はたててるけど、またちゃんと計算してみるわね」

「本人たちは、行く気なんだろうな」

「そうね……あなた、定年後は本当にどうするの？　何か仕事を続ける気？」

「そうせざるを得ねえだろうな。まあ……今まで好き勝手にやってきたから、あとは家族のために働くよ」

「それじゃ申し訳ないわ」

「何言ってるんだ。家族を支えるために働かなくて、何が一家の主人だよ」

「あなたは公務員……特に警察官なんだから、家族のためというより、世の中のために働かなくちゃ」

「格好をつければそういうことなんだが、あと二年しかないと考えると、何とも言えねえな。今までいい仕事ができたかどうかも分からねえよ」

「少しは休んでほしいんだけど……ずっと働きづめだったんだから」

「それはお互い様だろう。確かに、ゆっくり温泉ぐれえは行きてえよなあ」

　高峰は新しい煙草に火を点けた。まさか、仕事を辞めた後のことを考える日が来るとはな……やはり警察官だった父親は体を壊し、少し早めに警察を退職したのだが、それを「無念だ」と言っていた。自分は定年まで仕事を全うできそうだが、「辞める」ことに代わりはない。

戦前、戦中、戦後……まるで昭和の中で三つの時代を駆け抜けてきたようなものだ。日本史上、自分たちよりも激しい変化に相対してきた世代がいただろうか。たぶん、明治維新後の文明開化に直面した人たちも、これほど混乱しなかったはずだ。

さて……酔ってはいないな、と自分に言い聞かせ、高峰は立ち上がった。

「ちょっと出て来る」

「これからですか？」

「特捜の連中の督励だ。祝日に頑張ってるからな」

「あなたも働き過ぎよ」節子が苦笑する。

「昔に比べれば、まだ楽さ」

実際には、出かけるのは少し面倒臭いのだが。昔——係長や管理官の時の方が肉体的には大変だったが、充実していたと思う。休みなしで一ヵ月、二ヵ月働くのも珍しくはなかったし、それでもまったく平気だった。

歳をとったな、とつくづく思う。

2

公安に休みはない。むしろ、人が休みの時ほど忙しくなる。土日や祝日を狙ってデモや集会などを行うグループも多いので、常に監視の目を光らせておかねばならないのだ。

春分の日も、渋谷の公園で小規模な集会が開かれていた。人数こそ少ないものの、ブント系の過激なセクトが紛れこんでいるという情報があり、公安一課からも監視が出ていた。機動隊も現場で待機し、万が一の事態に備えることになっている。最近は現場に出ることはほとんどない海老沢も、「騒動が起きる可能性大」という情報がもたらされていたために、出動した。自ら逮捕劇に参加することはないが、大規模な衝突が起きる恐れがあるなら、その場で確認しておきたい。

南北に細長い公園は、人で埋まっていた。小規模なデモという話だったのに、実際には三百人ほどもいる。参加者は色とりどりのヘルメットを被ってタオルで口元を覆い、幟旗を持ってシュプレヒコールを叫んでいる。その中で繰り広げられるアジ演説……集会のテーマは、やはり七〇年安保反対なのだが、主催者の主張がどうにもはっきりしない。中には、聞いていて惚れ惚れするほど理路整然と、しかもいい声でアジる人間もいるのだが、今日話している人間は全員レベルが低い。トラメガから響く声がひび割れるのも不快だった。

最近は、統制が取れない集会やデモが多くなっている。主催する団体以外に複数のセクトが入ってくると、特に危険だ。各セクトとも主張が違うし、デモをしているうちに、内輪で小競り合いが起きることも珍しくない。機動隊としては、一番処理に困る形だ。集会やデモの中で殴り合いが始まれば引き離さざるを得ないし、流血沙汰になれば逮捕で面倒な手続きも必要……本音では「勝手に潰し合ってくれ」だ。

集会が終わり、主催者が「これから当初の予定に従い、新宿方面へデモに向かいます！」とトラメガで叫んだ。キン、と耳障りな音が響き、少し離れた場所で集会を見守っていた海老沢は思わず両手で耳を塞いだ。

「少しいじります」

一緒に現場に出ていた山崎が耳元で囁く。

「ここでか？」山崎の言う「いじり」は「挑発」なのだ。

「出る前に戦力を削いでおいた方がいいですからね。できれば、デモ自体を中止に追いこみたい」

「荒っぽいことはするなよ」

「向こうの出方次第です」

木立の間から見ていると、集会の最後列で座って待機していた白ヘルメットの人間に、ジャンパー姿の警官が二人、近づいて行く。目をこらすと、鉛筆か何かでヘルメットをコツコツと叩いた。二度、三度……ヘルメットの男は無視していたが、何度も続くとさすがに怒りを抑えきれなくなったのか、振り向いて警官に摑みかかった。あまりにも勢いがよ過ぎて、顔の下半分を覆っていたタオルが外れてしまう。目深に被ったヘルメットの下から覗く顔はまだ幼く、高校生のようだ。

参加者側の反応が少し遅れ、混乱の輪が広がる。そこへ数人の機動隊員が殺到し、ヘルメットの男を引き剝がして組み伏せる。他の参加者が気づいて、幟旗で一斉に殴りかかった。

「制圧！」小隊長の叫び一つで、後方で待機していた機動隊員が殺到する。盾で押し返すと、参加者たちは完全に封じこめられた。

「確保！」さらに声が響き、機動隊員たちが一斉に襲いかかる。

「弾圧だ！」「警察の横暴だ！」抗議する声が上がったが、全面対決にはならない。既に集会の一部は、公園を出てデモ行進に向かいつつあったのだ。引き返すには、人数が多過ぎる。

公安一課の刑事たちも乱闘の輪に入り、次々に参加者に手錠をかけていく。

「大漁とまでは行きませんね」山崎が低い声で言った。

「下らないことを言うな」海老沢は釘を刺した。

「失礼しました……ここはそろそろ離れた方がいいと思います。もう大丈夫でしょう」

全面衝突にはならないが、あちこちで小競り合いが起きている。山崎としては、気を使って海老沢を退避させようとしたのだろう。別に危ないことはない——自分の身ぐらい自分で守れると思ったが、海老沢は山崎の提案に素直に従った。

公園から離れると、途端に集会の殺伐とした雰囲気が消える。まるであの公園だけが世間から隔絶されて、別世界に存在しているようだった。

二人はそのまま渋谷中央署へ向かって歩き始めた。明治通りに入ると、真っ直ぐ歩けないぐらいの人混み……祝日とあって、遊びに来る若い人たちで一杯だった。渋谷も、戦後すぐには闇市を中心に怪しさが横溢していたのだが、今は大きなデパートや映画館、劇場などが増えて明るい雰囲気になり、若者を引きつけている。五十歳を超えた海老沢は、歩く度に自分が場違いな存在だと感じてしまう。

渋谷中央署で待たせておいた覆面パトカーに乗りこむと、先ほどの集会の様子が突然はっきりと脳裏に蘇った。あの手の挑発行為は、公安が長年の活動の末に生み出した手法である。鉛筆でヘルメットを突くぐらいでは怪我することもないのだが、やられた方は頭にくる。それで反発して殴りかかってくれば、すかさず逮捕——最近はセクトの連中も心得たもので、下らない挑発には乗らないように、と徹底しているようだ。今日、刑事に掴みかかった若者は、もしかしたら初めての集会、デモだったのかもしれない。この逮捕がきっかけで、過激派の活動から離れてくれれば、それはそれでいい――和人のように。

　本当にいいのだろうか？　ああいう手段で過激派を逮捕するのは、あまりにも姑息ではないだろうか。

「今日はどうされますか？」隣に座る山崎が訊ねた。

「先ほどのデモが無事に終わるまでは、本部で待機している」

「私もおつき合いします」

「何も、全員が揃って居残る必要はない。お前もたまには休め。最近は全然休んでないだろう」

「いや、今が一番大事な時ですから」

「まあ……そうだな」

　相槌を打ちながら、海老沢は嫌な気分が次第に膨れ上がってくるのを意識した。

　自分はこんなことをしたかったのだろうか。

　十八年前、高峰に堂々と宣言したのを、今でも覚えている。一般市民に手は出さない――この原則はしっかり守っている。奴らは一般市民ではなく、世間を騒がす過激派なのだ。自分にそう言い聞かせてみたものの、納得はできない。機動隊による制圧は、まさに「弾圧」だ。戦前は集会やデモの自由がなかったとはいえ、あんな風に露骨に武装部隊が民間人を襲うことはなかった。

自分はもしかしたら無意識のうちに、戦前のやり方を理想だと思っているのだろうか。過激な思想を持つ人間や、危険な計画を企てている人間はいち早く予防拘禁し、周囲に悪影響が及ばないようにする——もちろん、逮捕した人間を拷問したりすることは許されないが、市街戦のように過激派と機動隊が街中で衝突する今のやり方が正しいとも思えない。

自分は、国家のために市民を守ると誓った。

本当に守れているのだろうか？

夜になって帰宅すると、家の前に一台の車が停まっているのに気づき、思わず足が止まる。近所では、マイカーを持っている人はまだ少ない。

過激派の連中に家を嗅ぎつけられたのだろうか、と心配になる。しかしあの車は、どう見ても彼らが乗る車ではない。どちらかと言うと、「若大将」シリーズで加山雄三が乗り回しそうな、小綺麗で格好いいスポーツカーだった。ごくごく小さな車体は流線型で、楕円形のヘッドライトがデザイン上のポイントになっている。一人の男が、窮屈そうに身を屈めながら降りてきた。

小嶋。

海老沢の緊張感は最大限に達した。まさか、家まで訪ねて来るとは。そもそも小嶋は海老沢を憎み、会いたくもないと思っているはずなのに。

「乗れよ」小嶋がぶっきらぼうに言った。

「いきなり何だ?」海老沢はさすがに抵抗した。

「話があるんだ──俺も、お前の家に上がりこむほど図々しくない。ちょっとドライブしようじゃないか」

逃げられそうにない。仕方なく、左側に回りこんで助手席に乗りこむ──というより、体を押しこめる感じになった。シートに座ると落ち着いたが、それでも車内の狭さには閉口する。コートが邪魔なぐらいだった。

運転席に乗りこんだ小嶋が、すぐにエンジンをかける。走り出すとすぐに、普通の車ではないと気づいた。車に特有の振動がほとんど感じられない。まるで氷の上を滑っているような滑らかさだった。

「これ、外車か?」ハンドル位置は右だったが。

「いや、マツダだよ。コスモスポーツだ」

振り返ると、後ろにはシートがない。二人乗りか……道理で小さいわけだ。しかし、小嶋がこんな洒落た車に乗っているとは思わなかった。

「お前がマイカー族とはな。驚いた」

「車には、もうずいぶん長いこと乗ってるんだぜ。昭和三十年ぐらいからかな」

「こういう小さい車は乗りにくくないか？」そもそも、小嶋のところは三人家族……二人乗りでは全員が乗ることもできないではないか。

　今は夫婦二人だけだが。

「スポーツカーに、乗りやすさを求めちゃいけないよ」

「贅沢な話だな。公務員は、車も自由に買えないのに」

「俺の場合は、これは仕事でもあるんだ。うちはずっと車の記事も載せてるから、自分でも運転しないとな」

　先日までの怒りは消えてしまったのだろうか……今夜の小嶋は、ごく普通の様子だった。戦前、気楽に映画や芝居の話をしていた時とは違うが、戦後、再び三人で会うようになった頃に似た感じである。皮肉っぽいが、興味があることや得意分野の話題だとすらすらと話す。

「……で？　どうした」車談義では自分はついていけないし、小嶋もこんな話をするためにわざわざ待っていたわけではないだろう。

「うちの記者が朋明商事の人間と話した」小嶋が打ち明ける。

「それは取材なのか？」私怨からではないか、と海老沢は心配した。

「ああ、あくまで取材だ」

「この件を記事にするつもりなのか？」危険だ、と思いながら海老沢は確認した。

「それはまだ分からん……しかし、やはり和人の逮捕歴が社内で問題になっていたのは間違いない。若い社員の間で、いつの間にか噂が広まっていたようだ」

「それが本当に問題になっていたのか？　法的にはもう、何の問題もないんだぞ」

「それと印象とはまた違う。お前が知っているかどうかは知らんが、朋明商事の若い社員は、大学の運動部出身者が多いんだ。上の命令に絶対に従う人間を好んで採用しているんだろうが……そういう人間は、学生運動には縁がない。むしろ苦々しく思っている。要するに和人は、狼の群に放りこまれた羊みたいなものだったんだ」

それは大袈裟ではないかと思ったが、海老沢は何も言わなかった。小嶋は単純な怒りに支配される段階から脱し、冷静に調査を進められるようになったのだろう。

「何人か、名前と連絡先を押さえてある。興味はないか？」

「いや……どうかな」

「警察では、もうこの件には興味はないわけだな？　ただの自殺なんか、どうでもいいと思ってるんだろう」小嶋の皮肉が加速する。

「そんなことはない」

「お前はどう思う？　和人が会社の中で苦しめられていた——元々の情報はどこから流れた？　やっぱりお前のところからじゃないのか」

「何度も言ったけど、うちがそんなことをしても、何の得もない。学生運動をやっている人間はマークするけど、足を洗ったらその後は余計な詮索はしない——詮索している余裕もないんだ。うちの課には四百人ほどいるけど、それぐらいの人数ではどうしようもない」

「所轄もいるだろうが」小嶋が食い下がる。

「それでも、だ。東京だけで、学生は何人いると思ってる？　とても全員は追い切れない」

「だったら俺は、今後も自分で調べる。それで何か出てきたら、迷わず書く。お前のところに悪影響が出るかもしれないが、忖度しないからな」

「脅す気か？」

「こんなこと、脅しにもならんだろう」小嶋が鼻を鳴らした。「公安は、ちょっとやそっとではびくともしない。神経が鈍いのか、そもそも何を言われても大したことはないと思っているのか、俺には分からんがね……というより、世間の常識からずれているんだろう」

「否定も肯定もしない」

「今日、渋谷の集会で軽くいざこざがあったそうじゃないか。お前たちが姑息な挑発をして、衝突になった……公安は、ずいぶんずるい手を使うんだな」

「別に——僕には何も言えない」否定しようとして、海老沢は慌てて言い直した。具体的なことを少しでも言えば、小嶋は揚げ足を取るだろう。

「そうかい」小嶋が嘲笑うように言った。「公安も結構必死なんだな。もっと堂々としていると思ったら、どんなずるい手を使ってでも過激派を逮捕しようとしている……決していいことじゃないな。うちには、そういうことを面白おかしく書くのが得意な人間が何人もいてね。それに写真をつければ、売り上げはぐっと伸びる」

「写真？」

「今日の一件は、連続写真で撮れてるんだ。おっと、こっちの取材活動は違法じゃないぜ？　公園は誰でも入れる場所なんだから、写真を撮ろうが運動をしようが、文句を言われる筋合いはない」小嶋が皮肉に笑う。

実際には、集会が行われている公園にわざわざ足を踏み入れるような人はいない。殺気立った雰囲気を避け、「君子危うきに近寄らず」なのだ。現場にいるのは過激派の連中と警察官、たまに新聞記者ぐらいである。しかし、週刊誌の記者やカメラマンまで潜りこんでいたとは……新聞記者は悪意のある書き方をしないものだが、週刊誌は要注意だ。今後は、現場をよく調べるように指示しよう。週刊誌の連中を追い出す理由はないにしても、写真などが撮りにくいように邪魔する手はある。

「載せるつもりか？」

「雑誌は編集長のものだ。記事や写真を載せるか載せないかは、俺の判断にかかっている」

「気に食わないな」

「お前らの活動実態が世間に知れると、面倒なことになるだろうな。一般市民を敵に回したら、仕事がやりにくくなるだろう」

「それはやっぱり脅しだ」

「だったら俺を逮捕するか？」小嶋がわざとらしく、左手を海老沢の顔の前に突き出した。「ここで手錠をかけるか？　事故を起こすかもしれないけどな」

「庁舎を出たら、手錠は持ち歩かない」

「ああ、そうだったな。今は仕事中じゃないわけだ」

小嶋は、調子を取り戻している。若い頃——戦後、『東日ウィークリー』の記者になった頃は、戦前と同じように映画や芝居の評を担当していたのだが、いつの間にか事件や芸能人のスキャンダル取材にも取り組むようになり、いつしかそちらが本業になっていた。警察に伝わってきている噂では「要注意人物」。取材はしつこいし、時にはでっち上げでトップ記事を作る。そういう傾向が明らかになってきたので、海老沢も高峰も彼とは距離を置くようになっていた。友だちは友だちだが、仕事に支障が出るようになってはまずいから、会わない——そう決めて以来、もう十数年になる。

今は、強引に仕事を押しつけられているようで気に食わない——しかし海老沢は、苛つくと同時に好奇心を刺激されていた。

「和人君は、朋明商事でどんな仕事をしていたんだ？　海外でだいぶ活躍していたそうだが」海老沢は話題を変えた。

「ああ。何だかんだで、入社一年目で六回、アメリカに行っている」小嶋も普通の口調に戻って答えた。

「大活躍だな。普通、一年目にそんなに出張することはないんじゃないか？　国内ならともかく、海外なんて」

「だろうな」

「優秀だったんだな。小学校に上がる前から、英会話教室に行かせていた甲斐があったじゃないか」そうやって身につけた能力を活かせなかった……そう考えると喉が詰まるようだった。

「そうだよ」海老沢と違い、小嶋は平然としている。ハンドルを握る手が震えることもなく、運転は安定していた。

「しかし、どんなに優秀でも、一年目にそこまで大きな仕事を任せられるのは異例じゃないか？　普通、最初の一年は研修期間のようなものだろう」警察官だったら――警察学校では体を鍛え、法律や様々な警察の規則を学ぶ。そういう基礎を叩きこんでから、交番勤務で実務を覚えさせるのだ。普通の会社は、先輩の後について手伝っていると、自然に仕事ができるようになるものだろうか。

「詳しいことは分からんが、珍しい話じゃないだろう。うちの編集部に新人が来たら、いきなり張り込みをやらせるよ。まず現場に放りこまないと、仕事を覚えないからな」

「和人君、アメリカはどの辺に行ってたんだ？」

「確か、シアトルには三回ぐらい行っている。あとはワシントン、ニューヨーク……それだと五回にしかならないか」右手でハンドルを握りつつ、小嶋が左手の指を順番に折っていった。「はっきり覚えてないな。あまりにも頻繁だったから」

「まあ、そんなにはっきり分からなくてもいいけど……どうしてシアトルにそんなに何回も行ったんだろう。何かあるのかね」

海老沢の頭には既に答えが——答えにつながりそうな仮説が浮かんでいた。しかし答えを出す前に、小嶋の口から情報を聞いて、もう少し考えをまとめたかった。

「どうかな。出張の目的や内容については、いちいち聞かなかったから。こっちが聞いても分からないし、和人もそんなに積極的に話したがっていたわけじゃない」

「和人君、口数が多い方じゃなかったのか」海老沢が知っている和人は、まだ幼い頃——最後に会ったのは、彼が四歳か五歳の頃だ。どんな大人に育ったかは知らない。

「どちらかというと静かな方だった。だから、学生運動に首を突っこんでいると知った時は驚いたよ。あいつらは、手ばかりじゃなくて口を動かすのも得意だからな。デモや集会をやっていない時は、議論ばかりしてる。うちの編集部にも活動家上がりがいるが、とにかく屁理屈が多くて困るんだ。そういう奴に限って仕事をしない」

「そうか……アメリカでは、具体的にどんな仕事をしてたんだろう」

「それも聞いていない。しかし、通訳や上司のかばん持ちじゃないのか？　一年目で任せられる仕事なんか、それぐらいだろう」

だったらどうして、地検特捜部のリストに彼の名前が載っていたのだろう。主役は別の人物——例えば和人の上司で、彼はその「関連」として名前が挙がっていただけかもしれない。

　こんなことは、小嶋にはとても話せない。相談できるとすれば高峰だが、彼との関係は依然として微妙だ。

「お前、朋明商事に怪しいところがあると言っていたな。その件は、和人君に関係あるのか？」

「まさか」短い否定。先日打ち明けた時よりも深い情報を摑んでいるかもしれないが、硬い口調を聞いた限りでは、話すつもりはないようだった。

　車はいつの間にか、海老沢の自宅前に戻ってきていた。ほとんど揺れもなく、エンジンの不快な振動も感じなかったことに改めて驚く。未来の車に乗っていたような気分だった。

今夜はもう、話すことはない。海老沢は車のドアに手をかけた。その時、小嶋が左手をすっと差し出しているのに気づいた。折り畳んだ一枚の紙片を持っている。

「これは？」

「うちで割り出した和人の友人だ。警察官が話を聴く方が効果的だろう。俺たちだと舐められて、嘘をつかれる可能性もある」

「僕がどうして事情聴取すると思う？　お前に借りがあるとでも思ってるのか？」

「美山のお前の払いを、一回俺が肩代わりしてやった。それをまだ返してもらっていない」

古い話を……「美山」は渋谷にあったバラック建ての呑み屋で、高峰も含めて三人で呑む時は、必ずこの店を使った。三人の職場から遠かったので、知り合いに見つかる恐れが少なかったからだ。あの店はどうなったのだろう……海老沢は、鞄から財布を取り出した。

「冗談だよ。今更金を返してもらおうとは思わない」小嶋が低い声で笑った。「それより、この紙を受け取ってくれ」

「それはできない」

「お前、俺に借りがあるだけじゃないだろう。この件に興味を持っているはずだ」

海老沢は返事しなかった。見抜かれている……しばし押し合いした後、結局海老沢はメモを受け取った。受け取るだけで、机の引き出しにしまいこみ、そのまま無視してしまってもいい——しかしそうはせず、ここに書かれた人間に連絡を取って話を聴くことになるだろうと海老沢には分かっていた。

少し遅めの夕食を済ませてから、海老沢は高峰の自宅に電話をかけた。不在……祝日だというのに、夜になってから荻窪の特捜本部に詰めていると、妻の節子が教えてくれた。躊躇(ちゅうちょ)したが、所轄に電話をかけ、特捜本部につないでもらった。捜査に何か動きがあり、現場で指揮を執っているのかもしれない——と思ったが、電話に出た高峰はその想像を否定した。

「祝日なのに頑張ってる後輩を督励しようと思ってな。公安ではそういうことはないのか？」

「課員が一堂に会する機会さえないよ」

「何でもかんでも極秘か……」高峰が呆れたように言った。

「お前に二つ、情報がある」

「何だ」高峰の声が急に低くなった。

海老沢は二つの情報——小嶋が独自に和人の同僚から話を聞いていたこと、そして佐橋に忠告されたことを説明した。高峰は前者については適当に相槌を打っていたが、後者の情報には惹きつけられたようだった。

「地検特捜部か……捜査はどれだけ進んでいるのかね」

「佐橋さんの話を聞いた限りでは、もう弾ける寸前という感じだ」

「佐橋さんも、実際には全体像を知らねえんじゃねえか？」高峰が疑義を呈した。

「特捜部も、自分たちの捜査を全部次席検事に伝えるわけじゃねえだろう」

「確かに、敵を欺くにはまず味方から、かもしれない。情報を知る人が多くなればなるほど、漏れやすくなる――そして地検の特捜部は、情報漏れを嫌うだろう」

「情報漏れを何とも思わねえ人間なんていねえよ……俺たちが何かやると、地検の捜査に迷惑をかけるかもしれねえってことか」

「佐橋さんはそれを心配してた」

「心配し過ぎだよ」電話の向こうで高峰が笑い飛ばした。「むしろ、陽動作戦になるんじゃねえか？　俺たちが和人の自殺について調べているうちに、特捜部が背後から襲いかかってばっさり――朋明商事は虚を突かれるだろう」

「しかし、佐橋さんはそれを望んでいない」

「放っておけよ」高峰はあっさり言った。「正式な抗議や命令じゃなくて、雑談みてえなもんだろう？　真面目に受け取る必要はねえさ」

「まあ……また怒られたら、その時に考えるか。それよりも、もう一つ気になることがあるんだ」海老沢は、佐橋の「名簿」について説明した。

「そいつは……確かに気になるな」

電話の向こうで、高峰が首を捻る様が容易に想像できた。この男は喜怒哀楽も激しいし、心の動きがすぐに顔や態度に出る。

「下っ端ということで、名簿に名前が載ってるだけだとは思うが」

「その汚職の実態、分からねえか？」高峰が訊ねる。

「佐橋さんもそこまで詳しくは教えてくれなかった」

「うちの捜査二課は絡んでねえのかな」

「政治家が絡んだ汚職となれば、警視庁の出番じゃない」

「聞いてみてもいいけど……捜査二課の連中は、知っていても何も言わねえだろうな。公安並みに秘密主義だからな」

高峰の皮肉に、海老沢は黙りこんだ。公安と捜査二課の精神性はよく似ている、としばしば言われる。とにかく自分が抱えた情報は表に出さず、課内でさえ共有しない。邪魔が入って捜査が途中で頓挫（とんざ）することを、何よりも恐れているのだ。

「で？　どうする」高峰が訊ねた。

「とりあえず僕にはメモがあるから、和人君に近い人間に話を聴いてみようと思う。

小嶋が相手じゃ喋らないことでも、僕になら喋るかもしれない」

「お前は現場を離れて長えんだぞ？　俺がやった方がいいんじゃねえか？」

「いや、これは僕がやる」

「相変わらずの個人主義か」高峰が皮肉を吐いた。

「何か分かれば連絡するよ」

「小嶋はどんな様子だった？」高峰が唐突に話題を変えた。

「一時の落ちこみからは立ち直っているようだ。僕に対しても、特に怒っている様子じゃない。でも、もしもこのまま何も分からなくて、話が行き詰まったら、また僕たちを攻撃してくるかもしれないな」

「何とかしてやりてえが、今のところ手がねえ……もどかしいな」

高峰のように忙しない人間は、このもどかしい状況に耐えられないだろう。自分なら――待つことにもなれているし、膠着した事態を打開するなら自分しかいない。

3

翌日の日曜日、海老沢は朝から出かけた。面会すべき相手には、電話をかけてから会いに行こうかとも思ったのだが、予告なしで心の準備をさせない方が効果的である。

　もっとも、不安もあった。土曜が春分の日で連休なので、相手は出かけているかもしれない。今はレジャーブームだから、まとまった休みがあると東京を離れてしまう人も多い。

　しかし今日の海老沢はついていた。

　訪ねたのは、五反田（ごたんだ）駅の近くにある小さな二階建てのアパートだった。大きさからして風呂つき……こういうアパートに住めるのは、朋明商事の給料がいい証拠かもしれない。

　午前九時。会うべき相手は二階の一番右端の部屋に住んでいる。ドアを叩く前に郵便受けで確認すると、確かに「三崎一（みさきはじめ）」の名前があった。名前は一人分しかないから、家族持ちではないだろう。今日の朝刊が入っているので、まだ家を出ていないはずだ。

　音を立てないように階段を上がり、ドアをノックする。返事なし。朝刊も抜かずに出かけてしまったのだろうか……もしかしたら、ゴルフとか。商社マンにはつき合いも多く、休みの日でも接待ゴルフなどがあるかもしれない。

　少し下がって、ドアの横の窓を見やる。朝なので、灯（あか）りが点いているかどうかも分からない。もう一度ドアに近づき、拳を叩きつけようとした瞬間、鍵が開く音が聞こえてドアが開いた。

「はい？」不機嫌な顔の男が出て来た。髪は爆発でもしたよう——寝起きというよりまだ寝ていたようだ。これも独身男の特権である。休みの日に昼まで寝ていても、誰にも文句を言われない。

海老沢は警察手帳を示した。三崎の両目がぐっと寄る。かなりの近視のようだ。

「警察だ」相手の反応を待ちきれず、海老沢は名乗った。「公安部の海老沢だ」

「警察……警察が何の用事ですか」

「ちょっと話を聴かせて欲しいんだ」

「ああ、あの……この前『東日ウィークリー』の人が来ましたけど」三崎は混乱している様子だった。

「そちらはそちら、こちらはこちらだ」海老沢はドアに手をかけた。「ちょっと上がらせてもらえるかな」

「いや、それは——待って下さい」三崎が慌てて言った。「中、ぐちゃぐちゃなんですよ。人を入れられるような状態じゃない」

「話を聴かせてもらいたい」海老沢は強気に出た。「待つから、中を片づけるか、外へ出て来てくれないか？」

「じゃあ——出ます。外で話します」

うなずき、海老沢は一歩引いた。混乱はしているものの、非協力的な感じではないから、二階の窓から密かに逃げ出すようなことはしないだろう。しかし念のため、海老沢はドアノブを回して細くドアを開けたままにしておいた。部屋の中を覗けるわけではないが、気配ぐらいは分かるだろう。

五分ほど待ったところで、三崎が出て来た。ジーパンにセーター、それに薄いコートという格好で、眼鏡をかけている。髪は濡れて、雫がコートの肩に垂れていた。慌ててシャワーを浴びてきたか、頭だけ濡らして寝癖を直したのだろう。

「歩きながら話せるかな？」

「いや……喫茶店でもどうですか？」

「ああ、構わないよ」海老沢は手首をひっくり返して腕時計をみた。九時五分……駅からここまで歩いて来る間には、喫茶店は見かけなかったが。

三崎は、駅へ向かう道を途中で外れ、細い路地に入った。すぐに、小さな喫茶店が目の前に現れる。一戸建ての家の一階部分が喫茶店になっていた。

三崎は常連のようで、ドアを押し開けると「どうも」と軽い調子で挨拶した。海老沢もすぐ後に続く。幸い、店内には他に客はいなかった。三崎はドアから一番遠いテーブルにつくと、メニューをちらりと見た。

「モーニングセットを頼んでいいですか？」

許可を取るというより、奢ってもらえますか、と確認しているのだと分かった。初めて会った警察官に対して図々しいというか……商社マンというのはこういうものかもしれない。図々しさがないと、世界を相手に商売などできないだろう。

海老沢もつき合うことにした。今日はバタバタして、朝食を摂っている暇がなかったのだ。

料理とコーヒーが運ばれて来る時間を利用して、海老沢は三崎の人物について確認にかかった。

「会社は何年目？」

「三年目です」

「大学は？」

「東都大」

「朋明商事の中で、東都大は大きな派閥なのか？」和人の先輩にもなるわけだ。

「うちの会社には、学閥はないんです。出身学校が見事にバラバラなんですよ。大学の名前じゃなくて、体力優先で採用してますから」

「商社の仕事は、肉体労働じゃないでしょう」

「いや、体力第一です。海外とやりとりすることが多いから、勤務時間が滅茶苦茶なんですよ。朝一番のテレックスを受け取るために、前の日から泊まりこみになったりとか、深夜に国際電話で連絡して慌てて終電で帰るとか。全部、向こうの都合でこちらが動いてるんです。海外駐在の方がよほど楽みたいですよ」自嘲気味な台詞だが、自分の仕事について語る口調には誇りが感じられた。

「なるほど」

「日本にいて受ける方が気を遣ってやるのが決まりなんです」

「あなたは、海外赴任の経験は？」

「ないですけど、まあ、そろそろかな」三崎が髪をかきあげる。耳が隠れるほどの長さの髪は、最近の若者の流行だろう。海老沢が若い頃は、こんな髪型など考えられなかったのだが。

「だいたい何年目ぐらいで海外赴任するんですか？」

「丸三年――四年目に出るのが普通ですね。最初の赴任は二年、その後国内勤務をしてまた海外に出て、その繰り返しです」

「忙しないね。結婚する暇もないじゃないか」

「最初の赴任から帰って来た時がチャンスですね。あるいは赴任前とか。でも、若いうちに焦って結婚すると、ろくなことがないんですよね」

「あなたは、結婚の予定はない？」

「今のところ、ないですね」三崎が淡々と言った。「もうちょっと独身生活も楽しみたいし。一人は楽なんですよ」

最近の若いサラリーマンは、皆こんな感じなのだろうか。仕事にも遊びにも熱心。どんどん稼ぎ、その金を使うことで経済を回している――こういう若者たちが日本を支えていると言っても過言ではないはずだ。

そこでモーニングのセットが運ばれて来て、二人の会話は中断した。ごくごく普通……斜めに半分に切った分厚いトースト二枚にゆで卵、それにコーヒーだった。

三崎はまずトーストの半分にバサバサと塩を振り、一気に食べてしまった。よほど腹が減っていたのだろう。海老沢はゆっくり食べた。バターの塩気がしっかり感じられるトーストで、塩はいらない感じだが……もしかしたら三崎は、しょっぱい味つけを好む北国の出身なのかもしれない。

三崎が丁寧に卵の殻を剥き、またたっぷり塩をかけて噛(かぶ)りついた。それからようやくコーヒーを一口……最初はブラックのまま飲んだが、すぐに砂糖とミルクをたっぷり加える。やはり甘い辛(から)いが極端でないと、食べた気にならないタイプなのだろう。海老沢はブラックのままコーヒーを一口飲んだ。少し酸味が強い、海老沢好みの味だった。何となくもったいない感じがして、ちびちび楽しむ。戦前はコーヒーは贅沢品だったし、戦中、戦後の混乱期には、コーヒーを飲む場所もなかった。そもそも、海外から豆が入ってこなかったのだと思う。その時期を経験してきた海老沢は、コーヒーをブラックで少しずつ楽しむ癖がついた。

三崎はさっさとモーニングセットを食べ終えてしまった。コーヒーカップも空になっている。

「あの……お代わりは一杯五十円なんですけど、いいですか？」

「ああ」やはり奢らせる気だったのか、と苦笑してしまった。今回は金を使っても経費で請求できないから、財布が軽くなるばかりだ。

三崎はお代わりのコーヒーを頼んだが、海老沢は一杯目を大事に飲むことにした。そういう飲み方が好きだし、お代わりの五十円も惜しい。我ながらケチ臭いが、息子の進学のことも考えねば……。

三崎は二杯目のコーヒーにも砂糖とミルクを加え、ゆっくり味わうように飲んだ。煙草を取り出すと、テーブルの上に置いてある店のマッチで火を点ける。年齢が上の人間がいる場合は、まず「吸っていいですか」と許可を得るべきだろうとむっとしたが、海老沢は我慢して文句を呑みこんだ。相手の機嫌を損ねたら、話は一歩も先に進まない。

「小嶋君を知ってるね？　小嶋和人君」いよいよ本題を持ち出した。

「ええ」

「『東日ウィークリー』の連中も、その話をしにきたんだろう？」

「そうです」

「で、悪口を喋ったのか」

「まさか」急に三崎が色を作した。「亡くなった人間の悪口を言ってもしょうがないでしょう。そもそも、週刊誌になんか、書いて欲しくないですよ」

「それはそうだろうね」

「警察は――」途中まで言いかけ、三崎が言葉を切った。まずい状況になっていると、ようやく気づいたのだろう。「まさか、事件じゃないでしょうね？」

「いや。あくまで自殺と判断している」海老沢は低い声で返事した。「問題は動機なんだ。彼が学生運動をしていて、逮捕されたことがあるのは知ってるか？」

「ああ――はい」三崎がすぐに認めた。

「どうしてそのことを知ったんだ？」

「何となくです」三崎の口調が揺らぐ。「はっきりとは覚えてないですね。どこかで聞いたんだけど、忘れたな」

「こんな重要な話なのに？」

「いや、別に重要じゃないでしょう」三崎が呆れたように言った。「こんなの、よくある話だし、単なる武勇伝ですよ。俺は馬鹿らしいと思うけど」

「馬鹿らしい？」その一言が引っかかった。「彼らは彼らで必死なんだぞ」

「警察官の人がそんなことを言うんですか？」三崎が首を捻る。「だって、あいつらが言ってることなんて絵空事……安保条約破棄なんて、学生が騒いでどうにかなるものじゃないでしょう。それに、アメリカと関係を断ったとしたら、この後どうするんですか？　ソ連や中国と協力してやっていく？　冗談じゃないですよね。国際的に孤立しますよ」

思いもかけぬ三崎の強い物言いに、海老沢は一瞬言葉を失った。しかしこれが普通の――学生運動にかかわっていなかった若者の反応なのだ。当然と言えば当然の反応と分かっているものの、こういう話を聞く度に、海老沢は胸の中でじゃりじゃりと嫌な音がするのを感じる。夢物語を追っている若者たちを取り締まる自分たちはどういう存在なのだ？　放っておけば熱病が引くように運動から身を引く若者たちと厳しく対峙するような仕事に、意味があるのか？　これが国を守る仕事と言えるのか？

最近、そんな虚しさを感じることがある。

気を取り直して質問を続ける。嫌な気分を抱いていても、それで不機嫌になって話が続けられなくなったら、プロではない。

「彼にその話はしたんだね？」

「ええ」

「どんな感じだった？」

「ぎょっとしてました」

「つまり——本人は、バレていないと思っていたんだな？」

「でしょうね」三崎がうなずく。「だいたい、積極的に自分から言う話でもないですよね？　何十年も経てば笑い話になるかもしれないけど、今はまだ生々し過ぎるっていうか」

「君は、どういう感じでこの話をしたんだ？」

「はい？」三崎が目をすがめる。「どういう意味ですか？」

「揶揄したのか？　詰問したのか？」

「何ですか、それ」一転して三崎が目を見開く。「別に……ちょっとした雑談ですよ。若い連中で呑んだ時に、たまたま思い出したんで確認してみた、それだけです」

「しかし、彼にとっては知られたくない話だった」

「そうでしょうけど……別に、ショックを受けてた感じじゃないですよ。知られていないと思ったのにいきなり言われたから、びっくりしただけでしょう」

「彼は、この件について何か言ってたか？」

「いや、言葉を濁して……話したくないんだなって思って、すぐにこの話はやめましたけどね。中には、警官隊と衝突した話を大袈裟に膨らませて自慢する馬鹿もいるけど、小嶋はそういう感じじゃなかったから」

「忘れたい過去だった、ということだろうか」

「忘れたいっていうか、触れられたくなかっただけでしょう。どっちにしても、大した話じゃないですよ」

三崎が煙草をふかす。海老沢はコーヒーを一口飲んで喉を潤（うるお）した。目の前の三崎は平然とした様子で、緊張もしていない。ただで朝飯を食べられると思って、得した気分になっているのかもしれない。

「この話は、どれぐらいの人が知っていたんだろうか」

「さあ、どうかなあ」三崎が首を傾げる。「そんなには広がっていないと思いますよ。上司なんかは知らないんじゃないかな。よくある話ですから、そんなに面白くもないでしょうし」

面白いとか面白くないとか、そういうことではないのだが……海老沢はどこか釈然としない気分になった。三崎は極めて軽い調子で話しているし、話の内容も嘘ではないと思う。しかし海老沢は、自分が人生を賭けて取り組んできた仕事を全否定されているような気分になってしまった。

この日、海老沢はもう一人の若手社員との接触に成功した。しかし実家暮らしのこの女性、真下優子（ましたゆうこ）は明らかに緊張していたし、在宅していた父親も海老沢に対して厳しい態度で接してきた。既に退職しているが、朋明商事の元部長だったという父親は、「不当な事情聴取は拒否する」と娘に代わって憤然と宣言したのだった。海老沢は感情を露わにしないように気をつけ、「あくまで参考」「ご本人には関係ない話」と繰り返して、何とか優子を外へ連れ出すことに成功した。

　話すには近くの公園がいいというので、二人は連れ立ってそちらへ向かった。優子はすらりと背が高い、すっきりした顔立ちの女性……二十四歳ということだが、自分にもこれぐらいの年齢の娘がいるのが自然なのだと微妙な気分になった。結婚するのも子どもを持つのも遅かった海老沢は、同年代の多数派と同じような人生設計はできなかった。息子の将来を考えると、どうしても不安になる。

　日曜日とあって、公園は子どもづれの母親たちで賑わっている。海老沢はその喧騒を避けて、木立の下のベンチに腰かけた。優子は少し距離を置いて座る。依然として緊張した様子で、横を見ると、背筋をピンと伸ばして腿に両手を置いている。海老沢は体を少し斜めにして、彼女の顔を常に見られるような姿勢を取った。

「お父さんも同じ会社だったんですね」

「去年、定年でした」

　父親のコネを使って入社したのだろうか。よくありそうな話だが、さすがに雑談でもこういう話題は持ち出しにくい。

「厳しそうなお父さんだね」

「厳しいというか、うるさいんです。会社に入ったと思ったらすぐに、『結婚しろ』って……相手もいないのに」

「入社はいつですか？」

「四年前です。短大を出て……」

「小嶋君にとっては、会社では先輩に当たるわけだね」

「はい。仕事の内容は全然違いますけど。私は同じ海外一部でも、雑用をしていただけですから」

「雑用というのは？」

「お茶汲みや資料の整理、会議の準備とか……雑用の割には忙しいですけどね。一応、営業補助ということになっています」優子がつまらなそうに言った。

「しかし、そういう人がいないと仕事は回らないからね」海老沢は持ち上げた。「小嶋君とは、この一年、同じ部署にいたんだね？」

「はい」

「彼が学生時代に逮捕された話は知っている？」

「……はい」

彼女も認めた。この話は、意外に多くの人が知っている――少なくとも若手社員の間には広がっていたようだと海老沢は推測した。三崎は、上司は知らないはずだと言っていたが、それも怪しい。こういう噂は、一人が知れば、翌日には十人の耳に入っているものだ。

「社内であれこれ言われていなかったのかな?」

「公の場所では、別に……」

「公じゃない場所では出ていた?」

「そう、ですね。でも、そんなに大変なことじゃないでしょう」優子も三崎と同じように話を小さくまとめようとしていた。

「この件がばれているのは、小嶋君も知っていた。彼は、それで悩んだりしていなかったのかな?」

「それは……ないと思います」優子が自信なげに言った。「話には出ていたけど、誰も小嶋君を責めているわけじゃなかったですから」

「逆に馬鹿にしていたとか? 学生運動を馬鹿にする人もいるでしょう」先ほどの三崎の話を思い出しながら、海老沢は訊ねた。

「それもないです」

「なるほど……」和人が疑心暗鬼になって追いこまれていたならともかく、周りがそれほど問題視していなかったとしたら、自殺するほど悩んでいたとは考えにくい。となるとやはり、仕事の問題か。海老沢は質問を一気に変えた。「彼は、上からだいぶ見こまれていたみたいだね。新人なのに何度もアメリカに出張していたのは、よほど頼りにされていたからじゃないかな」

「そうですね。本人はちょっと疲れていましたけど」

「自殺するほどに？」

「そういう意味では……」優子が鼻に皺を寄せた。「入社して、急に頻繁に海外へ行くようになったら、体も気持ちも疲れるのは当然ですよ。でも、やりがいはあるって言ってました。そういう人は、自殺なんか考えないでしょう？」

「アメリカで重要な案件を抱えていたわけだ」

「そうですね」優子がすっと目を逸らす。

「具体的にはどんな？」

「私は関わっていなかったので、よく分かりません」

「自衛隊絡みの話じゃないのか？　自衛隊というか、次期主力戦闘機のことで」海老沢は佐橋から聞いた話を思い出しながら訊ねた。防衛関係で、相手はアメリカの航空機メーカー——となると、戦闘機しか考えられない。

　優子の肩がぴくりと動く。唇をきつく結び——あまりにもきつく閉じているせいで、口の端がひくひくと痙攣するほどだった。

「何も聞いていない？」この件はあまり露骨に話すと危険だ。佐橋の情報では「取り扱い注意」。余計なことを言うと話が広がり、地検特捜部の捜査を妨害してしまうことにもなりかねない。

「私は営業補助として、仕事をお手伝いしているだけなので」

知っているな、と海老沢は判断した。この言い訳は、事実を隠す一番簡単な方法だ。

「アメリカで、航空機メーカーと商談でもしていたのでは？」

「具体的な仕事の内容については、よく分かりません」

「そうですか……小嶋君はどうして自殺したんだと思います？」

「個人的な問題じゃないですか？」優子がさらりと言った。

「個人的な問題？　仕事絡みではなく？」

「ええ」

「具体的には？　何か知っていますか？」

「彼女と上手くいっていない、と聞いたことはあります」

「恋人がいたのか？」この情報は初耳だった。

「高校時代の同級生だそうですけど、会社に入ってから忙しくて、ろくに会う時間もなかったって……それで、彼女の方が臍を曲げていたようです」

若いサラリーマンにはよくある話だろう。とにかく仕事を覚えるために、休みも潰し、深夜でも早朝でも仕事を続ける。全ては恋人と明るい家庭を築くためだと本人は信じているのだが、つき合っている相手はそうは考えない。「私のことを放っておいて仕事ばかり」といじけてしまうのもよくある話だ。海老沢も、若い刑事の嘆きを何度も聞いている。だからといって、仕事の手を緩めるわけにはいかないのだが……今は、日本全体が揺れに揺れている時代なのだ。ここを上手く乗り切らないと、若い刑事たちも、幸せな結婚生活を送るどころではなくなってしまう。

「彼の恋人の名前は知ってますか？」

「そこまでは分かりません」優子が首を横に振った。

「話に出ただけ、ということですか」

「ええ。そんなに私生活のことを話す人じゃなかったんで、聞いた時には少し驚きました。だからこそ、結構深刻な悩みだったんだろうって思いましたけど」

「他に、小嶋君の恋人のことを知っていそうな人はいるかな？」

「どうでしょう」優子が首を捻る。「彼、社内にそんなに仲のいい人がいなかったんですよ。一人だけ、海外での仕事が多くて不在がちでしたから、社内で友だちを作る暇もないようでしたし」

「親しいのは、むしろ上司とかですか」

「そうかもしれません」

直属の部長には、高峰が事情聴取していたはずだ。彼も、この話は引き出せなかったのだろうか……戦後、劇団のスター役者が犯人だった連続殺人事件を解決し「若き名刑事」の評判を得た彼も、さすがに歳を取ったということだろうか。あるいは管理職になって、現役時代の技術を忘れてしまったのか。

それでもこの件は——自分が調べるよりも、高峰に任せる方がいいだろう。こういう下世話な話を聞き出すのは、やはり捜査一課の刑事が向いている。

しかし……もしも自殺の原因が恋人との不仲だと分かれば、また不幸の輪が広がってしまう。小嶋は納得するだろうか。恋人は死の原因が自分だと嚙み締めているはずで、警察から正式に事情聴取されれば、心の傷はさらに深くなるはずだ。

高峰に責任を押しつけようとしているだけだと自分でも分かっていた。

しかし……何かが気になる。海老沢は、必ずしも現場叩き上げではなく、若い頃から「分析担当」「まとめ役」として力を発揮してきた。それでも刑事としての勘はあるわけで、その勘が「何かある」と警告してくるのだった。

4

月曜の夜、高峰は捜査二課の理事官、大槻（おおつき）と呑んでいた。年齢も階級も同じだが、一緒に仕事をしたことは一度もない。捜査一課と二課は犬猿の仲というわけではないのだが、仕事の内容が重ならないので、普段は接点がまったくないのだ。知り合いになったのは、二人が同時期に所轄の副署長になった時だった。たまたま隣接署だったので、仕事で交流を深める機会も多く、しかも大槻が自分と同じ映画好きだと分かって、定期的に呑むようになったのだ。

今日は、新橋の小さな割烹（かっぽう）料理店に入っていた。個室があるので、内輪の話をするにはちょうどいい。そこそこ高いが、たまには贅沢……大槻にとっては、必ずしも贅沢ではないだろう。息子二人は既に独立して働いており、家計はぐっと楽になっているはずだ。そういう話を聞く度に、うちも早く子どもを作っておけばよかったと高峰は後悔する。戦後の混乱期だったとはいえ、そういう時期にも子どもを育ててきた家庭は多かったのだから。

「最近、何か映画は観たか？」高峰は切り出した。自分は映画館からも芝居小屋からもすっかり足が遠のいてしまったので、最近は大槻から情報を聞いて観たつもりになるという、情けない状態が続いていた。

「このところ、ちょっとご無沙汰なんだ」大槻が肩をすくめる。

「忙しいのか？」

「まあな。急に余計な仕事が降ってくることもある」

「余計な仕事？」

「うちの仕事じゃない……下働きみたいなものだ」

「下働き」の一言で、高峰はピンときた。そう言えば、この話を二課の人間に当ててみようと考えていたのだった。これはチャンス……。

「東京地検か？」

「何で分かる？」大槻が目を見開く。もともと目が大きく、捜査二課の仲間内ではずっと「ギョロ」とあだ名されていた。

「まあ、あれだよ。俺にも情報源があるってことだ」軽い口調で応じながら、高峰は自分の勘を褒めたくなってきた。「捜査二課にまで応援を求めてくるってことは、かなりでかい事件だな」

「でかいな……立件できれば」

「政治家か？」

「そう——おい、誰にも言うなよ」

「分かってるさ。誰だ？　そんなに大物なのか？」

「大物というか」大槻が渋い表情を浮かべた。「うちのOBなんだ」

「まさか」高峰は目を見開いた。「警察OBの国会議員と言えば……今は一人しかいねえよな？　元公安の市川さん」

「その人だよ。口利きしたという話なんだ。この件、極秘だからな。お前だから話すんだぞ」

そもそも、東京地検特捜部が警視庁の捜査二課に協力を求めることなど、まずない。特捜部にも大勢の検事や事務官がいる……だが、それだけでは人手が足りないこともあるだろう。関係者が多い場合や、早急に捜査を進めねばならない時だ。そういう場合は、他の部署や他の地検の応援をもらうものだが、今回は特別なのだろう。

「手伝えなんて、滅多に言われねえよな」

「俺も捜査二課は長いけど、初めてだ。しょうがないから、係を一つ投入したよ」

「地検に詰めてるのか？」詰めると言っても、東京地検そのものが警視庁のすぐ近くにあるので、実際には百メートルほど移動するだけなのだが。

「向こうから指令が飛んできた時に走り回ってるだけだ。犬みたいなものだな。警察犬だ」大槻が苦い表情を浮かべる。

「えらい目に遭ってるなあ」高峰は心底同情して言った。捜査一課が扱う事件も、地検刑事部の「事件係」刑事の指揮下に入ることになっているが、それはあくまで名目であり、捜査は警察が主体になって進める。「それにしても、あの人——市川さんが汚職にかかわっているとはね。たまげたよ」

「まだ確定したわけじゃない」

「しかし、かかわっていると思うから、地検も捜査してるんだろう？」

「まあな」

「いつも不思議に思うんだけど、地検は汚職の端緒をどうやって掴むのかね。俺たちは、事件が起きて『ヨーイドン』で動き出すから、そういう感覚が分からねえ。お前たちは、地検と同じような感じだろう？」

「俺たちは、飼ってる情報屋から話を聞くこともあるけど、地検の場合はタレコミが多いらしいぜ。正義感からということもあるだろうし、自分の利益が脅かされたと思って、復讐してやろうとする人間もいる」

「不純だねえ」

「タレこんでくる人間の気持ちなんか、どうでもいいんだよ。情報が正しければ、立件はできるんだから」

「俺たちとはまったく別の世界だねえ」高峰は腕を組んで唸った。自分たちが担当する殺しや強盗の捜査でも、タレコミはある。しかし主流は、あくまで自分たちの足を使うことだ。ひたすら聞き込みを続けて情報を追う。タレコミを待ってスタート、というのはじれったくないだろうか……。

「それで、具体的にはどういう事件なんだ？」

海老沢から簡単な話は聞いていたが、詳細は分かっていない。ここで知っておいても損はないだろう。しかし、大槻も一筋縄ではいかなかった。

「人の事件を手伝ってるだけだから、無責任なことは言えないな」そう言ってすっと目を逸らしてしまう。限界が近づいたのだろう。

「そう言うなって。俺だって二課の優秀な捜査技術を学びてえんだよ」露骨だなと思いながら高峰はおだて、大槻のグラスにビールを注いだ。

「お前、いつからそんなに謙虚になった？」大槻が鼻を鳴らす。『若き名刑事』と言われた男がそんな風じゃ、気味が悪いぞ」

「そんなの、大昔の話じゃねえか」高峰は苦笑した。自分でも、こういう警察官人生になるとは思ってもいなかったのだが……ずっと現場にいて、事件の最前線で捜査をするのが合っていると信じていた。しかし、上司の勧めもあって昇任試験を受けてからは、トントン拍子——この言葉はあまり好きではないのだが——の出世。結果的に管理職の階段を上ることになって、自ら現場を踏む機会は極端に減っていた。「現場で活躍するだけでなく、そういう人間を管理する人間も必要なんだ」とかつての上司、捜査一課長の窪田（くぼた）は言っていたが。

「まあ、市川さんも……黒い部分もないとは言えないだろう」

「何だい、ずいぶん奥歯に物が挟まったような言い方じゃねえか」

「お前らみたいな単細胞と違って、俺たちは思ったことを何でも口にできるわけじゃないんだ」

「お、言ってくれるねえ」高峰はビールを一口呑んで煙草に火を点けた。「しかし、あの人が国会議員になってもう十年か……警察や防衛関係の仕事が多いんだよな」

「ああ。どっちかというと防衛系かな。警察絡みの仕事だったら、問題が起きる可能性はほとんどないんだろうが、自衛隊絡みとなるとな……何しろ動く金が桁違いだ」

「兵器は高えからな」嫌な話だ……しかも今、日本は兵器を輸入に頼っている。特にアメリカ——向こうからすると、日本は「お得意さん」だろう。

「高い物を売ったり買ったりする時は、その余禄に与ろうとする人間が多いんだよ。売りたい方は、多少のリベートを払っても何とかしたい。そのために金を渡すことも普通に行われている。公務員の世界では許されないけど、民間会社同士だったら、単なる商習慣だろう。間に入って利益を得る会社もある」

「ああ……ちょっと待て」急に思いついて、高峰は彼の説明を遮った。

「何だよ」

「絡んでいるのは賄賂を渡した方、受け取った方——それに仲介した人間がいるんじゃないか？」

「お前、何か知ってるのか？」

「いや……例えば商社とか」そう、朋明商事はアメリカでも事業を展開している。そして小嶋は、あの会社には何か怪しいところがあると言っていた。汚職に絡んでいるとしたら、怪しいところどころか「大問題」だろう。小嶋たちがどこまで事情を摑んでいるかは分からないが、和人も地検の調査対象になっていた可能性もある。

「はっきり言えないが、お前の勘は昔から鋭いよな」大槻が実質的に認めた。「航空自衛隊に納入が始まった、KO社のR4——あれ、一機あたり二十億円ぐらいするんだ。それが百機以上も配備される予定なんだぜ」

「とんでもねえ額だな」二千億円……まったくピンとこない。

「俺たちには想像もできない額の金が動くのは間違いない。しかも、一回取り引きしたら終わりじゃないんだ」

「戦闘機の技術なんか、すぐに古くなるだろうからな。十年後にはまた新しいのを入れなくちゃいけねえんじゃねえか」

「その通り」大槻が高峰を指差した。「その話がもう、水面下で始まってるのさ。次期主力戦闘機に関しては、ヨーロッパのメーカーも候補に挙がってるそうだが、実際はKO社で決まりなんだろうな。これまで取引実績があるのはKO社だけだし、安保条約もある」

「安保条約ってのは、日本にアメリカの兵器を買わせるための方便かい？」

「おいおい、よせよ」大槻が声を上げて笑う。「学生みたいなことを言うな」

「ああ……」高峰はうなずいた。確かに、青臭いことを言ってしまった……。

KO社――キーガン・オキーフ社が、現在の主力戦闘機、R4を航空自衛隊に納入したのは、三年か四年前だっただろうか。しかしもう既に、「次」への戦いが始まっているわけだ。軍需産業の動きの速さには啞然とさせられる。もちろん戦前、戦中は、日本も戦闘機や軍艦を作っていたのだが、その内幕を高峰たちが知ることはなかった。今は……日本は「先制攻撃をしない」ことになっているが、防衛のための戦力はやはり必要だ。そして国内で作れない分は、輸入に頼るしかない。戦時中、零戦の活躍などを聞かされていた高峰は、日本の技術力は世界でも高いレベルにあると思っていた。しかし、技術――特に兵器の技術は日進月歩だろう。一度開発をやめてしまったら、最先端の技術に追いつくのは不可能ではないだろうか。

「要するに、市川さんに賄賂が渡ったというわけか」

「でかい声で言うなよ」大槻が唇の前で人差し指を立てた。「本当かどうか、俺たちは自分で捜査するわけじゃないから分からない。特捜部が、そういう線で捜査しているというだけだ」

「もどかしいねえ」

「仕方ないさ」自分を納得させるように大槻がうなずく。

「しかし、市川さんっていうのは、そういう人なのかね」高峰は首を捻った。

「そういう人とは？」

「自分の懐を潤すために、立場を利用するような人」

「どうかな。市川さんが賄賂を要求したんじゃなくて、向こうが勝手に渡したのかもしれない。その辺は阿吽の呼吸なんだろう」

「アメリカにも、賄賂という概念はあるのかね」高峰は首を捻った。あの国は何でも法律と契約、数字に基づいて進み、汗を流す営業努力などが入りこむ隙間はないような気もするのだが。要するに、単純に安いものの方が選ばれる感じがする。

「リベートっていうんだよ。覚えておけ。この事件が弾けたら、流行語になるかもしれないぞ」

「俺には関係ねえよ……市川さんは、警視庁では公安一課長とかやってたよな」

「ああ。基本的に公安畑の人だ。自民党が彼を政治の世界に引っ張り出したのは、七〇年安保対策だったのかもしれないぜ。公安出身の政治家がいれば、その人を通じて警察を素早く動かせるとでも思ったんだろう」

「それで、機動隊を強化して弾圧か」高峰は吐き捨てた。

「弾圧なんて言うなよ。警察官にあるまじき発言だぜ」大槻が忠告する。

「実際、弾圧じゃねえか」高峰は反発した。「最新装備の機動隊と、今でもゲバ棒に火炎瓶ぐらいしか持ってねえデモ隊じゃ、勝負にならねえだろうが。あそこまでやることはねえよ」

「まあまあ」大槻が自分の煙草に火を点ける。「お前の公安嫌いは知ってるが、内輪のことなんだぜ。結局は、自己批判じゃないか」

「公安や警備の連中と一緒にされても困る」高峰はついむきになって反論した。「俺が守るのは市民だ」

「国は市民でできてるんだぜ」

「市民を守ってこそ、国を守れる。デモに参加している学生なんて、ほとんどがその場の雰囲気に流されてるだけだろうよ。あんな乱暴なやり方で蹴散らす必要はねえんだ」

高峰はつい、海老沢の顔を思い浮かべた。十数年前、海老沢は、こういうこと――力と力の衝突が起きる前に共産党の戦力を削ぐ方法を考える、というようなことを言っていた。全面的な衝突を避け、幹部を逮捕して、内部を切り崩す――そういう作戦を考えているのだろうと思っていたが、結局海老沢の目標など、実現しなかったのだ。もちろん、公安は海老沢が言ったような捜査手法も使ってきただろう。しかし機動隊はあくまで暴力的な手段で、力で活動家たちを抑えこんでいる。

海老沢は、この状況に満足しているのだろうか。

自宅へ戻ると、高峰は海老沢に電話をかけた。ずっと互いに無視し続けてきたのに、最近は電話をかけたり会ったりすることに抵抗がなくなっているのに驚く。これも、五十三歳という年齢のせいだろうか。互いに定年が見えてきたら、もういがみ合っている場合ではない……。

「どうした」海老沢が心配そうな声で電話に出た。

「例のアメリカ絡みの話なんだけどな……次期主力戦闘機に関する、KO社絡みの事件なんだろう？」

「……どうして分かった？」海老沢の声が一段と低くなった。

「うちの捜査二課まで応援に駆り出されてるようだ」

「二課が特捜部の応援？　それは極めて異例だな」

「まあ、俺らがあれこれ詮索してもしょうがねえ」高峰はこの話を畳みにかかった。

「和人の件とは関係ねえからな」

「そうだといいんだが……特捜部が、和人を調査対象の名簿に載せていたことを忘れるなよ」海老沢が釘を刺す。

「ああ……だけど、和人がこの件に絡んでいると思うか？　まだ入社一年も経ってねえ新人が、汚職事件に関係するなんてありえねえだろう」

「本人が何かやったとは言わない。しかし、この一年で六回も渡米しているんだ。KO社との商談の席にも同席していたと考えるのが自然じゃないか？」

「まあな」左手で受話器を持ったまま、高峰は右手で顔を擦った。

「例えば、重要な商談の席で通訳を務めていたら、情報の核心を知っていたはずだ。本人が主役でなくとも、情報源としての扱いという感じじゃないか？」

「その辺は、佐橋さんに確認できねえのか？　お前の方が話しやすいだろう」

「佐橋さんとは別に親しいわけじゃないし、聞いても佐橋さんが話すはずがないよ。余計な詮索をしないように忠告されてるぐらいなんだから」

「そうか」

高峰は鉛筆を手に取り、電話台に置いたメモ帳に円を描いた。二重、三重……意味なく描き続けているうちに、円が濃く、大きくなってくる。堂々巡りから抜け出す一本の線が欲しい。

「この件について調べるわけにはいかないが、和人君の自殺については、ヒントになりそうな話が出てきた」海老沢が打ち明ける。

「何だ」高峰は鉛筆を放り出した。クソ、海老沢に先に手がかりを摑まれるとは……鉛筆が転がって床に落ち、芯が砕けた。

「和人君には、恋人がいたらしい」

「何だと？」高峰は受話器をきつく握り締めた。恋人……男女関係のもつれは、いつでも自殺の動機になりうる。

「はっきりしたことは分からない。名前も分からない──ただ、恋人がいたことを同僚には話している。最近忙しくて、会う時間がないのが悩みだったらしい」

「なるほど」寂しさに耐えかね──いや、彼女の方が寂しさに耐えかねて別れ話を持ち出し、それで和人が絶望したという筋書きは不自然ではない。若い男にとって、女にふられることほど辛いものはないからだ。

「この件、小嶋に確認したか？」

「いや」海老沢が否定する。「この前は普通に話したけど、僕が話すとあいつは激怒するかもしれない。まだあいつの気持ちが読めないよ」

「分かった。それなら、この話は俺が引き取らせてもらうぜ」

「そうか」電話の向こうで、海老沢が安堵の息を漏らした。「確かに、お前が調べる方がいいだろう。こういうのは得意だよな」

「お前が想像もできないほどな。一課の刑事の真骨頂を見せてやるよ」

「自殺の原因が分かれば、小嶋も安心できるだろう」

「そうだな……話は戻るけど、市川さんってどういう人なんだ？　お前、一時部下だったよな？」

海老沢が黙りこむ。

「雑談だよ、雑談。汚職事件についてなんか、俺は触ることもできねえ。純粋に興味を持って聞いてるだけだ」

「昭和二十七年――あの頃、市川さんは公安一課長だった」

「まさに公安一課が成立した年だな？」

「ああ」

「どんな人だった？　昔から政治に色気を持っている人だったのか？」

「そんな話をしたことはないよ。何しろ向こうは、戦前に高等文官試験に合格した人――同じ警察官とはいえ、僕たちとはまったく違う、雲の上の人だから」

「まったく接触がなかったのか？」

「いや」海老沢が一瞬言葉を切った。「話をしたことはある。何というか……不気味な感じだった。とんでもない闇――公安の一番危険な部分を抱えて、しかも責任は平気で部下に押しつけるような人。分かるか？」

「分からねえな。お前の話はいつも抽象的で困るよ」

「そう言われても、説明できないことはあるんだ」

「公安はいつも、そうやってもったいぶっているから――」

「時々思うんだが」海老沢が高峰の会話を途中で断ち切った。「公安の中で何が起きてるか、全部把握している人間なんか一人もいないんじゃないかな。警視総監も、警察庁長官でさえ……全て忖度で動いている世界なのかもしれない」

「ずっと公安の本筋を歩いてきたお前に、そんなことを言われてもねえ」

「十八年前の……駐在所爆破事件のこと、覚えてるだろう？」海老沢が低い声で言った。

「どうかね」高峰はぶっきらぼうに答えた。思い出したくもない――高峰にすれば、中途半端に捜査して、結局真相を知ることができなかった事件である。公安が陰で糸を引いていた――事件自体も公安が仕組んだことだと確信してはいたが、絶対的な証拠はなかった。

そしてあの事件は、自分と海老沢の関係を引き裂いた。

「あの時、市川さんは事件の全貌(ぜんぼう)を知っていたと思う。全てをコントロールしていた可能性もある。しかし結局、動機も真相も表沙汰にはならないまま、市川さんは異動した。それから八年後に警察を辞めて、選挙に立候補した――この八年の間に何があって、どうして立候補を決めたかは、僕には分からない。ただ、あの事件が論功行賞の対象になったのは間違いないと思うんだ」

「誰が褒美(ほうび)を与えたんだ？　どんな褒美だ？」

「さあ……市川さんは、辞めた時には警察庁の警備局長だった。局長とはいえ、警察の中にもまだ立場が上の人がいた——もしかしたら、選挙に当選したことこそが褒美だったのかもしれない」

「褒美を与えたのは警察内部の人間じゃなくて、政治家か……市川さんは自民党幹部のお気に入りだったんじゃねえか？」

「そうかもしれない。十八年前の事件も、実際に陰で糸を引いていた——指示したのは、政治家だったんじゃないかと思う」

「破防法を成立させるために、な」当時、海老沢、それに佐橋と交わした生々しい会話を思い出す。破防法に関しては、学生や組合活動家を中心に、「戦前の治安維持法の復活だ」と反対の声が上がっていた。その声を抑え、「共産党は危険な存在だ」と世間に認知させるために、警察が爆破事件を仕組んだ——想像はできたが、それが真相かどうかは分からない。とにかく公安は、警察の仲間を犠牲にすることさえ厭わなかったのだろう。

　まさに警察内部の闇。高峰にはとうてい容認できなかった。

「要するに、いろいろあって論功行賞で政治家になった、と。何と言っていいか、俺には分からねえな」

「論功行賞というより、今後もしっかり働いてもらうために、政治家にしたんじゃないか？　恐ろしい話だと思うよ。市川さんは、資金も組織もないのに楽々トップ当選して、その後の選挙でも危なげない戦いを続けている。自民党の組織がフル回転して、選挙を応援しているんだろう」

「選挙のことは分からねえが……何となくむしゃくしゃするな」

「ああ」

高峰は、市川が逮捕され、手錠をかけられる様を思い浮かべた。自由を奪われる様を想像すると、少しだけ溜飲が下がった。

実際にそうなるかどうかは、地検特捜部にかかっているのだが。

5

どろどろとした人間関係を解き明かすのは、捜査一課の刑事が得意とするところだ。多くの事件は人間関係のもつれから起きるものだから、人の感情や関係については自然に詳しくなる。

高峰も、そういう捜査をずっと続けてきた。親子同士、夫婦同士の積もり積もった憎しみ。一瞬すれ違っただけの人に対して抱く殺意。事件を通じて様々な感情を見てきた結果、高峰は一つの結論に達していた——人間は脆(もろ)く、些細なことで崩れてしまう。

とはいえ、指示を飛ばすことが仕事である理事官が、勝手に動くわけにはいかない。高峰は、捜査一課長の佐々木に、事情を打ち明けることにした。

狭い一課長室で二人きり……ここへは報告などで一日に何度も入るのだが、今回は勝手が違う。高峰よりも二歳年下の佐々木は何かと硬い男——四角四面で融通がきかないので、気軽には話せない。話を聞き終えた佐々木が、煙草に火を点けた。

「予防、かな」

「それもあります」高峰はうなずき、自分の膝を摑んで身を乗り出した。『東日ウィークリー』が騒ぎ出すと、本体の東日新聞にも飛び火する可能性がある。雑誌だけじゃなくて新聞に書かれたら、大事になります。それを事前に抑えたい」

「個人のために捜査するのは筋違いだが……高峰さん、何か感じてますか？」佐々木が急に「後輩」としての顔を見せた。

「いや、何とも……」高峰は言葉を濁した。

「先ほどの汚職の件ですが、自殺した人がそこに関係しているとでも？」

「新人ですよ？　それはないでしょう」

「そこは避けて——首を突っこまないで下さいよ。うちから情報が漏れて捜査が潰れたら、俺の首が飛ぶぐらいじゃ済まない」

「気をつけますよ」

「今、たまたま緊急の案件はない――特捜の動きも止まっていますからね」佐々木が忌々しそうに言った。

「申し訳ありません」高峰は頭を下げた。理事官は一課長の補佐役であると同時に、現場の指揮に責任を持つ立場である。

「高峰さんのせいじゃないですよ。何かあったら――特捜本部事件が起きたらすぐに戻ってもらうということで、それまでは自由に動いてもらって構いません」

「助かります」高峰は頭を下げた。

「ただ、一人で動かれると困る。連絡役というか、手足というか、誰か若いのを一人使って下さい。どうせなら鍛えがいのある人間がいいですね」

「それなら心当たりがあります」

「結構です」佐々木がうなずく。「麾下の管理官には簡単に事情を説明しておいて下さい。高峰さんがいきなりいなくなると困る」

「課長から特命が出た、ということにしておいていいですか？」

「捜査一課で特命？」佐々木が目を見開いた。「うちは二課でも公安でもない。常に公明正大、お日様の下で仕事をするのが捜査一課でしょう。秘密の特命はあり得ない」

「そうありたいとは思いますが、今回はどうですかね」

「嫌なことを……とにかく、極秘で。刺激しないように気をつけて下さい」

「分かりました」高峰は膝を叩いて立ち上がった。年下のこの一課長に迷惑をかけてはいけない、と自分に言い聞かせる。この男には、定年まで自分よりも二年ほど猶予がある。つまり、一課長からさらに上のポジションに異動するのは間違いない。その邪魔をするわけにはいかなかった。

警察には指揮を執る人間が必ず必要であり、佐々木がそういうタイプなのは間違いないのだから。


高峰は、今回の捜査の「相棒」に、麾下七係の最年少刑事、冨永（とみなが）を選んだ。まだ二十七歳、捜査一課全体を見ても一番若いのだが、彼には他の刑事にはない利点があった。

珍しい大学出なのだ。

警察官は頭よりも体を使う仕事――それ故、高校出の若者を早いうちから鍛え上げて、一人前にするのが戦後の伝統だった。しかし最近は、大卒の刑事も採用されている。世の中が多様化しているが故に、学歴の高い刑事の方が上手くやれることもある、という判断だ。それだけでなく、高卒の刑事でも「これは」と目をつけた人間には、大学の夜間学部に通わせることがある。法学部などで、専門知識を身につけさせるのが狙いだ。

　指名された冨永は、明らかに緊張していた。理事官直々に仕事を振られることなど、まずない。しかし今回は、若い人間——もしかしたら大学生などを相手にしなければならないかもしれないので、大卒の若い刑事の感覚が必要だった。

　冨永が運転する覆面パトカーの助手席に収まり、車が走り出すと、高峰はすぐに訊ねた。

「君は法学部だったな」

「はい」

「大学で学んだことは役に立ってるか？」

「仕事の上ではあまり——すみません」

「別に謝ることじゃねえよ」高峰は声を上げて笑った。「しかし、昇任試験には役に立つんじゃねえか？　他の刑事たちは、法律の勉強で四苦八苦してるけど、君にはその分野の素養は既にあるんだからな」

「それはまあ……そうですね」冨永が遠慮がちに認めた。

「仕事で忙しくない限りは、昇任試験は積極的に受けろよ。早く偉くなれ」

「まだそこまで考えられません」冨永が正直に認めた。

「君は独身か？」

「はい」

「結婚の予定は？」

「今のところはありません」

「だったら、仕事と勉強が最優先だな」結婚はできるだけ早い方がいい……自分のように、三十代後半で子どもができたりすると、後々苦労する——主に金の問題で。

「はい」何となく元気のない返事だった。もしかしたら恋人と上手くいっていない——和人と同じような悩みを抱えているのかもしれない。

「君に恋人がいたとして、別れ話を持ち出されたらどうする？」

「何ですか、いきなり」冨永が警戒心を露わにして言った。

「仮の話だよ、仮の話」

「状況によりますけど、ショックはショックですよね」

「君の仕事が忙し過ぎて、構ってもらえないから別れると言われたらどうだ？」

「いや、それは……」

ハンドルを握る冨永が、妙に緊張しているのが分かった。もしかしたら実際に、そういう別れを経験しているのかもしれない。あるいは、今まさにそういう修羅場（しゅらば）にあるとか。

「どうだ？　仕事と私とどっちを取る、なんて話になったら」

「仕事ですかね」冨永がさほど迷うことなく答えた。「やっぱり、ちゃんと仕事をしてから……恋人や家庭はその後ですね」

「お、頼もしいじゃねえか」高峰は頰が緩むのを感じた。

「それが普通だと思います」冨永がさらりと言った。「それで……それが、今回の自殺の話につながるんですか」

「自殺した若者には恋人がいたんだ。彼女が自殺の原因かもしれねえし、何か事情を知っていた可能性もある。そいつを探りてえんだ」

「分かりました。でも、自殺の調査は珍しいですよね」

「余計な攻撃をされねえように、予め対策を立てておかねえとな」

高峰には、小嶋との関係を修復できるのでは、という期待もあった。十八年前、『東日ウィークリー』で劇評や映画評だけでなく事件の取材も始めた小嶋は、その方面にも才能を発揮した。警察にとっては非常に厄介な存在……情報漏れを防ぐために、高峰も海老沢も彼とは距離を置くようにしてきた。しかし間もなく定年――子どもの頃の利害関係のないつき合いを復活させるために、準備をしてもいい。

どんなに激しく、厳しく仕事をしてきた人も、いつかは引かねばならない。特に勤め人は、五十歳を過ぎると、定年退職を強く意識するようになるものだ。高峰はずっと、その日のことは想像もしていなかったが……戦前、戦時中、そして戦後の混乱期の中で、生き延びながら必死に仕事をしてきた。その日その日を生きながら、市民を守るために走り回る――そういう日々が永遠に続くと思っていた。もちろん、定年になっても警察に残る手もある。優秀な――指導力のある警察官は、定年後も捜査を担当しながら、部下の教育係として働くこともあるのだ。高峰も、希望すればそういう立場で定年後の数年を過ごせるだろうが、それはあまり潔い感じがしない。自分の人生ととにかく……人間、五十を過ぎるといろいろなことを考えるものだ。自分の人生と捜査の方向性が一致するとすれば、これほど嬉しいことはないのだが。

高峰の手元には、以前集めた和人の個人情報があった。出身高校、出身大学、大学時代の指導教授の名前まで分かっている。この教授を訪ねて話を聴けば、ゼミの同期生たちの名前や住所も分かるだろう。そこからさらに事情聴取の輪を広げていけるはずだ。

しかし高峰は、むしろ彼の高校時代に着目した。恋人が高校時代の同級生だという情報は重要である。

高校時代、和人は陸上部に所属していた。本人はそれほど優秀な選手ではなかったが、部自体はなかなかの強豪で、特に長距離に強い選手が多かった。全国高校駅伝では上位入賞の常連だし、在学中に、青森(あおもり)から東京までを走り抜く東日本縦断駅伝の選手に選ばれる部員も少なくない。

全国大会に出たような選手については、少し調べただけですぐに分かった。簡単に追跡できた人間が数人……高峰は、一番会いやすそうな選手をトップバッターに選んだ。

大正製菓陸上部——高峰にすれば、間接的にだが縁がある。節子の弟、正夫が長年勤めている会社なのだ。正夫は一時組合活動に身を入れ過ぎて、会社側と衝突して逮捕されたこともあるのだが、すぐに釈放され、大きな処分は受けなかった。今考えると、会社側もずいぶん寛大だった。組合活動は正当的なものだが、行き過ぎれば会社にとっては「反逆」になる。しかし正夫は「今後組合活動にはかかわらない」という念書を書かされ、一ヵ月の減俸処分を受けただけで仕事に復帰していた。このことが原因になったのか、出世は遅かったようだが、それでも今は人事課長にまでなっている。年齢的に役員の目はなさそうだが、彼にすれば御の字だろう。

今でもよく会い、酒を酌み交わす仲だが、今回、正夫はさすがに警戒していた。社員に話を聴きたいと言えば、人事課長としては何事かと思うのが当然……何度も説明して、本人は事件には関係ないと納得させるのに、かなり苦労した。

高峰と冨永は、大正製菓陸上部の練習場がある立川市に向かった。中央道ができたので、車で多摩地区へ行くのもずいぶん便利になった……数年後には首都高と接続する予定で、東京西部はもっと近くなるだろう。

グラウンドは多摩川河川敷——多摩川の向こうは日野市という場所にある。多摩川沿いの緑地が整備され、立派なグラウンドになっている。大正製菓に陸上部ができたのは昭和三十年頃だったはずだが、有望選手のスカウトを続けた結果、今では実業団の強豪チームに成長し、専用グラウンドを持てるまでになったのだろう。

三月も後半になるのに、まだ冬のような寒風が吹いている。多摩地区の方が都心に比べて基本的に気温が低いのに加え、川沿いで風が強いせいもあるだろう。しかし選手たちは、まったく寒さを気にしていない様子だった。揃いのシャツに短パンという格好で、隊列を組んでトラックを周回していた。テレビでマラソン中継を観ると、ゆっくり走っているように見えるのだが、こうやって間近に目にすると、とんでもないスピードである。まるで短距離走者のような速さで、土埃を上げながら一塊になって走る選手たちの姿は、相当な迫力だ。高峰はしばし、その光景に見入ってしまった。

「義兄さん」

声をかけられて振り返ると、正夫が近づいて来るところだった。

「何だ、わざわざ来てくれたのか」

「というか、人事課として心配なんですよ」

「心配することなんか、何もねえよ」

高峰は彼に向かってうなずいた。最近、急に老けた……短く刈り上げた髪には白いものが目立つようになり、顔の皺も増えた。人事課長ともなれば、苦労も多いのだろう。

「もうすぐ休憩に入りますから、その時に……クラブハウスがあるので」

そう言われて見ると、グラウンドの片隅にプレハブ小屋があった。クラブハウスというと立派な感じがするが、実態は更衣室のようなものだろう。

「いつから練習してるんだ？」高峰は腕時計を見た。午後三時……普通の会社員なら、まだ仕事の最中である。

「昼からですね。陸上部は全員、このすぐ近くにある多摩工場で働いているんですよ。午前中は生産管理や総務系の仕事をやって、昼飯が終わるとあとは夜まで練習です」

それで給料が貰えるとはいいご身分だとも思ったが、すぐに「冗談じゃない」と考え直した。昼から夜までずっと走る生活など、自分にはとても耐えられそうにない。刑事は体を使うのが基本だが、別に毎日走り回っている必要はない。そして高峰は、昔から運動が苦手で嫌いだった。

正夫と雑談を交わしているうちに、三十分はあっという間に過ぎた。正夫は、こちらには別の狙いがあるのではと疑っていたようで、しきりに探りを入れてきたが、そもそも何も隠していないのだから説明しようもない。まあ……正夫は十八年前に逮捕されてから、少し性格が変わってしまった。昔は素直でひょうきんな男だったのだが、少し暗く、疑り深くなった。

「義兄さん、本当のところはどうなんですか？」

「いやいや、本当に関係ねえよ」さすがに苦笑では済まなくなってきた。

「だったら、自分も立ち会ってもいいですかね」

「それはちょっと困るな。心配でわざわざここまで来たのは分かるけど、会社とは関係ねえプライベートな問題だから」

「いや、でも……」

「気にするなよ。とにかく、大正製菓には何の関係もねえんだから」高峰は繰り返した。

「そうですか？　警察は、簡単には手の内を明かさないでしょう」正夫はしつこかった。

「おいおい、俺のことを信用してくれよ」

「理事官は嘘はつきません」冨永が突然、助け舟を出してくれた。

「いや、あなた、そう言われてもね……」

正夫が反論しかけたが、高峰はすぐに「まあまあ」と抑えた。

「うちの若手のエースがこう言ってるんだから、そういうことにしておいてくれねえかな」

「しかしねえ……あ、終わったみたいですね」

「時間はどれぐらいある？」

「三十分は休むと思いますよ」正夫が腕時計を見た。

「じゃあ、紹介だけしてくれねえか。あとはこっちでやる」

三人は足早にクラブハウスにむかった。建築現場などでよく見る、粗末なプレハブ小屋ではあったが、三つ並んでいるのでそれなりに大きい。正夫は一番左の小屋に高峰たちを案内した。ちゃんと暖房が入っている――しかもストーブなどではなく、エアコン。家庭にはまだまだ普及していないエアコンを用意しているのだから、陸上部がいかに優遇されているかが分かる。

「お疲れ様です」一人の若者が、息を弾ませながら入って来る。胸に「ＴＡＩＳＨＯ」のマークが入ったジャージ姿で、汗だく……短く刈り上げた髪もすっかり濡れている。この暖房のせいで、汗は引かないだろう。

「ああ、豊田君」正夫が愛想よく言った。「こちら、警視庁の高峰さん。さっきも電話で話したけど、ちょっと協力してやってくれないか」

「はい……」豊田の顔が心配そうに歪む。

「ちょっと時間をもらうだけだ。君自身には関係ないから、話してもらうと助かる」

「はい」

「豊田君、心配いらないから」正夫が口を挟んだ。

「正夫君、ちょっと外へ出ていてくれないか」高峰は頼みこんだ。正夫はこのまま、事情聴取の場に居座りそうな勢いである。

「しかしですね……」正夫が抵抗しようとする。

「正夫君、これはうちの仕事だから」

正夫は露骨に不満そうな表情を浮かべたが、結局クラブハウスを出て行った。引き戸が閉まるのを見届けてから、高峰は豊田に椅子を勧めた。この部屋は会議室のようなもので、部屋の前方には黒板があり、それに向かって折り畳み椅子が整然と並んでいる。豊田は慎重に椅子を引いて、浅く腰かけた。高峰は椅子の位置を調整して、彼と少し距離を置いて正面に座った。

豊田はずいぶん小柄……百六十センチあるかないかぐらいだった。スポーツ選手というと、普通の人よりもずっと大柄な印象があるが、長距離の選手は違うのかもしれない。考えてみれば、体が大きいほど──体重が重いほど、走るのに余分なエネルギーを使うわけだ。

「君は、小嶋和人君と高校の同級生だったね。陸上部で一緒だった」

「はい」

「今回の件は残念だった……君は、通夜には参列したのか？」彼の顔に見覚えはなかった。小嶋が海老沢に摑みかかって騒動になったので、高峰も参列者一人一人の顔を見ている余裕はなかったのだが。

「はい」豊田が認めたが、すぐに口をつぐんでしまう。余計なことは一言も喋るまいと決めてここへ来たようだった。

「通夜には高校の友だちも来ていたのか？」

「いえ、そんなには……自殺ですから」

まるで自殺が恥ずかしいことだとでもいうように、豊田が目を伏せる。その感覚は分からないでもないが、高峰は少しだけむっとした。友だちのことではないか……。

「今日は、一つだけ確認させて欲しいことがあるんだ」

「はい」豊田が背筋を伸ばし、一瞬だけ高峰と目を合わせる。

「小嶋君なんだけど、高校の同級生とつき合っていなかったか？」

「はい、あの……そうですね」認めたものの、豊田がすぐに目を逸らしてしまう。

「つき合っていたんだね？」煮え切らない態度を不思議に思い、高峰は詰め寄った。体を前に倒すようにして距離を縮めると、豊田が椅子に背中を押しつけて間を空ける。

「それは……あまり大きい声では言えないことなんですけど」

「どういうことだ？」

「高校が——陸上部が男女交際禁止だったので」

「今時そんなことがあるのか？」高峰は目を見開いた。最近の若者は活発——街中で堂々と手をつないだり、腕を組んだりして歩いているアベックの姿は珍しくない。高峰は微笑（ほほえ）ましく見るのだが、「けしからん」と激怒する年配の人もいる。

「練習第一なので……結果を出していない選手も同じです」

「あくまで恋愛よりも陸上か」

豊田が無言でうなずく。何となく苦しそうな表情を浮かべているのは、この件が彼にとってある種の「重荷」になっていたからかもしれない。組織にはルールがある。どんなに仲がいい友だちでも、それを守らなかったら、白い目で見られることになるのではないか。

「小嶋君は、ある意味ルール破りをして恋人とつき合っていたんだね」

「はっきりしたことは知りませんけど……別にあいつも、そういうことを自慢していたわけじゃないし」

「しかし、周りの人は知っていた？」

「そういうの、何となく分かるじゃないですか。そういうことしてるから、成績が

「……」豊田が口を濁した。

「陸上選手としての成績?」

「一生懸命やれば、もっと成績も伸びたはずなんです。でもあいつは、勉強優先だったから」

「だからいい大学へ行って、いい会社に就職できた」

豊田がまたも無言でうなずく。あまり仲はよくなかった——高校時代から、和人のことを敬遠していたのではないかと高峰は想像した。それでも通夜に参列したのは、義理のようなものか。

「その彼女の名前は分かるかな」

「ええ」

「教えてくれ」

高峰は、横に座る冨永をちらりと見た。背中を丸め、膝の上で手帳を広げて必死にボールペンを走らせている。よしよし……何も指示していないのに、きちんと書記役を務めている。俺が目をつけただけのことはあるな、と高峰は内心誇りに思った。気の利かない刑事は人の心を読めず、絶対に成長しない。

「桜井亮子(さくらいりょうこ)」

「どういう字を書く?」

豊田が説明すると、冨永がすぐにメモする。記録は気にせず話し続けて大丈夫だと高峰は判断した。

「今は何をしてるんだろう」

「それは分からないですけど……短大へ行って、もう卒業はしているはずです」

「働いている？」

「それは分かりません」

短大を出て丸三年……今年二十四歳のはずだから、そろそろ結婚の話が出てもおかしくない。会社に勤めてお茶汲みの仕事をしているにしても、上からの圧力が高まってくる年齢である。警察も同じ……婦人警官の数も昔に比べて増えたが、二十五歳ぐらいになるとさっさと結婚するように、上司はあれこれ口を出す。警察を追い出したいわけではなく、預かった娘さんを幸せにしてやりたいという親心からだ。

「連絡先は？」

「分かりません。たぶん、高校時代には話したこともなかったと思います」

「そんなもんかい？」

「うちの高校は、千人ぐらいいるので……知らない人の方が多いですよ」

「ああ、そうか」

彼らの世代は、やたらと人口が多い。戦後の出生数のピークは昭和二十二年から二十四年で、豊田たちが生まれたのはまさにその頃なのだ。学校も押し合いへし合い……高峰の家でテレビを買ったのは昭和三十四年——皇太子ご成婚で「ミッチーブーム」が起きた時だったが、ニュース番組で、満杯の小学校や中学校の様子を観て驚いたのを覚えている。教室はまさにすし詰めで、あれでは自分の子どもたちもろくに先生の話が聞けていないのではないかと心配になった。

「誰か、連絡先が分かる人はいるかな？　女性の同級生なら知っているんじゃないか？」

「すみません、女子にはほとんど知り合いがいないので」豊田が暗い顔で打ち明けた。男女交際禁止と、普通に女子と話をすることの間では、天と地ほどの差があるのだが、豊田は話さえしなかったのだろう。それだけ生真面目に陸上に打ちこんできたからこそ、今も実業団で活躍できているのかもしれない。

「例えば先生は？」

「ああ……そうですね」

「先生なら、当然卒業後の進路も把握しているだろう」一つ一つ足跡を追っていけば、必ず摑まるはずだ。そもそも、住所さえ分かれば絶対に会える……親といっしょに都内に住む若い女性が一人暮らしをする意味はないはずだ。

名前さえ分かれば、その後の追跡は簡単——高峰はこれまで、何十回となく同じような捜査をしてきた。息をするように自然に追跡ができる。
この件はもらった、と確信した。

その日の夕方には、高峰は桜井亮子がどういう人間か、割り出していた。都内の短大を卒業後、大手製薬メーカーに就職して現在も働いている。ただし二人は、交際している事実を家族には話していないようだった。ということは、小嶋も息子の恋人の存在を知らない……これは気をつけて当たらないといけない。今時、立派に働いている若い二人が交際していて、文句を言う親はいない気はするが、必ずしもそうとは限らない。今でも「家柄」を気にして、子どもには自分の家柄と見合った相手と結婚させたがる親も少なくない。

「勉強になりました」その日の夕方、捜査一課の刑事たちが贔屓(ひいき)にしている店で一杯やっている時、冨永が感心したように言った。

「これぐれえじゃ、勉強にもならねえだろう。誰でもやってることだぜ」

「お役に立てませんで……情けないです」

「いや、お前はその場にいるだけでいいんだよ。ちゃんと記録係をやってくれたしな」

「ああいう風に相手に喋らせる技術は……自分にはまだありません」

「慣れれば簡単さ」高峰はハイボールをぐっと呑んだ。

「それで、この件はどうするんですか？　問題の桜井亮子に事情聴取ですか？」

「それは……ちょっと考える」

まず小嶋に確認すべきではないかとも考えた。親が知っていれば、もっと簡単に情報が手に入る。ただし、小嶋はやはり知らなかったのではないか。あれだけ息子の自殺の動機を気にしていたのだから、知っていれば必ず話しただろう。

「人間って、生きているだけでいろいろ関係ができるものなんですね」冨永がぽつりと言った。

「何だよ、そんな当たり前のこと——いや、そうでもねえか」高峰は一人うなずいた。「最近はあれだろう？　隣近所と挨拶もしないような人も少なくねえんだよな」

「自分がまさにそうです」冨永が暗い顔で認めた。

「そうなのか？」

「出身が水戸ですから……東京だと、近所づきあいもしにくいです」

「おお、お前、由緒正しき水戸閥だったのか」高峰は軽い調子で言った。警視庁には、全国から人材が集まってくる。中でも多いのは、警視庁の創始者・川路大警視の出身地でもある鹿児島県人、そして何故か茨城県出身者である。

「はい。こっちには親戚もいませんし、大学の時の友だちとは時間が合わないので頻繁には会えません……普段話をするのは、警察の同僚だけです」

「近所の人とかは？」

「アパート暮らしをしていると、なかなか顔を合わせないんですよ」

「そんなものかねえ」高峰は生まれてから一度もアパートで暮らしたことがない。いわゆる集合住宅、「西洋長屋」とも言われたアパートは、都内では大正時代からあった。関東大震災の教訓から、壊れにくい鉄筋コンクリートの集合住宅を、という目的で生まれたもので、高峰が子どもの頃は非常にモダンな建物だった記憶がある。戦後はあちこちに巨大団地も誕生しているが、逆に都心部では狭い敷地に十部屋、二十部屋しかない小さなアパートが目立つようになった。家賃が安く、住んでいるのは学生や若いサラリーマンが多い。

「ええ。皆生活時間帯がバラバラみたいで。隣に誰が住んでいるかも知りません」

「人情地に落ちた感じだな」

「でも、今はこれが普通かと思います」

「寂しくねえか？」

「東京って、そういう街じゃないんですか？　冷たいというか、周りに無関心というか……大学に入って東京に出て来た時は驚きましたけど、今は慣れました」

昔の――戦前の東京では、隣近所は密接に結びついていた。今のアパートと同じような存在であった長屋では、助け合いがないとやっていけなかったぐらいだ。しかし戦後、東京は大きく変わってしまった。街として復興し、仕事を求めて全国から人が流入してきて、人口は急増している。終戦時の昭和二十年には、三百五十万人ほど。それが五年前には、一千万人を超えた。人口爆発のきっかけが、昭和三十九年の東京オリンピックだったのは間違いない。高峰は神田の家を空襲で焼け出され、戦後になって今も住んでいる恵比寿に落ち着いたのだが、この二十五年間の東京の変化には驚くばかりだ。特に住宅事情が大きく変わり、昔のような近所づきあいは確実に姿を消しつつある。

「そういえば君は、茨城弁が全く出ないな」

「何か……東京に影響されたんですかね」冨永が頭を掻(か)いた。「里帰りすると、昔の同級生から馬鹿にされますよ。お前、すっかり東京の人間になったたって——理事官は江戸っ子なんですよね」

「昔から東京に住んでるけど、江戸っ子なんて粋なもんじゃねえよ。だいたい言葉も……東京ってのは、明治の頃から、全国各地から人が集まる街だった。そういう人たちが普通に話し合えるように、標準語ってやつができたんだからな。本来の江戸言葉は、今や絶滅寸前らしいぜ」

「そんなものですかね」

「そんなもんだよ。えらい学者の先生がそう書いてたのを読んだことがある」

東京という街は、次第に個性を失いつつあるのではないかと思う。関東大震災、それに空襲で、二度にわたって徹底的に破壊しつくされ、ゼロから作り直さねばならなかったから仕方ないのかもしれないが……高峰は江戸情緒を楽しむような人間ではなかったが、戦後の変わりようにはついていけないと感じることも多い。何もここまで、全く違う街に造り替える必要はなかったんじゃないか？

「とにかく今日は、ご苦労だった」

「お手伝いすることがあれば、明日以降も……」冨永が遠慮がちに申し出る。

「いや、とりあえずはこれで大丈夫だ。後は俺一人でやれる。何か助けて欲しい時は、また声をかけるよ」

「助けて欲しいなんて……」

「おいおい、もっと図々しくやれよ。自信のない若い奴は、見ていて面白くないぞ」

6

佐橋から突然呼び出しがかかったのは、三月二十五日だった。職場に電話がかかってくるのは二度目……声を聞いた瞬間に緊急の用件だと察し、海老沢は緊張した。

「今から出て来られないか？」佐橋が切り出した。

「どちらへですか？」

「日比谷公園がいいだろう。あそこならお互いに近い」

海老沢は壁の時計を見上げた。午前十時……日比谷公園は、昼過ぎになるとサラリーマンで賑わうが、この時間帯にはあまり人がいないことを、海老沢は経験的に知っている。佐橋も同様——互いの職場に近く目立たない場所ということで、ここを選んだのだろう。

海老沢は、椅子の背に引っかけた背広に袖を通した。近くにいた人間に「一時間ほど出てくる」と告げ、足早に部屋を後にする。

日比谷公園に入ると、佐橋は既に来て待っていた。ベンチに座り、珍しく煙草をふかしている。海老沢はことさらゆっくり近づき、向こうが自分を見つけるのを待った。

海老沢に気づいた佐橋が立ち上がり、ベンチの傍に置いてある吸い殻入れに煙草を投げ捨てる。決まり悪そうな表情……隠れて煙草を吸っているのを親に見つかった高校生のようだった。

「座ってくれ」

三人が並んで座れるベンチに、海老沢は一人分の隙間を空けて腰を下ろした。

「君たちは、私の忠告を無視しているようだな」佐橋が怒気のこもった声で切り出した。

「何のことですか」海老沢は惚けた。

「朋明商事には触るなと言ったはずだ――しかし相変わらず、社員と会ったりしているようじゃないか」

「そんなことはありません」嘘がばれるのは承知の上で、海老沢は否定した。

「つまらん嘘はやめてくれ」佐橋がすぐに指摘する。「君たちの動きは丸見えなんだ――どうして余計なことをする？」

「警察的に調べないといけないこともあるんです」

「例の自殺の件か？　それはそもそも君が――公安の理事官が手を出すような案件じゃないだろう。友情でやっているとしたら、それも問題だ。仕事に私情を持ちこむのはまずいんじゃないか？　君が友情を大事にする人間なのは分かっている。しかしそれが、我々の捜査を邪魔するようなことになったら、対策を取らざるを得ない」

「もしも私が警察を辞めたら、私に対する監視を止めますか？」

「本気で言ってるのか？」佐橋が眉をひそめる。

「この件に関しては、それぐらいの覚悟があります」これも脅し――佐橋に対する反発から、つい出てしまった台詞だ。

「まったく……」吐き捨て、佐橋が煙草に火を点けた。

「佐橋さん、いつから煙草を吸うようになったんですか？」

「何十年かぶりにまた吸い始めたんだよ」佐橋が自嘲気味に言った。「最近、苛つく事が多くて困る」

「それだけ大きな事件なんですね」

「地検特捜部の威信をかけた捜査になる。絶対に潰すわけにはいかないんだ」

「そんな大きな事件に、入社一年目の社員がかかわっているのは不自然ではないですか？」

「どうして彼の名前が名簿に載っているかは、私は知らない」

「次席なのに？」佐橋は惚けているとしか思えなかった。

「特捜部には、直接指揮を執る部長がいる。次席とは言っても、一々首を突っこむわけにはいかないんだ」

「ナンバーツーならではの悲劇ですね。それは私にも分かります」海老沢はうなずいた。「基本的には上と下に挟まれて……仕事と言えば判子を押すだけですよね」

「私はもう少し実のある仕事をしている」佐橋がむっとして反論した。

「問題の人は」海老沢は固有名詞を出すのを避けて話題を変えた。「この一年間で六回も渡米しています。シアトルが一番多い——あの会社の本社があるところですね」

「君はどこまで知っているんだ？　私はそこまで詳しく話してはいないぞ」佐橋が眉間に皺を寄せた。

「情報源は、検察だけじゃないんです……彼は、商談というか密談にも同席していたんじゃないんですか？　それで、地検も調査対象として名前を挙げていた」

「詳細についてはコメントできない」

「でしょうね。でも、この件は佐橋さんが想像しているよりも広く知れ渡っているんじゃないですか？」

「……ああ」苦々しい口調で佐橋が認めた。「特捜部も人手が足りないんだろうが、もう少し慎重に捜査しないと、面倒なことになる」

「それを批判する権利は私にはありませんが、私個人に対して忠告するよりも、やるべきことがあると思います。今回の件は、機密保持をモットーにする特捜部らしくないですよ」

「そもそも、最初から情報が漏れる恐れはあった」

「最初というと、端緒を摑んだ時点で、ですか？」海老沢は目を細めた。

「まあ……そういうことだ」佐橋が口を濁す。「そんなことより君は、この捜査がどれだけ重要なものか、分かっているのか？」

「特捜部の仕事は常に重要だと思っていますよ」海老沢は公式見解で淡々と答えた。

「今回は特に重要なんだ。防衛に関わる問題だし、アメリカとの関係にも気を配らねばならない。日本とアメリカの関係を揺るがすことなく、不正部分だけをあぶり出す必要がある」

「国の根幹に関わる問題、ですね」

「そうだ。だからいつも以上に神経を遣う。それは君にも分かるだろう？」

「地検は、国を正すつもりなんですか？」

「そんな大袈裟なことを考えている検事は、今はいない」

「造船疑獄で挫折したからですか？」

「君は……失礼なことを言うな」

佐橋の顔色がさっと変わった。昭和二十九年に捜査が開始された「造船疑獄」は、中途半端な結末に終わった。地検特捜部は海運、造船業界の幹部を逮捕して捜査を進め、その手は政界にまで及ぼうとした——しかし最終的には法相の指揮権発動で捜査は潰れた。

「あの事件で、検察は最終的に政府には勝てないと分かったじゃないですか」海老沢はなおも佐橋を責めた。

「政治には汚い部分がある」佐橋が唐突に言い出した。「だから、どんな政府でも腐敗する。資本主義であろうが共産主義であろうが関係ない。汚い部分を法的に正す立場の人間がいるのが、健全な国家じゃないか？　そうでなければ、腐敗は極限に達して、いつかは革命が起きる。君たちはそれを避けたいんじゃないか？」

「私たちは、政治的なことは考えていません」

「今の日本が完全に清廉潔白な国だとは、君も思わないだろう」佐橋が指摘する。「そういう国を守るのが君たちの仕事だ……それで満足しているのか？　これまでやってきた仕事に対して胸を張れるのか？」

海老沢は黙りこむしかなかった。共産党、そこから派生した過激派の存在は、日本という国に少なからぬダメージを与えた。自分たちが必死に抑えこんできたことに意味があったかどうか……にわかに不安が湧き上がってくる。佐橋が、畳みかけるように続けた。

「問題の人物……I氏が、どういう意図でこの事件にかかわったかはまだ分からない。私利私欲のためだったのか、国の防衛の将来像を考えてか——私は、私利私欲のためだと思う。考えてみてくれ。これまでの日米の関係から言って、次期主力戦闘機をヨーロッパのメーカーから調達することはあり得ない。つまり、KO社——あの会社が最有力候補、いや、唯一の候補なのは間違いないんだ。だから余計な金が動く余地はない。しかし、選定に大きな影響力を持つ人間が金を要求したら、KO社も『ノー』とは言えなかったんじゃないか？　それも商売というものだろう」

「本当にそういう構図なんですか？」

「私の口からは、これ以上は言えない」

佐橋の表情が硬くなる。しかし海老沢には、事件の構図がすっかり見えていた。市川本人が、ＫＯ社の幹部に「金を寄越せ」と露骨に要求したわけではないだろう。ただ、彼の周辺にいる人間——秘書などが「代理」になって、暗に金を要求した可能性がある。あるいはＫＯ社が状況を読んで申し出たのか……もちろん、市川が金を受け取っていれば、罪に問われる。

「問題は、これに絡んでいたのが元警察官僚の政治家だということだ。君はどう思う？　あの人は、自民党に請われて選挙に出た。与党側にすれば、警察に影響力のある人間を内部に取りこんでおくことにメリットを感じたんだろう。彼の方では、政府のために働くのは公僕として当然、という考えだったのかもしれない。それ自体は、私は否定しない——日米の特殊な関係も否定しない。現代社会は複雑だから、単純な友好関係、同盟関係以外にも、様々な国家の関係があり得る。しかし問題は、あの人がそういう枠組みの中で私利私欲を肥やすために、こういう違法行為に及んだことだ。そしてそれは、あの人に限ったことではない。多くの政界、財界、あるいは官僚が、自分の利益のために国を利用している。君はどう思う？」

海老沢は何も言えなかった。どんな国、どんな政府にも腐った人間はいるだろう。

そういう人間が増えて、汚職が当たり前になったらどうする？　それを守ることに意味はあるのか？　自分たちは、間接的に腐敗に手を貸していることになるのではないか？

「——とにかく余計なことはしないでくれ。我々は、目の前にある敵を叩く……まさか君たちは、政府を守るために我々を妨害しようとしているんじゃないだろうな？」

「とんでもない」海老沢は慌てて首を横に振った。

「君たちが本気で妨害したら、我々も手こずるだろう。しかし絶対に負けることはない」

「……これは、経済検事と思想検事の争いのようなものなんですか？」

「いや。そもそも組織が違う——だからこそ、喧嘩になったら面倒だろう。検察内部の暗闘が昭和三十年代まで続いたのは事実だが、外部には大きな影響がなかった。所詮、内輪の勢力争いのようなものだからな。しかし、検察と警察が全面衝突するようなことになったら、この国は根幹から瓦解するぞ？　君たちは機動隊という戦力を持っているし」

「機動隊は警備部の所管で、我々には関係ありません」

「だったら、公安得意の裏工作でもするか？」

「佐橋さん……喧嘩を売っているのはそちらではないんですか？」さすがに頭にき

て、海老沢は佐橋を睨んだ。

「君たちが私の忠告を無視すれば、あらゆる手段でこちらの捜査を守る」

佐橋が、ほとんど吸わないまま灰が長くなった煙草を吸い殻入れに放り捨てた。膝を叩いてゆっくり立ち上がると「二回、忠告した。次はない」と宣告して歩き始める。

「佐橋さん」

海老沢は佐橋の背中に呼びかけた。佐橋がゆっくり振り向く――無表情だった。何か言わなければ……しかし海老沢の口は重くなり、言葉が出てこない。

自分が信じていたものを、検察という同じ立場――法を守る立場にいる人間に否定された衝撃に、全身を貫かれていた。

警視庁本部に戻ると、公安一課長の滝本に呼ばれた。海老沢は滝本のデスクの前で「休め」の姿勢を取った。二人きりになると、急に不安に襲われる。

それが的中した。

「君は、地検の佐橋次席と個人的につき合いがあるのか？」

「顔見知りではあります」海老沢はごまかした。完全否定ではないので、嘘をついたことにはなるまい。

「そうか……今、地検は重要な汚職事件の捜査に着手しようとしているようだ」

「あちらの動きについては存じません」

「我々の先輩が疑いをかけられているようだな」

海老沢は口をつぐんだ。地検の動きまで把握しているのか……公安ならではとも言える。公安の生命線は「情報」だ。使えるかどうかはともかく、ありとあらゆる情報を集める。他の捜査機関が相手でも同じなのだ。

「いいか、この件に関しては、うちも慎重に情勢を見極めねばならない。公安の大事なOBが、あらぬ疑いをかけられたらたまらないからな」

「あらぬ」疑いとは言えないのではないか？　地検特捜部が雑な捜査をするとは思えない。市川の容疑は、限りなく黒に近いはずだ。

「守るべきものは守る——そのためには、情報が必要だ。佐橋次席と話ができるなら、上手く情報を取ってくれないか？」

海老沢はさっと頭を下げ「申し訳ありません」と言った。

「拒否か？」滝本が目を見開く。

「いえ。佐橋次席とは、そういう難しい話をできるような関係ではありません。もう長いこと会っていませんし」

「会っていない……そうか」

海老沢は失敗を悟った。滝本は、誰かに自分を尾行させたに違いない。公安は、内輪の人間も平然と捜査対象にする。言い訳を前半でやめておけばよかったのだ。

「申し訳ありませんが、ご期待に添えそうにありません」

「まあ……万が一何か分かったら、俺の耳には入れてくれ」

「承知しました」

一礼して課長室を出る。滝本はそれ以上何も言わなかった。しかし、その視線は背中に突き刺さるようだった。


その夜、海老沢は珍しく一人で酒場にいた。警視庁を出て、渋谷駅で降りてぶらつき、たまたま目についた居酒屋に入る……入った瞬間、後悔した。若者が多く、騒がしいことこの上ない。しかしすぐに踵を返して出てしまうのも何となく申し訳なく、一人カウンターについた。

若者たちが大声で話し合うのをぼんやりと聞きながら、日本酒の盃(さかずき)を干していく。酔いが回るに連れ、考えがまとまらなくなってきた。国を守るための仕事……しかし守るべき国の中には腐敗分子がいる。海老沢はこれまでにも多くの汚職事件を見て、その都度苦々しい思いを抱いてきた。ところが今回は、今までより一歩踏みこんだ事件なのだ。警察ＯＢが汚職の「主役」というせいもあり、自分の顔を踏みつけられたような気分になる。滝本が懸念するのも分かるが、市川を庇うべきとは思わない。それは「隠蔽」であり、地検の捜査に対する明らかな妨害だ。

「――安保条約が自動延長になっても何も変わらないよ」「アメリカ依存がおかしいんだ」「核兵器を持っているような国に協力するのがそもそも変だ」「原爆を落とした国に頭を下げているのは気持ち悪い」

テーブル席で呑んでいる若者たち――この辺の大学に通う学生だろう――の議論が次第に白熱して、無視できなくなってきた。無視しようとしても、自然に耳に入ってしまう。

「だから！」一人の男が声を張り上げた。「世界情勢を見てみろよ。冷戦の構造の中で、日本がいかに生き残るかを考えたら、アメリカと協力してやっていくしかないんだ！　それともソ連と組むのか？　日本が共産主義国家になってもいいのか？　監視社会になっちまうぞ！」

「お前は極端なんだよ」「戦争を助長するような安保条約が問題なんだ」「日本は、ベトナム攻撃の拠点になってるんだぞ。人道的にも問題じゃないか」

たちまち、押し潰すように反対の声が上がる。一対三の戦いか、と海老沢は同情した。四人のやり取りはすぐに、口論から口喧嘩に発展する。ほどなく椅子が激しく倒れる音――慌てて振り向くと、一人の男がもう一人の男の胸ぐらを摑んで揺さぶっていた。残りの二人が加勢して逆襲し、最初に摑みかかった男が床に組み伏せられる。海老沢は立ち上がり、争いに割って入った。

「何だ、オッサン！」怒声が飛ぶ。

「君たち、いい加減にしろ！」海老沢は怒鳴り返し、一人の若者の右手首を握って腕を捻じ曲げた。武闘派ではないが、逮捕術は身につけている……悲鳴が上がり、その場の動きが凍りついた。

海老沢は男の手首を放し、床にうずくまった男に手を貸して立たせた。いつの間に殴られたのか、鼻血が垂れている。

男は海老沢の手を振り払い、店を出て行った。無礼な態度に、海老沢は一瞬固まってしまったが、すぐに財布から五百円札を抜いてカウンターに置くと男を追った。若者同士の喧嘩など放っておけばいいのだが、何故か気になる……友だち三人と対決して負け、自棄（やけ）になっているあの若者は、喧嘩沙汰を起こしかねない。

店を出て、周囲を見回す。いつの間にか雨が降り始め、濡れたアスファルトの匂いが周囲に満ちていた。店の周りは酔漢だらけ——若者はすぐに見つかった。背中を丸め、ジャンパーのポケットに両手を突っこんで、足早に歩いている。海老沢はすぐに若者に追いつき、横に並んだ。若者が気づいて顔を上げ、ちらりと海老沢の顔を見ると「何ですか」と低い声で訊ねた。

「議論は結構だけど、殴り合いはよくないな。店の人や他の客にも迷惑をかけたじゃないか」

「説教ですか」

「説教じゃない……鼻血が出てるぞ？　大丈夫か？」

「別に……」若者がまたうつむいたが、その顔に一瞬苦悶の表情が浮かぶのを海老沢は見逃さなかった。痛いというより、鼻が詰まって息苦しいのかもしれない。

「風邪引くぞ」彼の髪は既に雨に濡れ、艶々と光っていた。

「関係ないでしょう」

「いいから」

海老沢は若者の二の腕を摑み、煙草屋の軒先に引っ張って行った。店はもう閉まっていたが、店先に灰皿が置いてあるので、雨を避けて煙草を吸う人たちが何人か固まっていた。煙が渦巻き、息苦しい。

そういえば……鞄に手を突っこみ、薄く小さな袋を取り出した。貴子が銀行に行った時にサービスでもらってきたという、新しいティッシュペーパー。「何かと便利だから」と持たせてくれたのだが、人のために使うことになるとは思わなかった。二枚引き抜き、若者の目の前に差し出してやる。

「使いなさい。顔を拭きたまえ」

若者が震える手を伸ばし、ティッシュペーパーを受け取った。そのまま鼻に押し当て、恐る恐る離して血を確認すると顔が蒼褪めた。慎重に鼻をかむ……出血はもう止まっているようで一安心した様子だった。汚れたティッシュペーパーを丸めてズボンのポケットに押しこんだので、海老沢はもう一枚渡してやった。

「もう止まってるみたいだけど、丸めて鼻に突っこんでおくといい。念のためだ」

「――すみません」急に素直になって、若者がティッシュペーパーを鼻に詰めた。

「だいぶ揉めてたな」

「よくある話なんですけど……」鼻の穴が片方詰まっているせいで、声がくぐもっていた。

「友だちだろう？」

「普段は仲がいいんですけど、安保条約の話になると合わないんです」

「君だけ立場が違うみたいだな」

「聞いてたんですか？」

「そりゃあ、あれだけ大声で話してたら丸聞こえだよ」海老沢は苦笑した。

「……すみません」

「まあ、あれだ。君の方が現実主義者って感じだな。学生さんかい？」

「はい」

「政治の勉強でもしてるのか?」

「いえ、経済学部です」

「何年生?」

「三年です」

「来年就職か……」

「はい」

短く言葉をやり取りする間に、海老沢は彼に好感を持った。素直な若者だ。

「何か、皆議論のための議論をしているみたいで、僕に言わせれば浮世離れしてるんです」

「ああ、そういう感じはあるだろうな」海老沢は反射的にうなずいた。

「安保条約なんて、どんなに反対しても自動延長になりますよ。それに反対するために無駄なエネルギーを使うのは、馬鹿馬鹿しいと思います」

「十年前は、エネルギーが充満して大変だったんだぞ」

「あの時は、反対している人たちが全員同じ方向を向いてたからじゃないですか? 今はばらばら……主義主張が微妙に違って、同じにはなれない。国民全員が同じ方向を向いてないのに、反対運動なんか成功するはずがないんです。そういうことにエネルギーを使うのは馬鹿馬鹿しい……もっと他にやることがあるんじゃないですか?」

「例えば？」

「ちゃんと働いて金を稼いで——日本を一流の国にすることとか」

「君は、エコノミックアニマル的なやり方に賛成なのか」エコノミックアニマル——このところよく聞かれるようになった言葉だ。終戦から四半世紀が経ち、日本人が海外で活躍するのも普通になっている。現地で貪欲にビジネスを展開し、日本製品をどんどん輸出する——その様はまるで獲物を狙う肉食獣のようだ、と海外では揶揄されている。金儲けが仕事の目的ではない海老沢にとっては、今ひとつピンとこない話だったが。

「海外で嫌われるのは困りますけど、日本はもっと豊かになるべきだと思います。なれると思います。そのためには、共産主義の思想で遊んでる場合じゃないんですよ」

「なるほど……でも、君みたいな若者は、大学では少数派じゃないのか」

「そうかもしれません。でも、卒業したら皆、学生運動の経験なんかなかったことにして、普通に就職するんです。そんなの、欺瞞ですよ。どうせ働くなら、学生の時からその準備を進めておくべきです。だいたい、今の世界情勢を見れば、共産主義が先細りになるのは目に見えています。馬鹿馬鹿しいんですよ」

「君の場合……政治的と言うべきかどうか、分からんな」海老沢は苦笑した。「今の若者は皆、政治的だと思うが」

「確かに日本はずっと、政治の季節にあったんだと思います。でも、それももう終わりです。夢を見てるだけじゃ飯は食えないし、日本も豊かになれない。これからの日本は、今まで以上に経済重視の時代になるんですよ」

若者の熱弁は、いかにも学生運動をやっている人間のアジ演説のようだったが、内容は正反対と言っていい。

「まあ、喧嘩はしないようにな」海老沢は諭した。「喧嘩しても一文の得にもならない。君の考えが立派なのはよく分かったから」

「立派じゃないです。これが普通——普通であるべきだと思います」

「私たちの老後は、君たちに支えてもらうことになるだろうな。君、名前は？」

「城東(じょうとう)大三年、畑本(はたもと)です」

大学名も含めてあっさり名乗ったことに、海老沢は驚いた。こちらとしても、名前を知ってどうにかしようと思ったわけではなく、単なる会話の流れなのだが……畑本という男が、自分に自信を抱いているのは分かった。

「いい大学だな。学費を使った分、日本経済に貢献してくれよ」

「はい……あの、すみませんでした」畑本が、鼻に詰めたティッシュに触れた。途端に顔をしかめる。

「今日はもう帰りたまえ。鼻は氷で冷やしておいた方がいいぞ。腫れるかもしれない」

無言でうなずき、畑本が雨の中を駆け出して行った。鼻の痛みなど感じさせない力強い走りで、傘をさす人たちの間を、軽やかに縫うように遠ざかって行く。

海老沢はその場で少し雨宿りしていくことにした。軒先から垂れる雨の雫をぼんやりと眺めていると、先ほど畑本に言われた言葉が、妙にはっきりと頭に蘇（よみがえ）った。

政治の季節は終わる。

そうかもしれない。それはもしかしたら、自分がずっと望んでいたことだったのではないか？　多くの国民が政治的な主張を訴え、政府を罵倒し、時に実力行使にまで出た——しかしここ十年、機動隊による「力の警備」に加え、畑本が言うような反対勢力の「分裂」もあって、海老沢は本当の危機を感じたことはない。

いずれ、こういう政治行動は過去の遺物になるかもしれない。もちろん、自分が退職してからだろうが……その時自分は何を感じるのだろう。これまで積み上げてきた仕事の実績を、全て否定されたような気分になるのだろうか。

7

高峰は、意を決して小嶋に会うことにした。家は訪ねにくいので、またも『東日ウイークリー』編集部近くの喫茶店を待ち合わせ場所に選ぶ。

「三十分だけだぞ」喫茶店に入って来て高峰の前に座るなり、煙草に火を点けながら小嶋が宣言した。「今日は校了日だから、時間がない」

「十分でいい」

高峰は人差し指を立てて宣言した。煙草に火を点け、一つ、深呼吸する。息子を亡くしてまだ一ヵ月も経っていないのに、小嶋は表面上は元気──忙しくて疲れてはいるが、ショックは残っていないように見える。立ち直るためには、やはりいつも通りの日々を送るのが一番ということか。

「和人君に恋人がいたことは知ってるか?」高峰は最初に爆弾を落とした。

「いや」途端に小嶋の顔から血の気が引く。「初耳だ」

「高校の時からつき合ってたらしい」

「あいつの高校の陸上部は、男女交際禁止だったぞ」

「それは俺も聞いた……でも、男と女のことは、誰かに禁止されて止まるもんじゃねえだろう。高校生だって同じだ」

「だから?」小嶋が目をすがめる。

「お前は信じたくないかもしれねえが……和人君が死んだ原因はそれじゃねえのかな」

「男女交際のもつれだと？　だったら俺にも分かってたはずだよ」

「父親に全てを話すわけじゃねえだろう。交際を隠しておきたい理由があったかもしれねえし」

「いや、あいつは会社の中に流れる噂に耐えられなかった――」

「お前がそう考えたいのは分かる」高峰は小嶋の言葉を途中で遮った。「しかし、恋愛関係の悩みは、若い男にとっては重いもんだぜ？　それで追い詰められる人間も少なくねえ。実際、事件の原因としても多いんだ」

「そういう風にまとめようとするつもりか？」小嶋が睨みつけてきた。

「それが事実かもしれねえ――可能性の一つとして考えておくべきだ、という意味だ。実際には、調べないと分からねえ」

「だったら俺が、その彼女に会ってやる」小嶋が腰を浮かしかけた。「自分で直接会って確かめるよ」

「それはやめておけ」

高峰が低い声で言うと、小嶋がのろのろと腰を下ろした。表面上の態度は強いが、やはり芯は弱っている……高峰は小嶋に同情した。

「なあ、和人君の部屋を調べさせてくれねえか？　何か出てくるかもしれねえだろう。日記とか、彼女とやり取りしていた手紙とかを見れば、何か分かるんじゃねえかと思うんだ」

「お前が調べるのか？　俺の家を？」小嶋が目を見開く。

「俺はこういうことには慣れてる。普通の人間なら見逃してしまうことだって見つけられる。やらせてくれねえか？」

「和人の部屋は……俺は、あれから一度も中に入っていないんだ」小嶋の声が小さくなる。

「そうか」

「入れなかったんだ」

「分かるよ。親としては当然だよな……だからこそ、俺にやらせてくれ。俺なら、冷静な刑事の目で見ることができる」

「……分かった。今日は校了だから、明日はどうだ？」

「木曜か。夕方にでもお前の家に行けばいいか？」

「ああ——いや、午後でいい。今日は徹夜になるかもしれないが、明日は休みだ。早い方がいいだろう」

「助かる」

高峰は一つ息を吐いた。これで一山越えた——実際に何かが出てくる保証はないのだが、和人の部屋に入れば、感じることもあるだろう。

その勘を大事にしたかった。管理職になっても、自分にはまだ現役の刑事の勘が残っていると高峰は信じていた。

高峰は翌日、冨永を連れて小嶋の家を訪ねた。本当に徹夜したのか、居間で出迎えてくれた小嶋の目は充血していたが、それでも元気そうではあった。

「徹夜か？」

「家に帰って来たのは朝六時だった」小嶋が両手で顔を擦る。

「大丈夫か？　お前は休んでいてくれていいんだが」

「ここで待ってるよ。少し寝たから問題ない」

「奥さんは？」

「ちょっと親戚の家に行ってるんだ」小嶋の顔に暗い影が射した。もしかしたら息子を亡くしてから、家にいるのが辛いのかもしれない。そう言えば、前に訪ねた時にも出かけていた。あの時は、病院に行っているという話だったが。

和人の部屋は、二階の六畳間だった。和室を洋間もどきに仕立てたようで、床にはカーペットが敷いてある。開け放したままのドアの隙間から、小嶋が中を覗きこんでいる。

「お前は見てなくていいんだぞ」監視されているようでやりにくい。

「しかし……」

「見られてると、何だかやりにくいんだよ」

「分かった。俺は下にいる」

小嶋が階段を降りる音が消えたところで、高峰は冨永に声をかけた。

「家宅捜索をかける時は、まず全体の様子を頭に叩きこめ。それですぐに何が分かる訳じゃねえが、最初の印象は大事だ」

「分かりました」

冨永が緊張した口調で言って、一度外に出た。高峰は部屋の隅に寄って、冨永の観察を邪魔しないようにしながら、自分も部屋の中をざっと見回した。第一印象は……息子の拓男の部屋と似たようなものだ。部屋の片隅にはベッド、それに机——傷み具合から見て、子どもの頃から使っているものだろう。本棚は一杯で、入りきらない本が何十冊も床に積み重なっている。読書家だったのは間違いない。他に、壁に何枚かのポスター……いずれも、トランペットを構えた黒人音楽家のものだった。雰囲気的に、ジャズのポスターだろう。そう言えば部屋の片隅に、真新しい小さなステレオセットがあった。読書の他に、音楽鑑賞も趣味だったようだ。高校時代はそれなりに陸上に打ちこんでいたはずだが、その名残を感じさせるものは何もない。

「始めよう」高峰は冨永に声をかけた。

「はい」

冨永が白手袋をはめた。指紋を採取するわけではないから、そこまで用心する必要はないのだが……心がけとしてはいい。現場に余計なものを残さないようにとしつこく言われているのに、素手で触って自分の指紋を残し、鑑識を激怒させてしまう迂闊(うかつ)な刑事はいる。出だしから気をつけていれば、一生の習慣として染みつくだろう。

冨永は本棚を、高峰はデスクを担当した。古びたデスクライトと、使いこんだ英和、和英の辞書。それに英文の書類を綴じこんだファイルが三冊……これは仕事関係だろう。タイプライターもある。和人は自分で英文のビジネス文書も作成していたのだろうか。だとしたら、彼の英語の実力は相当なものである。

「ずいぶん本を読んでるんですね」冨永が漏らした。

「そうか？」

「英語の専門書も多いですけど、小説も……ああ、『赤頭巾ちゃん気をつけて』なんか読んでたんだ」

「何だ、そいつは」ふざけたタイトル……童話のようではないか。

「去年、芥川(あくたがわ)賞を取った小説ですよ。読もうと思ってたんだけど、読んでる暇がなかったなあ」

「面白いのか？」

「そういう評判です……若者向けだそうですけど」

「君だって若いじゃねえか」

「いやいや、もう、そんな……」

軽口を叩き終え、高峰はデスクの捜索に戻った。英文の書類は見てもよく分からない。本格的に分析するには押収する必要があるが、これは正式な家宅捜索ではないからそれは無理——いや、小嶋がいいといえば問題はないだろう。必要なものが出てきたら、後で確認しようと決めた。

引き出しを順番に開けていく。ラブレターの類が出てくるのではないかと思ったが、そういうものはなかった。二人はどうやってやり取りをしていたのだろう……電話だったら、さすがに小嶋か妻が気づいていたはずだ。

和人は基本的に、整理整頓をきちんとするタイプだったようだ。一番上の引き出しには文房具類。鉛筆は全てきちんと削られ、長さも揃っている。二番目の引き出しには手紙がまとめられていた。全て調べてみたが、仕事関係はなく、友人たちから送られてきたものばかりだ。内容的に怪しいものはない。他愛もない内容——近況報告や同窓会の誘いだ。

一番下の引き出しは深く、雑多なもので埋まっていた。新聞や雑誌の切り抜きを貼りつけたスクラップブックが何冊か。ノートやメモ帳には、細かく几帳面な文字が書きこまれていたが、基本的には仕事で気づいたことを箇条書きにしたもののようだった。全部見るには相当時間がかかる。

全て出してしまうと、底にダンボール紙が敷いてあった。どこか不自然……どうして引き出しの底にこんなものを敷く必要がある？　ゆっくりと持ち上げてみると、簡単な二重底にしていることが分かった。出てきたのは、使いこんだ一冊のノート。表紙には「1969〜1970年」と書いてある。わざわざ隠すように置いてあったのはいかにも不自然……そう、手元には置いておかねばならなかったが、人目に触れないようにする必要があったとでもいうように。

そう言えば、朋明商事海外第一部長の篠原が、この部屋に来たことがあった。小嶋の家を訪ねた時に鉢合わせしたのだった……会社にあった私物を部屋に置いてきたと言っていたが、それは言い訳で、実際は家捜ししていたのかもしれない。しかし彼は刑事ではないから、捜し物が得意な訳でもあるまい。短い時間では何も見つけられず、撤退したのではないだろうか。

高峰はこのノートを引っ張り出して、床にあぐらをかいて座り、一ページ目から読み始めた。すぐに「当たりだ」とつぶやくと、本棚を調べていた冨永が素早くやって来る。

「何か出ましたか？」

「日記——アメリカへの出張日記だな」

「そんなものがあったんですか？」冨永が目を見開く。

「まめな人間だったら、仕事の記録ぐらいはつけておくだろう」

「自分はやってませんが」

「やってみればいい。後で役に立つことがあるかもしれんぞ」高峰自身は、そういう記録は残していなかったが。

最初の書き込みは、去年の七月八日。初めての飛行機、初めての海外で、シアトルに着いてホテルに入った途端、気持ち悪くなって吐いてしまったと書いている。しかし若さ故かすぐに回復し、同行していた上司——篠原と一緒に夕食に出かけた。シアトルは港町で魚が有名らしいが、アメリカらしくステーキ……その巨大さと硬さに驚愕したことを、素直な筆致で書いている。

最初の出張は、KO社幹部との顔合わせだった。相手は、海外担当副社長。副社長が部長クラスと商談するものだろうかと不思議に思ったが、すぐにこれは「地ならし」だと分かった。篠原は、朋明商事の専務をKO社との本格的な交渉担当者と決めていたようで、和人によると、専務の人柄を必死に売りこんでいた。

和人はこう書いている。

「アメリカ人は酒が強い。それも、ウイスキーを生のままどんどん呑む。毎晩、酔っ払わないように、呑んでいる最中に何度もトイレに行って吐いてきた」

ひどい話だが……商談というのは、こういう風に始まるのか。まずは酒を酌み交わしながら相手の懐に入りこみ、「友人」と言える存在になったところで具体的な話を切り出す。合理的な印象のあるアメリカ人は、前置き抜きでいきなり本題を切り出すのではないかと思っていたのだが、これではまるで日本的な接待ではないか。

翌月、朋明商事はKO社の副社長を日本に招いている。名目は「視察」だったが、実態は顎足つきの接待のようだった。箱根や熱海、神戸などを回り、一週間にわたって和人も同行した。この時も酒漬けの毎日だったようで、和人は毎日二日酔いに悩まされていた。さらに、自分の役目に対する不満も散見されるようになる。篠原は日常会話程度の英会話ならこなせるのだが、複雑な話になると心もとない。そういう時のために、和人を通訳として同行させていただけのようだ。普段は会話に入ることを許さず、困ると助け船を求める。常に話の内容に集中していないといけないので、精神的に疲れることこの上ない……「人生でこんなに疲れたことはない」と書く和人の筆跡は、少し乱れていた。

その後も数度の渡米……副社長と一緒の時に、重要な商談をようやく俎上に載せた。それを読みこんでいるうちに、高峰は事件の核心に触れたと分かった。

このノートだけを持って、階下に降りた。居間では、小嶋がソファに座って、ぼんやりとテレビを眺めている。カラーの映画で、ゲーリー・クーパーが船の上で何か叫んでいた。

「終わった」

声をかけると小嶋がゆっくりと振り向いて、「ああ」と返事する。気の抜けたような声だった。

「何観てるんだ?」

「『メリーディア号の難破』。ゲーリー・クーパーとチャールトン・ヘストンが出てる」

「映画館では観たか?」

「観てないな、たぶん」小嶋の視線が、高峰が持つノートに向かった。「それは?」

「和人君の机から出てきたノートだ。業務日誌みてえなものだな。これを持って行って構わねえか?」

「何か関係あるのか?」小嶋が目を細める。

「分からん」高峰は小さな嘘をついた。「ただ、和人君の普段の仕事ぶりを知る手がかりになるんじゃねえかな」

「そんなものがあったのか……」

「お前が探しても見つかったよ。探す気にならなかっただけだろう？」

「俺はあの後、部屋には一度も入っていない」

空間は記憶をつなぐ——小嶋の気持ちもよく分かる。

「とにかく、俺に任せてくれねえか。もしかしたら、和人君がどうして自ら死を選んだか、ヒントが出てくるかもしれねえ」

「そうか……」小嶋が両手で顔を擦った。「頼む。真相は知りたいが、俺にはまだ、そういうものを見返す気力がない」

「分かるよ。お前は仕事と……奥さんを大事にしてやれ」

「そうだな」

二人きりなんだから、と言いかけ、高峰は言葉を呑んだ。慰めのつもりが、小嶋を傷つけてしまうかもしれない。

「じゃあ、これで……また連絡するから」

「すまんな」

小嶋の弱気が気になった。和人の通夜では激昂して海老沢に摑みかかったのに、あの時の怒りは今はまったく感じられない。不幸な形で身内を亡くすと、こういう反応を示す人もいる。次第に元気を取り戻すのではなく、逆にゆっくりと落ちこみ、自分の殻に閉じこもってしまう。

小嶋がそうならないことを祈った。そのために自分ができることが必ずある。

自宅へ戻ってノートを読みこんだが、期待に反して決定的な事実が欠けていることがすぐに分かった。この汚職事件の一方の主役はKO社、もう一方は元警察官僚で現在は自民党衆院議員の市川である。しかし和人のノートには、市川や市川につながりそうな人物の名前はまったく出てこなかったのだ。実際に会っていなかったのか、何かを恐れてここに書かなかったのかは分からない。ここまで篠原と行動を共にしていたなら、何も知らないのは不自然に思えるが。

敢えて書かなかった？　このノートを誰かに見られる可能性があると恐れ、自分の記憶の中にだけ留めておいたのかもしれない。

ノートは、自分のデスクにしまいこんだ。以前、このデスクを買った時に、念のためにと自分で細工した場所……一番下の引き出しの底を二重にし、薄いノートぐらいなら隠せるようにしてある。今まで何かを隠したことはなかったのだが、こういう時にこそ使うべきだろう。和人も同じように考えて、二重底にしていたのか。

居間へ行くと、拓男がテレビを観ていた。観ているのは、ＮＨＫの万博の番組。今年の最大の話題は、今月始まったこの大阪万博か……高峰にすれば、遠い関西で開催されている「祭り」に過ぎないのだが、新聞もテレビも盛んに報道して盛り上げようとしている。東京オリンピックに次いで、日本が世界の一流国の仲間入りをした証明ということか。

「父さん、万博へ行く余裕なんかないよね」振り向いた拓男が遠慮がちに訊ねる。

「それは……さすがに無理だな」

「僕一人で行くのは駄目かな。長い休みの時とか」

「いや、そいつはどうかな」高峰は首を捻った。新潟へ行って一人旅に慣れたつもりだろうが、なにぶん大阪は遠い。それに新潟と違って知り合いがいるわけでもないから、宿の心配もしなければいけないわけで……高校生が一人で、旅館やホテルに泊まれるのだろうか。

「誰か一緒に行く相手はいないか？　高校の友だちとか」

「いるよ」拓男の顔がぱっと明るくなった。「春休みに入る前にそういう話になって……資金を稼ぐのに、バイトしようかって話もしてたんだ」

「バイトしてる暇なんかないだろう」

「だから、夏休みの前半にバイトして金を貯めて、それでさ」

「当てはあるのか？」そもそも高校ではバイトが禁止されていたはずだが。

「友だちの親戚が、ガソリンスタンドをやってるんだ。そこ、いつも人手不足みたいだから、頼めばやらせてもらえると思う」

「そうか……まあ、その話はもう少し先になってからにしよう。学期中は、バイトなんかできないだろうしな」

「反対じゃないんだ？」探りを入れるように拓男が言った。

「お前ももう高校生なんだから、自分でやりたいことを決めて、そのために自分で金を稼ぐのは普通だろう」

「いろいろうるさい家もあるみたいだけど」

「それは過保護じゃねえかな」高峰は顔を歪めた。「小学生や中学生ならともかく、高校生になったら、何でも自分で考えてやらねえと。もちろん、悪いことは駄目だぜ」

「だったら、進路も自分で決めていいわけ？」

「お前の人生じゃねえか。泥棒になりたいとでも言わねえ限り、俺は反対しねえよ」

「そんなの、ないよ」拓男が声を上げて笑った。すぐに真顔になり、「例えば……警察官はどうかな？」と訊ねる。

「お前、警察官になりてえのか？」高峰は目を見開いた。この前は、井深大をテレビで観て、技術者がどうのこうのと話していたのに。「そんなこと、今まで一度も言ってなかったじゃねえか。興味あるのか？」

「あるけど、どんな仕事か分からない……警察官といっても、仕事の内容はいろいろでしょう？」

「そうだな」高峰はうなずいて認めた。「制服を着て、街のお巡りさんとしてパトロールする奴もいるし、俺みてえな刑事もいる。かと思えば、ずっと座って書類を書いてるか、会議ばかりしてる人間もいる」

「でも、そういう人たちが警察を動かしているんでしょう？　方針を決めて、予算を組んで」

「現場の刑事じゃなくて、そういう仕事に興味があるのか？」スポーツの苦手な拓男が、体力勝負の刑事になるのは想像もできない。

「何か……やるなら、難しい試験を受けるのもいいかと思って」

「それで、警察庁の中央官僚になるつもりか？　あれはあれで大変だぞ。全国規模の転勤もあるし」

「そうみたいだね。でも、いろんな仕事ができて、やりがいがあるんじゃないかと思う」

「だったらお前、大学受験の段階で、相当頑張らねえと。誰でも行けるような大学に入っても、厳しく自分を追いこむ環境にはならねえぞ。教授だって、ろくな人がいねえだろう」

「そうだね」拓男が同意した。

「しかしお前、そんなこと今までまったく言ってなかったじゃねえか」

「最近そういう風に考えるようになったんだ……今は、大卒の警官も珍しくないんでしょう？」

「ああ、俺の部下にも一人いるよ」

「普通に高卒の人に混じって仕事してるんだ？」

「もちろん」少し線が細いのが難点だが、真面目なところは買える。それが大卒警察官の共通点というわけではないだろうが。「ただな、剣道と柔道はかじっておいた方がいい。警察学校では必ずやらされる」

「高校の武道の授業で柔道はやってるけど」

「だったら、何かの機会に竹刀も持つようにしておけよ。少しでも慣れておけば、警察学校に行っても困らねえから」

「父さんは反対じゃないんだ？」いかにも心配そうな口調で拓男が訊ねる。

「何で反対する？」もしも実現すれば、親子三代で警察官としての血脈が繋がるわけだ。もちろん警察官はただの公務員であり、大きな商店や職人の家系と違って、幼い頃から特別な訓練を積まねばならないわけではない。何代も繋いでいくことに意味があるとも思えない。しかし、子どもが自分の背中を見て、同じ職業を選んでくれるのかと思うと、嬉しくない訳がなかった。「ちょうどいいかもしれねえな」

「何が？」

「お前が警察官になる頃には、俺はとっくに辞めてる。コネで入ったとか何とか言われなければ、気は楽だぜ」

「コネなんか通用するの？」拓男が不思議そうに目を見開いた。

「そういうのはないでもない……試験で同じ点数に何人も並んだら、親が警察官の方を優先して採るだろうな。少なくとも身元は確かだから」

「警察官だからって言って、ちゃんとしているとは限らないと思うけど」

「うちはちゃんとしてるだろうが」高峰はセブンスターを取り出したが、思い直して箱に戻した。これから金がかかる……少しは節約した方がいいのではないだろうか。まずは煙草からか。

親父、面白いことになりそうだぜ。俺が親父の背中を見て育ったように、俺の息子も俺を見ていたんだ……これは、自慢していいことなんだよな？

8

三月二十七日……高峰はこの日、再び勝手に動くことにした。目指す相手は桜井亮子。家族以外で、おそらく最も和人のことをよく知る人間に会えば、捜査は前に進むはずだ。今回も相棒には冨永を選ぶ。自分のようなオッサンが一人で行くより、少しでも年齢が近い人間がいた方が、亮子も緊張しないだろう。

亮子は、大手製薬メーカーの本社で、営業一部に勤務していた。調べてみると、東京を中心とした関東地方の病院などを中心に営業する部署のようである。彼女はそこで、外回りの営業マンの手伝いをしているようだ。電話を取り次いだり、契約書作りに手を貸したり……短大卒の女性社員としては、ごく普通の仕事だろう。

「どうしますか？」覆面パトカーで警視庁を出た瞬間、冨永が心配そうに訊ねた。

「どうするって？」

「どうやって話を聴きますか？」

「会社に乗りこむわけにはいかねえから、まず外へ呼び出そう。冷静に話ができねえ可能性もあるから、その場合は日を改めて……とにかく一度顔を合わせておけば、自宅でも話を聴ける。肝心なのは、最初の一歩だぜ」

「はい」

「君が電話しろ」

「自分ですか？」ハンドルを握る冨永の顔がにわかに引き攣った。「しかし、そういう電話は……」

「おいおい、何も口説けって言ってるわけじゃねえぞ」高峰は軽い口調で言った。

「相手は若い女性だ。俺みたいなオッサンが相手だと警戒する……君の方が上手くできるだろう。軽い調子で、相手を安心させて呼び出すんだ」

「分かりました」

本当に分かったかどうか……冨永は声を出さずにぶつぶつと唇を動かしていた。今から練習しているようでは、とても上手くいきそうにない。

「電話をかける前に、飯でも食うか」少しでも緊張を解そうと高峰は誘った。

「あ、はい……もう昼前ですね」冨永が腕時計に視線をやる。

「会社が新宿だから、飯を食う場所はいくらでもあるだろう」

「あ、新宿なら自分が……」

「馴染みなのか？」

「所轄が新宿でした」

「おう。じゃあ、昼飯はお前に任せるぜ」

任せたのが成功だったか失敗だったか……冨永は、コーヒーと煙草の香りが染みついたような喫茶店に高峰を案内した。喫茶店ねえ――こういう店だとカレーか何かを適当に食べるしかないだろう。若い連中は、喫茶店の軽い昼飯でも平気なのだろうか。

冨永はミックスサンドを頼んだ。高峰はしばしメニューを吟味した後で、ナポリタンスパゲティを選ぶ。こんなものは滅多に食べないのだが、たまには少し変わった料理を試してみるのもいいだろう。

「君、こういうところでよく飯を食うのか？」

「ええ」サンドウィッチにかぶりつきながら、冨永が言った。

「喫茶店の料理なんかで足りるのか？」

「朝、ちゃんと食べますから……昼に食べ過ぎると、午後眠くなるんですよ」

「それも若い証拠だな」

高峰は不器用にフォークを使ってスパゲティを食べた。箸の方がありがたいのだが、用意はなさそうだ。喫茶店で食事をすることはほとんどないので、どうにも落ち着かない。若い客ばかりというのも、居心地の悪さに拍車をかけた。

「飯を食い終わったら、そこの赤電話を使って会社にかけてみろ」レジの横にある赤電話に向かって、高峰は顎をしゃくった。

「……分かりました」途端に冨永の声から自信が抜ける。「話は変わりますけど、最近、公安は忙しそうですね」

「そうかい？」高峰はとぼけた。実際分からない――海老沢も含めて、あの連中が何を考え、どんな風に動いているかは見えにくいのだ。

「警察学校の同期がいるんですけど、最近ほとんど家に帰っていないそうです」

「そいつは何をやってるんだ？」

「赤軍派の監視です」

「赤軍派？　連中は、ほぼ壊滅状態じゃねえのか」高峰は首を捻った。

ブント系のセクトである赤軍派は、特に過激な主張と行動で知られていた。拠点は関西の同志社大学なのだが、関東にも活動家は多くいた——過去形なのは、現在はその活動がかなり沈静化しているからである。赤軍派は去年、一気に過激な行動に出て、東京や大阪では交番襲撃事件まで起こした。最終的な狙いは首相官邸——まさにテロで、去年の十一月には、大菩薩峠で武装闘争訓練を行うために、塩山市の山小屋に潜伏していた。しかし情報は事前に筒抜けになっており、五十三人が一斉に凶器準備集合罪で逮捕されたのだった。これで戦力は大幅に削がれ、公安部は一連の作戦を「大成功」と自己評価しているはずである。

この話を聞いて、高峰は呆れたものだ。どれだけ武器を集めようが、首相官邸襲撃事件などを起こせると本気で信じていたのだろうか……逮捕者の中に、ほとんど何も知らない高校生が混じっていたことは、少なからぬショックだった。

「人数が少なくなって、さらに過激な行動に出るんじゃないかって警戒しているみたいですよ」

「そいつは、予算を分捕るための口実じゃねえかな」高峰はずっと、公安部のやり口に疑問と反感を抱いていた。実際には何でもないのに火急の危機として騒ぎ立て、自分たちの仕事を増やしている——役所にとって何より大事なのは、去年よりも予算を減らさないことであり、そのために様々な手を使う。公安部の連中なら、予算確保のためには危険因子をでっち上げるぐらいしそうだ。

「分かりませんけど、下の人間は使われるだけですからね」

「まあ、君は捜査一課でよかったと思うべきだな。少なくとも、自分が何をやっているか、確実に分かるだろう」

「……ええ」冨永の返事が一瞬遅れた。

「何だ、分かってないのか」

「すみません、今回の件は——どこにどうつながっていくか、想像もできないんです」

「心配するな。俺もだ」高峰は苦笑した。

「理事官もですか？」冨永が目を見開く。

「これが捜査一課の仕事だよ。生きた人間が相手なんだから、事態は刻一刻と変わる……さあ、そろそろ電話してこい。小銭がないなら出すぞ」高峰は背広のポケットから小銭入れを取り出した。

「大丈夫です」緊張した面持ちで冨永が立ち上がる。レジの横にある赤電話に向かう足取りはぎこちなかった。

　高峰は煙草に火を点け、電話する冨永の様子を見守った。何とも頼りないというか不自然な感じ……何度も電話に向かって頭を下げている。しばらく話して戻ってきたが、額は汗で濡れていた。

「どうだった？」

「大丈夫でした」

「何時にどこで会う？」

「新宿御苑で十二時……昼休みに抜け出して来るそうです」

「ああ、結構だね。それよりお前、汗を拭け」

　高峰は紙ナプキンを引き抜いて渡してやった。一礼して受け取った冨永が、紙ナプキンを丸めて額を乱暴に拭いた。高峰は伝票を摑み、レジに向かう。

「理事官、自分の分は自分で――」

「気にするな」高峰は伝票をひらひらと振って見せた。「先輩が後輩に奢るのは、捜査一課の伝統だ。後輩が入ってきたら、今度はお前が奢ってやればいい」

「……分かりました。ご馳走になります」

　二人は覆面パトカーに戻り、短い距離を走った。新宿御苑か……高峰は一度か二度しか行ったことがないが、これからしばらくして、桜の季節になると賑わうのは知っている。しかし今日は薄曇り。冬に逆戻りしたような寒さで、高峰は思わずコートのボタンを全部留めた。

　待ち合わせ場所は冨永が決めていたので、高峰は彼に任せて後についていった。約束の時間にはまだ間がある……いや、一人の女性が、大きく広がる木の枝の下に立っていた。

「彼女か？」

「……だと思いますが」冨永が自信なげに言った。考えてみれば当たり前だ。自分も冨永も、亮子の顔は知らない。ただ、該当する年齢の女性は、他に誰もいなかった。

「理事官が話しますか？」

「ああ。お前は、一言も聞き逃すな」

「分かりました」

二人はゆっくりと、観察しながら桜井亮子に近づいた。あまり元気はない――当たり前か。恋人を亡くしてまだ一月も経っていない状況で、いきなり警察から電話がかかってきたのだ。緊張しないわけがない。

「桜井亮子さんですか？」

　高峰が声をかけると、亮子がびくりと身を震わせ、顔を上げた。不安そう……顔色が悪い。しかし、何となく想像していたのとは感じがだいぶ違った。幼くて頼りない、小柄な女性かと思っていたのだが、実際の亮子はすらりと背が高く、大人っぽい雰囲気を醸し出している。身長は、高峰と同じぐらいかもしれない。

「警視庁の高峰です。こちらの冨永が、先ほど電話をさしあげました」

「はい」

答える声はか細く頼りない……こんなに背の高い女性なら、もう少し低く太い声を出しそうなものだが。

「仕事中に申し訳ない。冨永からも話があったと思いますが、亡くなった小嶋和人君について聴きたいことがあります」

「はい」

「座る……座る場所もないね」高峰は苦笑した。「申し訳ないけど、立ったままでいいですか」

「大丈夫です」

「じゃあ……」そこで高峰は、彼女の顔に見覚えがあると確信した。間違いなく通夜の席で会っている。最近の女性はずいぶん背が高いな、と驚いたのも思い出した。

「和人君の通夜に来ていましたね？」

「はい」亮子が顔を上げる。目鼻立ちのはっきりした、日本人離れした顔だった。化粧のせいかもしれないが、最近の若い連中は、昔ながらの日本人の顔だちとはかけ離れたバタ臭い顔が多い。自分たちとは、食べるものが違っているからかもしれない。今二十代前半の若者たちは、戦後の食糧難の時代をほぼ経験していない。小学校では給食を食べられたし、自分たちが子どもの頃よりも、よほど栄養事情はよかったはずだ。

「私も通夜に参列していました。和人君の親父さんとは子どもの頃からの友だちでね」

「そうなんですか……」

「あなたは、和人君と交際していることを、他の人に言っていましたか？　例えば、ご両親とか」

「いえ」

「秘密にしていた？」

「秘密というわけじゃないですけど、何となく言いにくいというか……」

「高校生の頃からのつき合いでしょう？」

「……はい」いっそう低い声で亮子が認める。

「和人君が所属していた陸上部は、男女交際禁止だった……だから人に言うわけにはいかない。それが今でも続いている感じだろうか」

「はい、ええ……そんな感じです」

「いきなりで申し訳ないけど、結婚の約束はしていなかった？」

「ええ、まだそういう話は……」

「全然出なかったんですか？」

「彼が忙し過ぎたんです」亮子がゆっくりと首を横に振る。「就職してから、本当に忙しくて……海外にも何度も行っていましたし」

「それは私たちも聞いている」高峰はうなずいた。「重要な仕事を任されていたんだね」

「はい。詳しいことは知らないんですけど、大変そうでした」

「海外というのは、いつもアメリカだったそうだね」

「はい」亮子がうなずいた。「毎回お土産をもらいました」

今のところ、話は順調に回っている。しかし、この調子はいつまでも続かないだろう。彼女にとって辛い質問を始めねばならない。

「いくつか、難しい問題で確認したいことがあります」

何も言わずに亮子がうなずいた。急に顔が緊張で強張る。

「彼は、学生時代に逮捕されたことがある。それは知ってますね？」

「……はい」

「それは今でも、尾を引いていたんだろうか」

「そうだと思います」

高峰は気持ちを引き締めた。これまで逮捕の件は関係ないだろうと無視してきたのだが、改めて考えねばならないのだろうか。

「真面目な人でしたから、警察に逮捕されるなんてとんでもないことだと思ったようで……すぐに釈放されたんですけど、しばらくは落ちこんでいて、会えないぐらいでした」

「逮捕をきっかけに、学生運動からは身を引いて、一生懸命勉強して一流の商社に入った。だとすると、逮捕されたのも悪いことじゃなかったと思うけど……」

「でも、本人にとっては嫌な過去だったんです。会社でいつの間にかその話が広まっていて、居心地が悪いって言ってました」

結局、話は最初に戻ってきてしまう。小嶋が聞いて心配した通り――恋人も同じ話を聞いていたわけで、和人の悩みはかなり深刻だったのかもしれない。

「嫌なことを聞きますけど、それで自殺するほどでしたか?」

「そんなことはない……と思いますけど」亮子が唇を嚙む。

「だったら仕事で悩んでいたのかな? 人が自殺するのは、よほどのことなんですがね」

「それは……仕事の悩みの方が深刻だったと思います」

「どんな風に？」高峰は詰め寄った。話は、高峰が気にしている方向へ向かおうとしている。「仕事が大変だったのは、我々も聴いている。しかし、具体的なことが分からない」

「それは、私も聴いていません」亮子が力なく首を横に振った。「落ちこんでいるので、何度も聞いたんです。でも、『仕事のことは言いたくないから』って、何も教えてくれませんでした」

「恋人であっても言えないこと——業務上の秘密もあったんだろうね」高峰は同情をこめて言った。これからどんどん、話が辛い方へ向かっていく。「自殺しそうな兆候はあったのかな？　話もできないほど落ちこんでいたりとか、体調を崩して寝こんだりとか」

「それはないです」

「だったら、あなたにとっても意外だったんだね」

「いきなり死ぬなんて、想像もしてませんでした。前の日も普通に会って、食事をしたんです」

「それは……二月二十八日かな？」高峰は手帳を取り出し、カレンダーを確認した。

「はい」

「普通のデートですか？」

ように。

「そうです」亮子の声が小さくなる。デートしていたことが罪だと後悔でもしている

「その時はどんな様子でしたか？」

「元気でした」

「元気？」高峰は思わず繰り返した。「落ちこんでいたのでは？」

「あの日だけは元気だったんです。もしかしたら、無理に元気を出そうとしていたのかもしれませんけど」

「様子がおかしいとは思わなかったですか？」

「思いました」亮子があっさり認めた。「急に封筒を渡されたんです」

「封筒？」

「これぐらいの……」亮子が両手を動かして、Ｂ４判ほどの四角形を宙に描いた。

「かなり大きいですね」

「はい」

「それをどうしろと？」プレゼント……ではないな、と高峰は判断した。いかにもいわくありげではないか。

「預かって欲しいと言われたんです。何かあったら見てくれって……そのままずっと、家に置いてあります」

「中身は？」

「中身は……」亮子が首を横に振り、目を逸らした。

「彼が亡くなってから見たんじゃないですか？　内容は？」高峰は迫った。

「それは、怖くて……」

「和人君の死に関係あることですか？」

「分かりません」亮子がまた首を横に振る。顔から血の気が引いて白くなり、恐怖のほどが簡単に想像できた。

「それを見て、何が起きたか分かったんじゃないですか？　直接あなたに言えなかったことを、和人君は資料のような形で残していたのでは？」

亮子が黙りこんだ。ここは押さねばならないと、高峰は一歩詰め寄った。

「それを見せてもらうわけにはいかないかな。もしかしたら極めて重要な書類……彼が自殺した動機につながるかもしれない」

「でも……」

「あなたもそう思ったのでは？　内容があまりにも衝撃的過ぎた――全てを明らかにするものだったのでは？」

「誰かに見せていいかどうかすら、分かりません」亮子の唇が震える。「あんなものを持っていると分かったら、私も危なくなるかもしれません」

「警察は、全力であなたを守る。絶対に危険な目には遭わせない。警察は、市民を守るために存在しているんだから」高峰は頭を下げた。「この件が、どうにも引っかかっているんだ。どうしてもはっきりさせたい。あなたは、和人君がどうして亡くなったか、はっきりさせたくないですか？　我々が調べれば、もっと詳しい事情が分かる」

「知りたいかどうか、分かりません」亮子が力なく首を横に振った。「知っても、彼は帰ってこないんですから……知らない方がいいかもしれません」

「だったらこうしよう」高峰は粘った。「あなたに資料をもらったら、私たちは、和人君がどうして自ら死を選んだかを徹底して調べる。動機が分かったら、その時点であなたに通告する。あなたが知りたいと思ったら、話しましょう」本当は、亮子はある程度事情を察しているのではないかと思った。和人はある意味「遺書」を恋人に託したのかもしれない。まだ若い彼女が、和人を苦しめた大きな陰謀に気づいても、どうしていいか分からず、誰にも打ち明けられなかった——それは自然だろう。彼女一人で立ち向かうには敵は大きく、一人で抱えこむだけで悩んでいたのは間違いない。恐怖も本物だろう。

「そんなことが知りたいかどうか、分かりません」亮子が繰り返す。目に光がなかった。

「知りたくなければ言いません。とにかく、もしも和人君が無念のまま死んだなら、それを晴らしたい。故人の無念を晴らすことこそ警察の仕事だと、私は思っている」

「……分かりました」

高峰はゆっくりと息を吐いた。見ると、冨永も自分に合わせるように息を吐いている。緊張して、今までずっと呼吸するのを忘れていたようだった。

その日の夜、高峰は和人が亮子に預けた書類を手に入れた。

爆弾だった。

9

高峰からの電話に、海老沢は混乱した。

「自殺じゃないのか？」小嶋は、和人が殺されたかもしれないと考えていた。あれは悲しみ故の暴走的な考えかと思っていたが、当たっていたのだろうか。

「自殺なのか自殺じゃないのか、どちらの証拠もない」高峰は自信なげだった。「ただ、本人のメモを見る限り、和人君がかなり追い詰められていたのは間違いない。もしかしたら朋明商事は、和人君に責任を全て押しつけて、事件を葬り去るつもりかもしれん」

「そこまでやるか？」海老沢は受話器をきつく握り締めた。ベークライト製の受話器が、汗でぬるぬると滑る。

「守るべきものが多過ぎる――大き過ぎる。この件を闇に葬らないと、後の始末が大変じゃねえか」

「それはそうだが……」高峰の推理が当たっているとしたら、あまりにも乱暴だ。

「日記とメモ、お前も目を通しておいてくれねえかな。全部複写しておきてえんだが、ページ数が多いから無理だろう」

「刑事部も、複写機の使用についてはうるさく言われるのか」

「当たり前だ。紙だってタダじゃねえんだぜ。電気代も馬鹿にならねえ」

「分かった。どうする？」

「うちに来ねえか？」高峰が遠慮がちに切り出した。

「いや、それは……」さすがに抵抗感がある。昔は互いの家を盛んに行き来していたものだが、それは何十年も前のことだ。

「遠慮してる場合じゃねえ。外で読んでもらうわけにはいかねえし、とにかく来いよ。そんなに遠くねえんだし」

海老沢は壁の時計を見上げた。午後九時……今から出かけても、十時前には高峰の家には着けるだろう。明日は土曜日で仕事があるが、半ドンだから、多少遅くなっても何とかなる。

「分かった。すぐ行く」

「待ってるぜ」

受話器を置き、海老沢は濡れた掌をズボンの腿に擦りつけた。何か手土産を持っていくべきか……まさか。これは遊びではないのだ。

薄いコートを着こんで、出かける準備を整える。居間に戻ると、利光が一人でテレビを見ていた。拳銃を握った高松英郎（たかまつひでお）が、建物の陰から何か様子を見守っている……。

「何見てるんだ？」

「ああ、『ゴールドアイ』」画面に視線を据えたまま、利光が答える。

「何のドラマだ？」

「スパイ物かな？」自信なげに利光が答える。「国際警察みたいな？　そういう組織、本当にあるの？」

「国際刑事警察機構（ＩＣＰＯ）っていうのがあるよ。だけど、このドラマはちょっと嘘っぽいんじゃないかな」

「どうして？」

「ＩＣＰＯは、各国の連絡役だけで、実際に捜査はしないからさ」

「へえ……で、国際的な事件の時はどうやって捜査するわけ？」

「それは、各国の警察が協力し合って、だな」

警察というより、情報機関同士が協力し合う、という方がより正確だろう。しかし協力と言っても、事はそれほど単純ではない。法律も違えば言葉も違う。幸いというべきか、日本の警察は複数の国にまたがるような捜査をすることはほとんどないのだが。ただし外事の連中は、スパイの暗躍に目を光らせている。

「そういう仕事、面白いのかな」

「どうかね。だいたい警察の仕事は、お前が考えているよりずっと地味だぞ。拳銃を撃つようなことはほとんどないし」

「父さんも撃ったことはないの？」

「ない。一度も撃たずに終わりそうだな」それは幸運なことだと自分では思っている。「それよりお前、警察の仕事なんかに興味あるのか？」

「うーん……どんな感じかと思ってさ」

「警察官になるつもりなら、やめておけ。苦労が多いだけで、報いられる事は少ないんだから。お前はサッカーで頑張って、大学を出たら普通の会社に就職した方がいい」

言ってしまってから、これではまるで自己否定だと情けなくなった。ずっと信じていた自分の使命——国を守る仕事に意味を見出すべきかどうか、よく分からなくなっている。

外を吹く三月の風はまだ冷たい。桜の季節も近いのだが……海老沢はふと、背筋に寒いものを感じた。

高峰の家に行くのは、実に十八年ぶりだった。彼の父親――戦前には海老沢も散々世話になった――が亡くなった後、線香をあげにきて以来である。あの時とはまったく違う家……最近建て替えたのか、まだ新しい木の香りがほのかに感じられる。

高峰は、海老沢をすぐに自分の書斎に通した。妻の節子には挨拶しておきたいと思ったのだが、高峰は「これは仕事だから」と言うだけで、節子に会わせようとしない。この辺の感覚は、海老沢にはよく分からなかった。

高峰の書斎は、四畳半の狭い部屋だった。デスクが一台、それに本棚がいくつか置いてあるだけで、普段あまり使っていないのはすぐに分かった。

高峰が畳の上に直に腰を下ろした。海老沢も向かいであぐらをかく。高峰がすぐに、一冊のノート、それに分厚い封筒を海老沢の前に置いた。

「読んでもらえばすぐに分かるんだが、まず、俺から簡単に説明させてくれねえか」

「分かった」

「まず、全体の構図だ——KO社が、航空自衛隊の次期主力戦闘機を日本に売り込むために、ある人物にリベートを贈っていたのは間違いないと思う」

「市川」

「ああ。今手元にあるのは和人君が書いていた日記、それに恋人に託した資料だ。ただし残念ながら、市川に直に金が渡った証拠はまったくねえんだよ」

「秘書か誰かが間に入っていたのか？」

「おそらくな。和人君は、彼女に渡した資料の中で『T』と書いている。このイニシャルを持った人間がいるかどうかは、すぐに調べられるだろう」

「そうだな」

「朋明商事は、KO社が日本で展開する商売の代理店になっていた。当然、次期主力戦闘機の売りこみにもかかわっている。実際にはこれまでの日米の関係から言って、ヨーロッパのメーカーに発注することはあり得ねえ。しかし朋明商事としては、KO社の受注をより確実にしたかったんだろう。KO社の担当副社長に働きかけて、選定に強い影響を持つ市川にリベートを贈ることにしたようだ」

「金額は？」

「おそらく、一千万円」

海老沢は力なく首を横に振った。トヨタ・カローラなら二十台ぐらい買える金額か……これは明らかに、「政治家の地位を利用した犯罪」だ。自分たちの先輩――海老沢にとっては「かつての上司」が、簡単にこんな金を受け取っていたのかと考えると、あまりにも情けない。朋明商事側は、市川と固い関係を築けば、今後も防衛産業の中心に身を置けると考えたのだろう。防衛予算の大きさを考えると、その「旨味」を手放さないためには、汚い手も平気で使う気になっていたのではないか。

「この件について、朋明商事は去年からKO社と盛んにすり合わせをしている。和人君も何度も渡米して、KO社の担当副社長も日本に招いている。その結果、去年の暮れにKO社から市川の側に金が渡ったのは間違いねえんだ。その場に、和人君も同席していた」

「本当か？」海老沢は目を見開いた。極秘中の極秘の情報だ。「新入社員にはきつい仕事だっただろうな」

「そりゃそうだ。しかし、新人と言っても当然、善悪の区別はつくわけで……自分が、汚職事件の真ん中にいることが分かって、逃げ出したくなったんだと思う」高峰が同情をこめて言った。

「それで？」海老沢は先を促した。

「特捜部がこの情報を嗅ぎつけて捜査に入ったことを、朋明商事でも察知したようだ。それが年明けで、その頃から、会社側の和人君に対する態度が微妙に変わってきた」

「どういうことだ？」

「この辺は、会社側の証言がねえから何とも言えねえんだ。ただ、上の人間が、賄賂の受け渡しについてやけにしつこく話をするようになったのは確かだ。それも『君もいただろう』『金を触ったよな』と念押しする感じだった。つまり――」

「罪の一端を押しつけようとした」海老沢は低い声で言った。

「あるいは全責任を」

「そんなことができるのか？」

「若い、あまり事情が分からない社員に責任を負わせて、上の人間は逃げようとしたんじゃねえか？　この時期に前後して、和人君は学生時代に逮捕されたことを周囲から指摘されるようになった。日記にもその恐怖が書いてある。恐らくだが、小嶋が想像した通り、和人君は過去の出来事を蒸し返されて情緒不安定になっていたんだと思う。実際、恋人にもずっと不安を漏らしていた」

「それで自殺に追いこまれた？」そこまでのことはないだろうと訝しみながら、海老沢は訊ねた。

「可能性としてはな。結果的には、死人に口なしだよ」

「本当か」海老沢は思わず腰を浮かしかけた。

「二月頃から、それらしいことを上司から言われるようになってきたようだ。『君が墓場に持って行ってくれれば、皆が助かる』『自分の責任だと一筆書いてくれればそれで済む』……和人君は、言われたことを一々記録して、最終的には恋人に預けていた」

「そういう脅迫的言動は、自殺教唆になるんじゃないか？」

「立件できるかもしれん」高峰がうなずく。「俺としては――捜査一課としては、その線で捜査を進めてえな」

「自殺教唆は立件が難しいぞ」

「難しいだけで、不可能じゃねえ」高峰が眉を吊り上げた。「このまま放っておいたら、和人君が全ての罪を着せられるかもしれねえぞ。それは、死者に対する冒瀆だ。小嶋も納得できねえだろう。和人君の名誉を守るためには、彼を自殺に追いこんだ人間が誰なのか、割り出す必要がある」

「それは――地検特捜部の邪魔になるかもしれないぞ」

「だから何だ！」嚙みつくように高峰が言った。「人が一人死んでるんだぞ。仮に地検の捜査が潰れても、事態をはっきりさせなくちゃいけねえ」

「お前……」海老沢は十八年前、彼と交わした議論を改めて思い出していた。

高峰は個人を守るための正義を貫こうとしていた。極めて単純な話――誰かが犯罪の犠牲になったら、必ず犯人を捕まえる。海老沢はそれと反する捜査を重視していた。たとえ一人二人が犠牲になろうが、国を守るためには仕方がない。そこで二人の考えは、完全に逆の方向を向いてしまったのだ。

しかし、今回の件はどう考えればいいのだろう。地検特捜部がやろうとしているのは「国を守る」捜査ではない。「国を正す」「政財界の膿を出す」ための捜査だ。一方公安一課の中には、「先輩」である市川を守ろうとする動きがある。自分は、腐った政府を守ることに意味を見いだせるか……高峰は、こういう話をするのに相応しい相手ではある。しかし今は、そんな元気も余裕もなかった。

これまで自分が信じてきたものに、そっぽを向かれたような気分だった。

「お前もノートと資料を読んでくれ。ノートには俺が時系列に出来事をまとめてあるから、それと照らし合わせてくれねえか。お前の方で気づいたことがあったら、つけ加えてくれ」

「分かった」

これは共同捜査と言っていいのだろうか……いや、そうはなるまい。やはり自分と高峰は水と油、一緒に仕事はできないのだ。今回が特殊ケースであるに過ぎない。

夜が更け、気づくと壁の時計は午前零時を回っていた。すっかり遅くなってしまった……海老沢は、細かく情報を書き加えたノートを高峰に返した。

「お前は、和人君の上司と話をするんだな」

「ああ。明日――」高峰が壁の時計を見上げる。「今日にも話してみる。実は、前に一度話したことがあるんだ。その時は和人君の逮捕歴のことを訊いたんだけど、知らないと否定された」

「とぼけたんだろうな」

「俺もまだまだだな」高峰が頭を掻いた。「人間、幾つになっても修業することはあるもんだ」

「まったくだな」

「それで、お前はどうする？　公安として、何かできることはねえのか？」

「せいぜい、防波堤になるぐらいだろうな」

「特捜部の？」

「ああ。僕は二度警告を受けた。佐橋さんも相当怒っている様子だった……特捜部の捜査の進展を待つのはどうだ？」

「連中の捜査の過程で、和人君が自殺に追いこまれた理由が明らかになると思うか？　隠蔽されねえように、早いうちに手を打った方がいい。俺がやりてえのは、和人君の自殺の原因をはっきりさせること――そしてそれを小嶋に教えることだけだ」

「そこまで個人的な理由で捜査権を使うのは、どうかと思うが」

「その件は――こういう話をしてるとまた喧嘩になるぜ」高峰がにやりと笑う。「で、お前はどうしたい？　この件にどうかかわりたい？　傍観か？」

「いや」短く言って、海老沢は言葉を切った。「気にはなる……市川さんと話はしてみたいな」

「昔の上司を追い詰める気か？」高峰が目を見開く。

「追い詰めるかどうかは分からんが、話は聴いてみたい――いつの間に腐ったのか、直接確かめてみたいんだ」もしかしたら現役の警察官の頃から政財界と関係を持ち、腐敗していたのかもしれないが。

「どっちにしろ、特捜部の捜査を邪魔することになる。佐橋さんも怒るぐらいでは済ませねえだろう。捜査妨害で逮捕されるかもしれねえぞ」

「そんなことになれば大騒ぎ――ある意味面白いかもしれない」

「そういうのは、お前には似合わねえな」高峰がにやりと笑う。「まあ、特捜部に任せておいたら、肝心のことが分からねえ……特捜部から見たら、和人君の死なんか、どうでもいいことかもしれねえしな」

「だけど、僕たちにとっては看過できないことだ」

「ああ……今日、和人君の上司に突っこんでみるよ。その結果は、改めてお前に報告する」

「分かった」

「お前は、本気で市川さんと話すつもりか？」

「国会議員と話すのは、そんなに簡単じゃないだろうが」

「あの人の選挙区は東京だろう。だから議員宿舎じゃなくて、池袋の自宅にいるはずだぜ。つまり、家に行けば普通に会える可能性が高いんじゃねえかな」

「煽るなよ」海老沢は苦笑した。しかし、自然にその気になっていた……今すぐとは言わない。しかし機会を見て家を訪ねてみよう。向こうは自分のことなどとうに忘れているだろうが、この件を話題にしたら、どんな表情を浮かべるだろうか。飼い犬に手を噛まれたとでも思うか？


タクシーを呼んでもらい、海老沢は自宅に戻った。既に窓は真っ暗で、妻も利光も寝てしまったようだ。当たり前か……もう午前一時近い。

家族を起こさぬよう、足音をたてないように気をつけながら、真っ暗な居間を横切る。自分の部屋のドアを開けようとした瞬間、電話が鳴ってびくりとした。こんな時間に何だ――一、二度深呼吸して、受話器を手に取る。

「理事官、遅くにすみません」山崎だった。

「どうした」

「実は、赤軍派に怪しい動きがありまして——監視していた連中から、先ほど連絡が入りました」

「何事だ？」

「メンバーが何人か集まっています。何か相談している様子です」

「メンバーは？」

海老沢は、山崎が告げる名前を頭に叩きこんだ。主要幹部は逮捕され、あるいは逮捕状が出て動きにくくなっており、今夜の会合に顔を出しているのは「準幹部」の連中だった。やはり奇妙な感じはする。大菩薩峠事件で壊滅的な打撃を受けてから、赤軍派のメンバーは基本的に地下に潜行し、目立った活動をしていない。何人もの人間が普通に集まっているのは異例だった。

「陽動作戦かもしれないぞ」

「念のために監視は強化しています」

「そうか……何かあったら連絡してくれ。何時でもかまわん」

「分かりました。遅くにすみません」

「いや」

電話を切った途端、寒々とした空気が流れた気がした。暗闇の中、ソファに座ってじっと壁を見つめる。

政治の季節は終わりつつある――城東大の畑本が言った台詞が脳裏に蘇る。多くの国民が一丸となり、大衆行動で自分たちの主張を声高に叫ぶ時代は、間違いなく過去になるだろう。安保条約が自動延長した後は、国民が揃って「反対」を叫ぶ対象などなくなる。主義主張が多様化し、各セクトがタコツボ化しているからだ。

その代わりにやってくるのは、おそらくテロの時代だ。細分化・過激化した各セクトが、言論ではなく実力行使で反対運動を展開する。事実、既にその萌芽がある……赤軍派の動きなど、その最たるものだ。

大菩薩峠事件以来、赤軍派の内部分裂はさらに進み、現在は「核」がない状態になっている。こういうのが一番危険……組織がしっかり存在していれば、トップを叩くことで全体の動きを止められるが、今の赤軍派はアメーバのようなものとも言える。一部を切り捨てても、残った部分は平然と活動を続ける。しかもどこへ行くかは、自分たちでも分からない。

その連中が、また怪しい動きをしている。要注意だな……糸の切れた凧の行方を追うのは、捜索のプロである自分たちでも難しい。

海老沢はのろのろと立ち上がり、自室に向かった。今日はだいぶ睡眠時間を削られたが、まだ現場で監視を続けている刑事もいる。自分がそれにつき合う必要はないのだが、何となく後ろめたい。それでも、明日のために寝ておくのも仕事のうちだと自分に言い聞かせ、海老沢は寝巻きに着替えて布団に潜りこんだ。

——目が冴えてしまう。高峰が出してくれた濃いお茶を何杯も飲んだせいかもしれない。熱い風呂に入って体の凝りを解せば、少しは眠くなるかもしれないが、今から風呂の用意をするのは面倒臭い。

眠れぬまま、頭の後ろで手を組み、暗い天井を見上げる。急ぐ話ではないが、利光のことも気になった。まさか、警察の仕事に興味を持つようになるとは……海老沢としては、何もわざわざ自分と同じような苦労をする必要はあるまい、という感覚だ。公安だけでなく、刑事部の仕事でも交番勤務でも、警察官というのは何かとストレスを抱える。家族にも迷惑をかけるし、金が儲かるわけでもない。もっと楽に金を儲けて、将来の自分の家族に楽をさせられるような仕事も、いくらでもあるだろう。もしかしたら、特技のサッカーが、就職で役立つかもしれないし。

今のところ、本気で警察官になりたいと思っているわけではなく、漠然とした憧れを抱いているだけのようだ。海外での仕事に興味があるなら、外交官でも商社マンでもいい……いや、商社マンは駄目だ。仕事のために、自分を犠牲にすることも珍しくないだろう。肉体的に傷つくこともあるはずだし、誇りがずたずたになる可能性もある。そして時には、正義感を曲げねばならないことも……。

和人は、そうやって追い詰められたのだろうか。その行く末に待っていたのは——

死。

10

土曜日となると、捜査一課にも何となくだらけた雰囲気が流れる。そもそも本当に忙しいのは、所轄の特捜本部に詰めている刑事たちだから、本部は常にピリピリしているわけではない。

高峰は、大勢の中で突然一人きりで取り残されたような気分になった。誰も近づいて来ない。普段は、決裁の判子をもらいに来る総務の係員や、捜査方針について相談に来る管理官や係長で引きも切らないのだが、今日ばかりは静か……一時間ほども誰とも話していないことに気づき、はっとした。午前十時。あれこれ考えていて、「話しかけるな」という気配を発していたに違いない。

いくら考えてもきりがない。やることは一つだけなのだ。

高峰は、十二時になるのを待たずに席を立った。「出かけるぞ」と冨永に声をかけて、そのまますぐに一課の大部屋を出て行く。

「理事官、どちらへ？」冨永が慌てて追いかけてくる。

「朋明商事」

「それは──」

「事情聴取は二人一組が基本だからな」

「朋明商事の人間に事情聴取するんですか？」

「ああ」

廊下に出て、さらに歩くスピードを上げる。冨永が、どたどたと大きな足音を立てながら追いついた。

「この前の続きですか？」

「そうだ」高峰は真っ直ぐ前を見据えて歩きながら答えた。

「大丈夫なんですか？」

「余計なことは気にするな」高峰は後ろを向いて言葉を叩きつけた。「分からないことがあったらはっきりさせる──それが捜査一課の基本だぜ」

土曜日で半ドンということもあって、朋明商事の本社にも、どこかのんびりした空気が流れている。世界を相手にする商社では、土日も関係なく仕事は続けられているはずだが、総務の社員などにとっては、週末が始まる時間帯だ。

高峰は、受付で篠原を呼び出した。当然、この訪問をまったく予想していなかったわけで、篠原は怪訝そうな声で反応する。

「ちょっと確認したいことがありまして。時間をいただけますか」高峰は丁寧に切り出した。

「中へ入られますか？」

「いえ、外でお願いします」

「はあ」篠原は不満そうだった。今日は小雨模様――何もわざわざ外で濡れなくてもいいのに、とでも思っているのだろう。しかし高峰は、最初から外で話を聴くつもりでいた。社内は、篠原にとって家も同然――ゆったり構えて話されたら、向こうのペースに巻きこまれてしまう。

「お時間は取らせません」

「そうですか……ちょっと待っていただけますか？　帰り支度をしていたので」

「では、受付でお待ちしています」

本当に来るだろうか？　朋明商事の本社ビルは巨大で、受付のある正面の他に、何ヵ所も出入り口があるだろう。そういうところから出られたら、逃げられてしまう……しかし、そんなことをしたらこちらはさらに疑うと、篠原にも分かっているだろう。

逃げる人間には、然るべき理由があるのだ。

「冨永、篠原に話を聴いた後で尾行しろ」高峰は低い声で指示した。

「はい」

「すぐには家に帰らないかもしれない。誰かに会う可能性もある。それを確認して、帰宅まで見届けるんだ」

「分かりました」冨永の顔が緊張で引き攣る。

「そう硬くなるなって」高峰は冨永の肩を強く叩いた。「君の腕を信用してる」

冨永は、うなずくので精一杯の様子だった。まったく、最近の若い刑事は……議論になると強いくせに、現場では弱気になって腰が引けてしまうことも多い。こんなことなら、大卒の刑事を採用する時には、学生運動の経験者を優先すべきかもしれない。激しいデモ行進や警官隊との衝突を経験している若者なら、多少のことでは動じないだろう——いや、そんなことができるはずもないか。

「来た」高峰はエレベーターの方に向かって顎をしゃくった。降りて来たのは篠原一人。濃紺のスーツに銀色のネクタイ姿で、コートは着ていない。右手に傘、左手にマチの厚い鞄を持っている。

「お待たせしました」篠原が軽く頭を下げる。

「お忙しいところ、すみません」高峰も目礼した。

「いや、忙しくないですよ。今日は珍しく何もないので」

「普段は土曜日でも忙しいんですか？」

「アメリカは金曜日ですからね」

「ああ、時差の関係で……」

「そうです。どうしますか？　喫茶店にでも行きますか？　お昼がまだでしたら、食べながらでもいいですよ」短い時間の間に、篠原は防御態勢を立て直したようだった。今は、以前会った時のまま――自分の仕事に自信を持った、有能な商社マンそのものである。

「この近くに公園がありましたね。そちらで」

オフィス街の公園、雨の土曜日――人が一番少なくなる時間帯だ。

「ああ、公園……」惚けたように篠原が言った。「まあ、いいですよ」

「では」

うなずき、高峰は先に立って歩き出した。斜め後ろに篠原が続き、冨永はさらにその後ろ――篠原が踵を返して逃げ出そうとしたら、すぐに止められる位置に控えている。

会社の前の大通りを渡ると、すぐに小さな公園がある。高峰の予想通り、人気はなかった。傘が必要かどうかぎりぎりの雨だが、天気予報によると、午後には強く降るようだ。高峰は最近、出勤前に必ずテレビで天気予報を確かめるのが日課になっている。新聞の天気予報より情報が新しいから、より正確なのだ。結局、高峰の生活にもテレビはしっかり入りこみ、いつの間にか根づいてしまったわけだ。

三人は、藤棚の下に入った。花の季節はまだ先だが、多少は雨を防いでくれるので、傘はささずに済む。傘をさした状態だと厳しい話はしにくいので、この状況は高峰にとってはプラスだった。

「それで、今日は何の御用ですか？」篠原が切り出す。表情に変化はなかった。

「小嶋君のことです」

「ああ……まだ調べておられるんですね」

「自殺の動機が分かりませんでしたから。しかし、ようやく分かったような気がします」

「それで？」

「こちらの調査内容を、あなたに確認してもらいたいと思いましてね……彼の様子は、直接の上司であるあなたが一番よく分かってるんじゃないですか？」

「どうでしょうかね」篠原が首を傾げ、煙草をくわえた。火を点けると、唇の端でぶらりと揺らす。

高峰も煙草に火を点けた。いつの間にか、ずいぶん少なくなってしまっている。今朝から、無意識のうちに吸い続けてしまったのだ。セブンスターは軽い煙草なのに、喉がいがいがする。

「小嶋君は、あなたの大事な右腕だったんですね」

「若いのに優秀な人材でした。本当に、惜しいことをしました」

「彼が亡くなってから、KO社との仕事は順調に進んでいるんですか？」

「個別の仕事については秘密もありますから、お話しできません」

いきなり頑な態度——そうきたか、と高峰は身構えた。

「あなたは私に嘘をつきましたね」高峰はジャブを放った。篠原の顔を見ると、少しだけ目を細めている。鉄仮面を被ったような男だが、そこにかすかな割れ目が入ったと高峰は見た。

「嘘とは？」篠原が低い声で訊ねる。

「先日お会いした時に、小嶋君の以前の逮捕歴が社内に漏れて噂になっていなかったか、と確認しました。あなたは否定した。知らないと仰った」

「ええ」

「しかし、実際にはそういう噂は流れていて、かなりの数の社員が知っていたことが分かりました。つまり、あなたは私に嘘をついた」篠原の耳が少し赤くなった。

「冗談じゃない。私は知らなかったんだ」

「だったらあなたは、部長として無能ということですか」高峰は挑発した。こういうエリート意識の塊のような人間は、プライドを傷つけられると途端に怒り出す。そして怒りはしばしば、人に本音を吐かせるのだ。

「失礼じゃないか」篠原の声のトーンが少し上がった。

「社内で噂が流れていたのは事実です。部長としてそれを把握していなかったとしたら、情報収集能力に重大な問題があるか、部下から無視されているか、どちらかだ」

「君は、自分で何を言っているか、分かってるのか！」

「もちろん、分かっていますよ」高峰は薄い笑みを浮かべた。「あなたを責めているんです。どうして嘘をついたんですか？ それとも本当に何も知らなかったか――嘘つきか無能か、どちらなんですか？」

「話にならんな」

篠原が、まだ長い煙草を濡れた地面に投げ捨てた。すぐに踵を返そうとしたが、高峰は腕を伸ばして彼の肘の辺りを摑んだ。痛点がある場所――ここを摑まれると、痛みで動きが取れなくなる。高峰は、篠原が悲鳴を上げない程度に力を抑えた。

「まだ本題に入ってませんよ」

「ふざけるな！」

篠原が腕を振るい、高峰の縛め(いまし)から逃れようとした。高峰がぱっと手を離したので、バランスを崩して倒れそうになる。高峰は彼を睨みながら続けた。

「あなたは小嶋君を連れて、去年から何度も渡米している。目的は、KO社の幹部との商談です。ＫＯ社が、アメリカ最大――ということは世界最大の航空機メーカーで、旅客機だけでなく戦闘機や爆撃機を製造していることは、私でも知っています。今の航空自衛隊の主力戦闘機も、ＫＯ社製ですよね？　戦闘機は永遠には使えませんから、何年かに一度は新しい機種を導入しなければならない。ＫＯ社にとってはかなり大きな商売で、他社に比べてどんなに有利な立場でも、防衛庁との取引を確実なものにしなければいけなかったんでしょう。そこで重要な役目を担ったのが、ＫＯ社の日本での代理店である御社です。御社は海外だけでなく、国内にも強い。次期主力戦闘機の選定に重大な責任を持つ権力者につなげば、ＫＯ社の優位はより確実になるでしょう」

「そんな一般論を言われても困る」

「一般論ではなく、御社の話です」

高峰は一歩詰め寄った。篠原は逃げない。高峰の顔を凝視したまま新しい煙草をくわえたが、手が震えていた。時折冷たい風が吹き抜けるせいで、なかなか火が点かない。ようやく煙草の先が赤く燃え上がると一気に煙を吸いこんだが、むせてしまう。彼の咳が治まるのを待って、高峰はさらに追及を続けた。

「あなたは去年から今年にかけて、小嶋君と一緒に六回も渡米しています。彼は、その出張の記録を詳細に残していました。どこで誰と会ってどんな話をしたか、会食では何を食べたか――異国での苦労が窺える内容ですよ」

「そんなものをどこで手に入れた？」

「あなたたちは、どうして手に入れようとしなかったんですか？　アメリカ出張では、彼と同室ではなかったんですか？　だったら、彼が詳細な日記をつけていることぐらいは気づいたはずだ」

「業務日誌は提出させていた」

「それを見ても、肝心なことは何も分からなかったでしょうね。大事なのは、KO社の幹部と会食した時に、具体的にどんな話が出たか……驚きましたが、アメリカ人だからと言って、何でも率直に話すわけではないんですね？　あなたとKO社の副社長とのやり取りは、極めて日本的な感じがします。まるで腹の探り合いですね」

「……その日記には、どこまで詳しく書いてあったんだ？」

「そんなこと、申し上げるわけにはいきませんね」優位に立ったと確信して、高峰はゆっくりと煙草を吸った。「その日記を欲しがる人がいるでしょう。喉から手が出るぐらい欲しいかもしれません。しかも、日記だけじゃないんですよ」

「何だと？」

「メモも見つかっています。これは日記のようにまとまった形ではないですが、より詳細です。それを見て、私は大変なものだと確信しました。これがあれば、仕事がぐっと楽になる人がいるでしょうね」

「それは――」

高峰は一瞬沈黙を守った。今のは言い過ぎた。しかしすぐに話を続ける。

「あなたも彼の日記やメモを探していたんじゃないんですか？」

「私は、別に……」

「以前、小嶋君の実家であなたと顔を合わせたことがありましたね。確か、会社に残っていた遺品を持ってきたと仰ってましたよね？　私には、それが本当だとは思えない」

「どうして嘘をつく必要がある？」

「小嶋君の父親は、朋明商事を恨んでいました。それはあなたも知っていたはずです。なのにわざわざ家を訪れたのは、どうしても早く探しておかなければならないものがあったからじゃないですか――彼の日記とか」

篠原の顔からすっと血の気が引く。当たりだ、と高峰は確信した。しかしこの件は、これ以上追及できないだろう。篠原が簡単に認めるとは思えない。それにどのみち、この男は日記を――重大な情報が満載された日記とメモを見つけられなかったのだ。

「その件はひとまず置いておきましょう。それで、どうですか？　ＫＯ社とはどんな話をしていたんですか？　教えてもらえないなら、私の方から話しますが」

「君は……」

「あなたも失礼な人だな」高峰は意識的に声を荒らげた。「時間を割いてもらったから丁寧に話したが、私はあなたよりだいぶ年上だ。警察内部の地位もある。朋明商事の部長がどれだけ偉いかは知らないが、私にもそれなりの権力があるんですよ。私一人の判断で、かなりのことができる——例えば今この場で、あなたを逮捕することも可能だ」

篠原の唇が震え始めるのを見て、高峰は声の調子を落とした。

「しかし今のところ、そこまでしようとは考えていません。大事なのは、小嶋君の自殺の動機を知ることです——いや、私は知っている。それをあなたに裏打ちして欲しいだけです」

「それを知ってどうする？」

「自殺なら——動機が分かれば遺族は慰められます。私たちも納得します。あくまで自殺ならば、ですが」

「自殺じゃないのか」篠原が目を見開く。相変わらず敬語を使うつもりはないようだ。「飛び降り自殺だろう？　誰かに突き落とされたとでも言うのか？」

「そこに誰かがいた可能性もありますね。たとえば、あなたとか」

「失礼な！」篠原が叫んだが、その声は一瞬強く吹き抜けた風にかき消された。

「小嶋君が、精神的に追いこまれていたことは分かっています。それには二つの原因があった。一つは、御社とKO社のやり取りの中で、政府の有力者への賄賂が公然と話し合われていたこと。これは、彼の正義感に反する行為でした。小嶋君は『自分の手は汚れてしまった』『こんな会社だとは思わなかった』と日記に書いています。二十二歳の若者には、酷な体験だったでしょうね」

「そんなことがあったかどうかは言えない」

「そうですか……しかし、判断するのはあなたじゃない」高峰は指摘した。「然るべき捜査機関が調べて、然るべき判断を下すでしょう。問題は、捜査の手が迫っているのを、あなたたちが察知したことだ。捜査が始まれば、KO社の商売は頓挫するでしょう。候補から外されるかもしれない。それはしょうがないことではないんですか？」

「そう――ビジネスにリスクはつき物だ」

篠原が偉そうに胸を張った。利益のためなら多少の悪事に手を染めても構わない、と認めたも同然ではないか。これなら、学生運動をやっている連中の方がましだ。彼らもリスク――危険は覚悟している。しかしそうやって追求するのは金ではない。青臭いし、実現可能とも思えないが、「理想」だ。

「つまりあなたたちは、リスクを負ったんですね？　ばれたらどうするか――この話は大事になります。会社全体の責任を問われて、経営危機に陥るかもしれません。その際、一番簡単な逃げ方がある。一人の人間に全ての責任を負わせて、消えてもらうことだ。本人の証言はもう得られなくなるから、真相は闇に埋もれてしまう」

「君は……何が欲しい」

「真相だ」

「金ではないのか？」

馬鹿な――あまりにも馬鹿馬鹿しくて、高峰は言葉を失ってしまった。こいつは、警察官にも賄賂が通じると本気で思っているのだろうか。もちろん、軽微な交通違反のもみ消しなどはある。しかしことは自殺――いや、自殺教唆なのだ。実質的には殺人事件と言っていい。このまま闇に葬るようなことは、絶対に許さない。

「俺に賄賂を渡して、それで黙ると思っているのか？　商売の世界では、全部それで通用するのか？」

「世界共通の言語は英語じゃない――ドルだ」

「ああ、分かった、分かった」高峰は、短くなったセブンスターを篠原の足元に投げつけた。本当は、ズボンの裾に火を点けて、激しいダンスを踊らせてやりたいぐらいだった。「あんたたちの理想なんか、どうでもいいんだよ。俺たちの仕事は単純だ

——法律に違反した人間を見つけたら摘発する」

「私が何かしたというのか」

「ＫＯ社と何をしたかについて、俺には調べる権利はない。法執行機関ってやつは、基本的に縦割りで、自分の管轄外の仕事はできねえことになってるからな。しかし、少しでも自分の庭に入ってきたら全力を尽くす——例えば殺人だ。あるいは今回のような自殺教唆事件だ。自殺教唆というのは、立件が極めて難しい事件でね。相手に『死ね』と迫って、本当に自殺すれば教唆罪が成立するが、その証拠は残りにくい。もしも第三者がその場で聞いていて、証言してもらえば別だが、そんなことはまずあり得ねえからな。ただし、今回はいけると俺は思うね。小嶋君の日記、それにメモに、あんたから追いこまれた記録がちゃんと残ってるんだよ」

「小嶋は勝手に死んだんだ！　俺は関係ない」篠原が叫んだ。

「ああ、そうかい」高峰は軽くいなした。「この件については、これからたっぷり時間をかけて調べさせてもらうぜ。あんたのようなひ弱な人間が、それに耐えられるのかい？　世界を相手に商売してるといっても、取り調べを受けるとなると上手く対応できねえんじゃねえか」

「勝手なことを言うな！」

「勝手かどうかは、取調室でじっくり聞かせてもらってから判断する」

「私を逮捕するつもりか？」篠原の声がかすかに震えた。

「ああ」高峰は首を縦に振った。「話を聴いて容疑が固まったら、その時点で逮捕する。俺たち捜査一課は、慎重に、丁寧に捜査するのさ」

「小嶋は勝手に死んだんだ！」篠原が繰り返し叫んだ。「この一件の責任を取ると言ったんだ！」

「いや、それはあり得ねえな」高峰は即座に否定した。「責任？　入社一年目の若手社員に何の責任が取れる？　小嶋君は、あんたのカバン持ちと通訳をしていただけじゃねえか。これはあれだよ、政治家絡みの事件が起きると、秘書や運転手が自殺するのと同じだ。責任はなくとも、全ての事情を知っている――重要な現場に立ち会った人間が死ねば、捜査は難しくなる。あんたがやろうとしたのは、まさにそれだ。小嶋君を自殺に追いこみ、自分たちが口をつぐんでしまえば、事件にはならないと思ってる。あんた、馬鹿か？　つくづく甘えな。東京地検はそんな間抜けじゃねえし、しっかり証拠が残っている。もう諦めろよ」

高峰はさらに一歩詰め寄った。篠原が一歩引く。いつの間にか雨足は強くなっており、高峰は自分の頭が濡れているのを初めて意識した。

「あんたが小嶋君に自殺を強要したのか？　それとも直接手にかけたのか？」

「違う！」

「違うというなら、それを証明してくれねえかな。俺の読みでは、小嶋君が飛び降りた現場にはあんたもいたと思う。最後の一押し——責任を取って死ねと、しつこく責めたんだろう。あるいは、手を貸したかもしれねえな。躊躇する小嶋君を突き落とした——」

「そんなことはしていない！　あいつが勝手に落ちたんだ！」

「現場を見たような言い方だな」

高峰が冷静に指摘すると、篠原がはっとした表情を浮かべて口をつぐんだ。次の瞬間、踵を返して走り出す。高峰は冨永に「追え！」と叫んだ。

自分も走り出しながら、高峰は完全な失敗を悟った。この場で、ここまで追いこむべきではなかったのだ。激情に任せて言葉を叩きつけてしまったが、本当は任意で警察署に呼び、逃げられない環境を作ってから追及すべきだった。

今まで積み上げてきた刑事としての経験が、音を立てて崩壊する。

公園を出て、すぐに篠原の背中を見つけた。いい歳なのに、結構なスピードで走っている。しかし当然、冨永の方が速い。すぐに追いついて腕を摑んだ。ところが篠原が強引に体を捻ると、冨永は歩道の上に放り出されてしまった。道行く人たちが、難を逃れようとするようにさっと左右に分かれる。何という公徳心のなさだ……追跡を助けるぐらいはしてくれてもいいのに。もっとも自分たちは、警察の旗を掲げて走っているわけではない。

冨永は、歩道の上で綺麗に前転して立ち上がった。勢いを殺さずにそのまま追跡を再開する。しかし先ほどよりも距離は開いてしまっていた。しかも足を痛めたようで、かすかに引きずっている。高峰は冨永を追い抜き、篠原の背中に迫った。

「理事官！」冨永が叫ぶ。

「ついて来い！」叫び返して、さらにスピードを上げる。しかしいつまでも続かない……息が上がり、炎を呑みこんだように気管が熱くなった。足も痛い。空気を求めて肺が悲鳴を上げるようだった。

「篠原！」叫ぶと、さらに息が苦しくなる。こんなことなら、煙草なんかやめておくべきだった。現場を離れて長くなり、やはり体も精神もたるんでしまったのだろう……まったく、情けない限りだ。

「篠原、待て！」もう一度叫んだが、篠原は振り向きもせず、スピードを緩めもしない。

次第に距離が開いてきた。顔に当たる雨が痛い。高峰はすぐに、冨永に追い抜かれた。もう足を引きずっておらず、すぐにも追いつきそうだった。

篠原は雑居ビルに飛びこんだ。高峰もすぐ後に続いたが、そこで見たのは、エレベーターの前で立ち尽くす冨永の姿だった。

「上か！」訊ねるまでもない。上向きの矢印が点滅している。階数を見ると九階……

高峰は嫌な予感を覚えた。

「冨永、行け！」

指示すると、冨永が階段室に駆けこんだ。高峰はまず、電話を探した……あった。ビルの出入り口のところに、赤電話が置いてある。捜査一課にはまだ人がいるし、この辺の所轄から応援を貰ってもいい。しかし、そんなことをしている余裕があるとは思えなかった。すぐに追いつかなければ、篠原は屋上の手すりを乗り越えるだろう。

電話を諦め、高峰はエレベーターのボタンを連打した。自分の足では、階段を駆け上がるよりもエレベーターを待った方が早い。しかしなかなか来ない……もしかしたら、篠原がドアに何か挟んで、動かないようにしたのかもしれない。階段を使うかどうか、判断がつかずに固まっているうちに、ようやくエレベーターが動き出した。ドアが開くと「9」のボタンを押し、「閉」ボタンを続けて叩く。こういう時に限ってなかなか反応しない。ようやく扉が閉まると、高峰はエレベーターの壁に背中を預けた。吐き気がするほど息が荒くなり、二度、三度と空咳をした。

エレベーターは九階までだが、さらに上階へ続く階段がある。十階か……十階から飛び降りて生き延びられる人間はいない。高峰は階段を二段飛ばしで上がった。大きな鉄製の扉を思い切り引き開けると、春とは思えぬ寒風が吹きこんできて、高峰の体を揺らした。

冨永は、屋上の奥へ向かって走っているところだった。声をかける余裕もない。

高峰は屋上に飛び出し、篠原を捜した。

いた。手すりの向こう……こちらを向き、右手で手すりを摑んで辛うじて安定を保っている。冨永が近づいて行ったが、手を出せるわけもなく、手すりの少し手前で凍りついている。

「冨永」

声をかけると、冨永が真っ青な表情で振り返る。

「下がれ」

命じると、ぎくしゃくした動きで冨永がこちらにやって来た。高峰は彼の代わりに前に出て、篠原と対峙した。

篠原の髪が風で乱される。地肌が透けて見えるほどの強風だった。見ると、手すりの外の「縁」の部分は、奥行きが十センチほどしかない。辛うじて両足の爪先が乗っているだけで、手すりを離したら、バランスを崩してすぐに道路へ転落するだろう。そしてその手すりは、高峰と篠原の間を隔てる強固な壁のように見えた。

「篠原さん、こっちへ戻ってくれ」

「ふざけるな!」篠原が怒鳴ったが、その声は風に千切れそうだった。「これは名誉の問題だ！　あんたは俺の名誉を傷つけた！」

「その話なら、これからゆっくり聴く。死んだら何にもならねえぜ。弁明もできねえだろうが」

「弁明することは何もない！」

「篠原さん……あんたが死んでも何も変わらねえよ。重要な情報はこっちの手の内にあるんだ。あんたの代わりに、もっと上の人間が責任を負わされるだけだぞ。それでいいのか？　会社も上司も守れずに、無駄に死ぬのはきつくないか？」

「俺は何もしてないんだ！　命令に従ってやっただけだ」

「分かってる。あんた一人の意図じゃできねえことだろう。その辺のことを詳しく話してくれよ」

「話すつもりはない！」

態度は強硬だ……この状態は、まさに立てこもり犯を説得するようなものだが、残念ながら高峰にはそういう経験がない。自殺志願者を思い止まらせようとしたこともなかった。クソ……五十三歳まで警察官を続けてきても、まだ経験していないことがある。

「とにかく、こっちへ戻って来てくれねえか？　そこは危ない」

「いや、俺は死ぬ」

「馬鹿なことを言うな。あんたにも、言いたいことはあるだろう？　それを言わないまま、死んでいいのか？　本当は誰が悪いのか、それを言わないと絶対に後悔するぞ」

「俺は、会社のために働いただけだ。身を粉にして……家族との時間も犠牲にして……戦後ずっと、朋明商事を世界で通用する商社にしようと頑張ってきた。だけど、会社の仕打ちはこれだ！　俺を切り捨てようとしている！」

「そうなのか？」高峰はにわかに不安になってきた。もしかしたら、自分がこうやって会いに来るより前に、篠原は会社から「切られて」絶望していたのか？　だとしたら、この状況はかなり厳しい。あるいは、和人も同じように感じていたのかもしれない。彼にすれば、篠原こそが「会社」を体現する存在だっただろうが。

「会社を恨んでるなら、一緒にその恨みを晴らそうじゃねえか。あんたの言うことなら、俺たちは真面目に耳を傾ける」

「あんたたちは、日本を破壊しようとしてるんだ！」

「何を……」高峰は口をつぐんだ。こいつはいったい何を言っているんだ？　自分は、犯罪捜査を通じて人を守ってきた、という自負がある。日本が「破壊されないように」頑張ってきたのに、この男は何を言い出すのだ？

「俺たちが日本なんだ」篠原が絞り出すように言った。「日本を立て直したのは俺たち——世界で必死に働いてきた俺たちなんだ。戦後二十五年で日本がこんなに豊かになったのは、俺たちが頑張ったからだろうが。それが間違っているというのか？」

間違っている。今回のＫＯ社の事件は、実は日本に悪い影響を与えるのだ。汚職そのものも犯罪だし、ＫＯ社はリベートとして払った分の金を、次期主力戦闘機の予算に上乗せするかもしれない。その結果、防衛庁は本来よりも高い予算を組むことになる。それは国民の税金から出るもので……回り回って、誰も得をしない。

市川を除いては。

「篠原さん、その辺の話はきちんと聴く。とにかく今は引いてくれ。無駄死にするな」

「ふざけるな！」

篠原が手に力を入れ、体をぐっと手すりに近づけた。生きる気はあるのか……しかし、タイミングが悪かったようだ。手すりを握った右手が滑り、篠原がバランスを崩す。体が半分、宙に浮きかけた。高峰は急いで手すりに駆け寄り、篠原の右手首を摑んだ。しかし篠原は自分ではバランスを取りきれず、その体重が高峰にぐっとかかる。冨永が加勢して手を貸してくれたが、一瞬遅れた。

雨で濡れた篠原の手が滑る。高峰は必死で手を摑み続け、さらに左手も伸ばして何とか安定させようとしたが、篠原の全体重を支えるには、姿勢も場所も悪かった。

篠原の手が滑って離れる。高峰は思わず身を乗り出して両腕を伸ばしたが、届かない——篠原は天を向いたまま、両手両足を広げて大の字になって落ちて行く。高峰は手すりを両手で掴んで下を覗きこんだ。細い路地だが、通行人が——。

「危ない！」と声を張り上げる。「逃げろ！」

気づいた通行人——若い男の二人連れだった——が上を見上げる。二人が驚いて固まってしまったのが見えた。高峰がもう一度「逃げろ！」と叫ぶと、二人は腰から崩れ落ちた。結果的にそれで、篠原の落下地点とわずかなずれが生じる。

二人の目の前で、篠原の体がアスファルトに衝突する。落ちて行く間に回転したのか、うつ伏せの状態で……鈍い音が、少し遅れて屋上まで届いた。若い男二人は、目の前に人が落ちて来た驚きで、完全に動けなくなってしまったようだった。腰が抜けたかもしれない。

「理事官！」冨永が駆け寄り、手すりをきつく掴んで下を見下ろす。「ああ……」と力の抜けた声しか出てこなかった。

「すまんが、下で確認してくれねえか」

「分かりました」若いとはいえ、さすが刑事というべきか、冨永が敏感に反応した。駆け出し、鉄製の扉の向こうに消える。

高峰は動けなかった。手すりを握ったまま、下を見下ろし続ける。次第に自分が高い場所にいる実感が失われ、篠原の遺体がすぐ近くにあるように感じられた。そこに雨が強く降り注ぐ……。

早くも野次馬が集まって来て、悲鳴が上がり始めた。冨永が割りこみ、遺体の傍らにしゃがみこむ。しばらくそのまま同じ姿勢を保っていたが、やがて上空を見上げると、高峰に向かって、右腕と左腕を交差させてみせた。

駄目か……。

篠原さん、会社っていうのは、自分の命を賭けてまでも守らなくちゃいけないものなのか？　そんなものに命を捧げて、いったい誰が幸せになるんだ？　家族は悲しみ、会社には疑いの目が向けられて、むしろマイナスじゃないか。それともあんたは、責任を逃れたかっただけなのか？

確かにもう、篠原を追及することはできないわけだ。

雨はさらに激しく降り注ぎ、篠原の背中を濡らしている。しかしその雨も、彼の罪を浄化することはあるまい。

そして俺の罪も。あの男を死に追いやったのは俺なのだ。

刑事人生で最悪の失敗だ。それでも高峰は、辛うじて刑事としての仕事を続けた。消防と所轄に連絡し、さらに捜査一課にも電話を入れる。現場はすぐに封鎖され、警察官で溢れ返った。

あくまで自殺としての処理だが、今回は特殊だ。捜査一課長の佐々木が臨場したのもその証拠である。普通、自殺で捜査一課長が現場に来ることはない。

「高峰理事官、これはまずいんじゃないか」佐々木が心配そうな表情で訊ねる。

「分かっています。私の失敗です」

「実は、地検から確認の電話が入ってきた」

「もう、ですか?」高峰は目を見開いた。まるで、自分の行動が筒抜けになっているようではないか——もしかしたら、本当にそうなのかもしれない。地検の事務官、あるいは手伝っている捜査二課の刑事がずっと篠原を尾行していて、彼が墜落する瞬間も見ていた可能性がある。

「どう説明する? そもそも俺も、事情が全部分かっているわけじゃない。これは、この前の自殺の関連なんだな?」

「ええ」

「まず、情報を共有しておこう。そうしないと、こちらも地検に対してはっきり説明できない」

「分かっている範囲で話します」

二人は、近くに停まっていた捜査一課長の専用車に乗りこんだ。雨が屋根を叩く音が、やけに大きく聞こえる。アスファルトが白く見えるほどで、高峰はコートを通して背広までずぶ濡れになってしまっていることに改めて気づいた。冷たさで震えがきたが、それでも何とか説明を続ける。

「それはまずい――非常にまずい」佐々木の声は深刻だった。「地検の忠告を無視した形になるじゃないか」

「結果的にそうなりました。しかし、地検の捜査を待っていたら、いつまで経っても自殺の状況は明らかになりません」

「この場合、どう考えても自殺よりも地検の捜査の方が重要だぞ」

「汚職事件の捜査が、一人の人間の命より重いって言うんですか？」高峰は思わず反論した。

「その命は――汚職のせいで失われたんだ。捜査の秘密が守られていれば、二人も人が死ぬことはなかった。それに今回は、追及の仕方に問題があった」

「それは私の失敗です」高峰はもう一度認めた。個人を守ると常々言っていながら、守れなかった――守れなかったどころか、篠原を追い詰めて殺してしまったのは自分だ。この件が、自分の中で長く尾を引くのは間違いない。

「捜査に致命傷を与えたのは高峰理事官、あなたですよ」

佐々木の言葉は、一種の死刑宣告だった。そう……今では想像がついている。篠原たちは、捜査の手が迫っていることに気づき、様々な対策を取っていただろう。会社として、証拠になりそうな書類などは処分しただろうし、さらに和人を死に追いやって「人柱」にした。仮に特捜部に調べられることになっても、「肝心の情報を知っている人間は死んだ」「責任を感じたかららしい」と言い訳すれば、会社全体の責任は逃れられるとでも考えたのだろう。

浅薄な考え方だが、それだけ朋明商事が追いこまれていたのかもしれない。アメリカ側が絡むことだし、国内を舞台にした汚職事件よりも対応は難しかったのではないだろうか。もちろん、特捜部の捜査も困難を極めることになる。

「この件は、潰れるかもしれん」高峰が懸念していたことを、佐々木がそのまま口にした。

「地検は立件できない、ということですか」

「肝心の——贈賄の中心にいた人間が二人死んだことになる。他に関係者は誰だ？　賄賂を最終的に受け取った市川、その秘書、あるいはKO社の幹部……そういう連中が素直に喋ると思うか？　外堀を埋める作戦が失敗したんだから、捜査は極めて難しくなる。特にアメリカ——KO社に対する捜査は不可能ではないか」

「それは、我々が関知することではありません」高峰は言い切った。

「高峰理事官……」佐々木が溜息をついた。「地検が何を言ってくるか、分からんぞ」

「私を逮捕するとでも？　容疑は何ですか」

高峰は、崩れそうな心を立て直すために開き直った。佐々木が黙りこむ。実際には、容疑など何とでもなる。捜査を妨害したのだから、それこそ公務執行妨害を適用するのは理に適（かな）っているわけだ。

だから何だ？

自分は一人の若者の自殺について調べた。父親である小嶋との友情を考えたこともあるが、何より将来ある年齢の若者の自殺がどうしても引っかかっていたからだ。

動機はほぼ分かったと言っていい。あとは小嶋に話して納得してもらう――いや、そういう風には終わらないと気づいて愕然（がくぜん）とした。

小嶋は『東日ウィークリー』の編集長である。あの雑誌は、時には硬派な特ダネを飛ばして世間を驚かせる。アメリカの航空機メーカーが絡んだ政界汚職となれば……飛びつかないわけがない。小嶋にとっては、和人の弔（とむら）い合戦にもなるだろう。そして、系列の東日新聞にこの情報が流れれば、千載一遇のチャンスで総力戦を挑んでくるはずだ。

そんなことになったら、本当に捜査は潰れてしまう。特捜部の方で、然るべきタイミングまで書かないように頭を下げるかもしれないが、マスコミ側がそれに従うかどうかは分からない。

かといって、和人の自殺の真相を小嶋に知らせない訳にもいかない。

こういう時、相談できる相手は一人しかいない。

海老沢。

おそらく今夜は遅くなる。下手をすると、監察から事情聴取を受けて、家へ帰れないかもしれない。しかしどんなに遅くなっても、海老沢と話そうと思った。あいつなら答えを教えてくれる――そうでなくても、冷静に考えられるように、自分の焦りや興奮を抑えてくれるはずだ。

やはり自分には、海老沢という存在が必要なのだ。

11

高峰が長い話を終えた時、海老沢は顔から血の気が引き、吐き気を感じたほどだった。

地検特捜部の捜査は失敗する――肝心の証人を二人失ってしまったのだから、真相解明は不可能だろう。その原因は高峰の暴走だ。海老沢は佐橋から二度も忠告を受けたのに、結局高峰を止めなかった。止められなかった。この件が佐橋の耳に入ったら、激怒されるだけでは済まないだろう。検察と警察の戦いが始まるかもしれない。

佐橋を訪ねて土下座すべきだろうか、とさえ考えた。

「俺は謝らねえからな」海老沢の心配を察したように、高峰が強気で宣言した。

「佐橋さんは本気で怒るぞ。頭を下げるぐらいなら、ただじゃないか」

「捜査の対象になっているという情報が朋明商事側に漏れたのは、そもそも特捜部のヘマなんだよ。捜査が潰れてもしょうがねえ」

「それは、開き直り過ぎだ」海老沢は溜息をついた。

「分かってる。ただ、残念ではあるな。市川がどんな反応を示すか、見てみたかった。あの人の手が後ろに回ったら、どうなるかね」

「それを見ることはないだろうな」

「……で？」

「で、とは？」短い一言に、海老沢は挑発的な臭いを感じ取った。

「お前、市川に対して怒りを覚えないのか？　かつての直属の上司だろう？　それが、賄賂をもらうような人間に成り下がったわけだろうが」

「ああ」

「お前だって、話を聴きたいって言ってたじゃねえか。先輩を訪ねるという名目でどうだ」

「お前と一緒にか？」

「冗談じゃねえ」高峰が吐き捨てる。「俺は、腐った政治家なんかに会いたくねえよ。こっちまで腐っちまう」

「そうか……」

「もしも市川に会いに行って、それが特捜部に知れたら、それこそ逮捕されるかもしれねえしな」

「今の特捜部だったら——怒り狂っているから、可能性は否定できない」海老沢は喉が渇くのを感じた。

「まあ、今のは聞かなかったことにしてくれ」高峰が軽い口調で言った。「小嶋にどう話すかは、後で相談しよう」

「ああ」

電話を切り、海老沢は一度、三度と肩を上下させた。唐突に怒りがこみ上げてくる。この件は全て、市川から始まったようなものではないか。あの男にまともな倫理観はないのか——政治家になると、人から賄賂を受け取るのを当然だと思うようになるのだろうか。

おそらくこの件は、立件できない。高峰が言う通り、その責任の多くは、自分たちにではなく、特捜部にあると言っていい。情報管理がしっかりしていないから、朋明商事側に捜査の情報が流れてしまったのだ。いや、もしかしたら捜査を手伝っていた捜査二課から漏れた可能性もある。人の仕事を手伝っているだけの気楽な立場だったら、つい口が軽くなることもあるだろう。

海老沢は腕組みしたまま、受話器を置いたばかりの電話機を見つめた。今にも呼び出し音が鳴って、誰かが答えを教えてくれるのではないか……そんなことはあり得ない。心の中で否定した瞬間に電話が鳴り、びくりとした。反射的に壁の時計を見上げると、午後五時。山崎が、赤軍派に関する情報でも仕入れたのだろうか。受話器を取り上げると、また高峰だった。先ほどよりも声が暗い上に、かすれている。

「おい——この事件は、もう絶対に立件不可能だ」突然宣言した。

「何かあったのか？」

「たった今、情報が入ってきたんだ。市川の秘書の高森という男が、遺体で見つかった」

「どういうことだ」海老沢は受話器をきつく握り締めた。

「自殺のようだ。奥多摩の林道に自分の車を停めて、車内に排ガスを引きこんで死んでいた。遺体は今日の午前中に見つかっていたんだが、身元の確認に手間どって、こっちへの報告が遅れたらしい」

「責任を感じて、ということか……」

「違うな。証拠隠滅だよ。市川に義理立てしたんだ」高峰が吐き捨てた。「遺書が残されていた」

「内容は？」

「この度の事件は全て私の責任です、とな。KO社から金を受け取ったのは自分で、市川には一銭も渡っていないとも書いてあった。覚えてるか？　和人君のメモにも、『T』のイニシャルがあった——高森のイニシャルは『T』だ」

「クソ、そんな馬鹿な話があるか！」海老沢は思わず叫んでいた。

「死人に口なしだぜ」高峰は冷静だった——いや、既に大事な何かを諦めたような口調だった。

汚職が発覚する——しそうになる度に繰り返される、関係者の自殺。そうやって事件の隠蔽を図るのだろうが、一体彼らは誰のために、そして何のために死ぬのだろう。命を賭してまで守らねばならないほど、政治家というのは大事な存在なのか？

電話を切った時、海老沢の怒りは頂点に達していた。やるべきことは一つしかない。普段の海老沢だったら絶対に考えないこと——警察の仕事の枠から外れることにした。

政治家には「金帰月来」という行動パターンがある。国会開会中は、金曜の夜に地元に戻り、土日を支援者への挨拶回りや集会に費やして、月曜の朝に東京へ戻って来る——それぐらい地元とのつき合いを大事にしないと、選挙では勝てない、ということだ。毎週そんなことを繰り返していたら、肉体的にも精神的にもすり減ってしまうだろう。しかし東京選出の国会議員の場合、そういう手間はかからない。支援者に会うのは、平日でもできるのだ。

今日は土曜日——市川は平日と変わらぬ夜を過ごしているだろう。誰かと会っている可能性もあるが、自宅には戻るはずだ。

午後七時、海老沢は池袋にある市川の自宅に到着した。池袋と言っても、実際には目白との中間地点という感じで、繁華街の喧騒とは縁のない静かな住宅地だった。相当立派な家……周囲はコンクリート製の塀に囲まれた洋風建築で、鉄製の黒い門扉は閉ざされている。門扉の上部には、さほど尖ってこそいないものの金属製の矢尻がついており、簡単には乗り越えられないようになっている。それほど古い家ではない——市川が警察を退職後に建てた家かもしれない。

門扉の横の壁についたブザーを押すかどうか、迷った。これだけ大きい家だから、家族だけではなく秘書や書生も住んでいるだろう。本人がいなかった場合、誰が対応するか分からない。強面の秘書でも出てきたら、厄介なことになりそうだ。

海老沢はしばらく待つことにした。夜は支援者や他の政治家との会合があるだろうから、それほど早くは帰って来ない気がする。例えば――そう、取り敢えず九時まで待とう。それぐらいの時刻なら、人の家を訪ねるのにまだ失礼ではあるまい。となると、ここでずっと立っているのはかえってまずい。小糠雨が降っているから人通りは少ないのだが、近所の家からは丸見えになってしまう。政治家の自宅前でずっと佇んでいる人間がいたら、怪しまれて通報される恐れもある。どこかで時間を潰してから出直すか……こんなことなら、家でしっかり夕飯を食べてから来ればよかった。気持ちが急いて飛び出してきてしまったのだが、完全に冷静さを欠いていたと思う。

しっかりしろ、よく考えろと自分に言い聞かせる。

とにかくどこかで夕飯を済ませて、それから改めて乗りこもう。確か、ここから豊島中央署までは歩いて五分ほど……あの辺なら、簡単に食事が摂れる場所もあるだろう。池袋駅近くまで足を運ぶ気分ではなかった。最近、人の多い場所に行くと疲れてしまう。

「よう」

声をかけられ、どきりとして顔を上げる。高峰だった。しっかりレインコートを着こんで、大きな傘を頭上で開いている。

「お前、ずいぶん装備が貧弱だな」

高峰がからかう。確かに……海老沢は、体の大部分がはみ出してしまうような折り畳み傘だけが頼りだった。

「お前も市川に会いに来たのか」海老沢は訊ねた。

「まあな」高峰が耳を掻いた。「というより、お前が来てるかどうか、気になってな」

「僕を監視してるのか？」

「まさか」高峰が笑った。「市川って人は、俺には直接関係ねえし、面識もねえ。言ってみれば、どうでもいい人だ。だけどお前には、多少なりとも因縁がある相手……そういう人に対して、お前がどう出るかと思ってな」

「そんなことしてる暇、あるのか？　奥多摩に行かなくていいのか」

「所轄からの報告は受けた。今のところ、自殺と判断している」

「誰かに強制されたかもしれないぞ——和人君みたいに」

高峰の頰が引き攣る。しかし、その緊張を逃すように、ゆっくりと首を横に振った。海老沢の顔を見据えた時には、もう表情は普通に戻っていた。

「とにかく、この自殺に関しては、俺にできることは何もねえよ」

「そうか……」海老沢はふいに、肩に強い緊張を感じた。

「で？　市川はいたのか？」高峰が話題を変えた。

「まだ確認していない。今家にいないと、後がやりにくくなるから、ちょっと飯を食って時間を潰してからにしようと思う」

「おう。じゃあ、俺もつき合うとするか」高峰の頬が緩んだ。

「何だよ、その顔は」

「お前と飯を食うのは、十八年ぶりだな」

「そうか……」こんな風に一緒に食事をする日がまた来るとは、海老沢も思ってもいなかった。

高峰が、近くで安くて美味い店を知っているというので——管理官時代に、豊島中央署の特捜本部に一ヵ月以上詰めていたという——食事をする場所は彼に任せた。駅に近づくに連れ、人が多くなる。土曜の夜ということもあり、一週間の垢を酒で洗い流そうとする人たちで街は賑わっているのだ。やはり酔っ払いの集団は鬱陶しい。

「池袋には、まだ闇市の雰囲気が残ってるな」

「そうだな」海老沢は素直に同意した。「でも、それは渋谷も新宿も同じだ」高峰は言った。

「こういうのも、そのうち消えてなくなるんだろうな。まあ、闇市なんか、さっさと忘れてえよ。思い出す度に、惨めな気持ちになるんだ」

「そうか……」

「お前は、そういうことはねえか？」

「そういう時代もあった、という感じかな」

「相変わらず熱がねえなあ」

そういうわけでもない……しかし海老沢は、反論しなかった。その熱の違い――正義に対する感覚の違いは、未だにはっきりしているはずだ。

高峰は池袋の街をよく知っているようで、何軒かの店を気軽に覗いて様子を探った。お気に召す店がなかなか見つからないようで、歩数だけが増えていく……際どい話をしても、他人の目を気にせずに済むような店が目当てなのだろう。四軒目でようやく納得したようで、暖簾を撥ね上げたまま戸を大きく開いた。ごく普通の定食屋……しかし店内に客はいなかった。午後七時過ぎというのは、定食屋が一番混みそうな時間帯だが。

「ここは普段、学生が多い店なんだ」高峰が説明した。「平日の夜は入れないぐらいなんだが、今日は土曜日だからな」

「なるほど」

二人は店の一番奥の四人がけの席に陣取った。壁のメニューを眺め渡す。何でもある……焼き魚の定食から揚げ物、オムライスなどの洋食まで。高峰が迷わずトンカツ定食を頼んだので、海老沢はげんなりしてしまった。この男は昼間、目の前で人に死なれたのだ。いくら捜査一課の猛者とはいえ、平然とトンカツ定食を食べられる神経が理解できない。

海老沢はサバ味噌煮定食にした。少し味が濃いものが欲しいが、肉は遠慮したい――こういう時にはぴったりの食べ物だ。

「何だよ、景気が悪いな」注文を終えると、高峰がからかうように言った。

「そんなに食欲がないからな」

「神経が細(こま)けえなあ」

「お前の図々しさこそ、僕には理解できない」

「何があっても――誰かが死んでも飯は食うんだよ。落ちこんでいても何も始まらねえ」

無理している、と海老沢には分かった。目の前で人に死なれて、まともな精神状態でいられるわけがない。この男は、食事を通じて自分を鼓舞しているのだ。

「だいたい最近は、トンカツなんて滅多に食えねえんだ」

「どうして」

「脂っこいものを食うなって、女房が煩(うるせ)えんだよ」

「相変わらず、節子さんには頭が上がらないんだな」高峰夫妻は、空襲の時に、たまたま一緒に防空壕に避難して知り合った。ある意味、命の危機を共に切り抜けてきた間柄である。結婚してからは病気がちの両親の世話をすっかり任せていたせいもあり、高峰は基本的には言いなりだ。

「しょうがねえよ。体第一だ……最近、かなり太ってきたしな」高峰が腹を撫でた。

「今日も、昼間ろくに走れなかったんだ。情けねえ限りだぜ」

「そもそも現場に出る年齢でもないだろう」

「一課では、どんな肩書きでも、何かあれば必ず臨場する——辞める日まで、そういうことが続くだろうな」

海老沢はうなずいた。外での仕事が好きな高峰に対して、自分が得意なのは、やはりデスクワークだ。そもそも検閲係として警察官人生を始めたのだし……戦後は、外で捜査をすることも増えたが。

高峰は旺盛な食欲を発揮し、トンカツ定食を勢いよく食べ始めた。とても五十を過ぎた男とは思えない。食べるスピードも速く、まるで一日外回りで疲れ切った若手の刑事が、手っ取り早くエネルギーを補給しようとしているようだった。一方海老沢は、サバ味噌煮を持て余していた。味は上々——味噌味がそれほどしつこくなく、サバの脂を強く感じられるいい味噌煮だったが、その脂がかえって邪魔になる。本当は野菜の煮物ぐらいでよかったのだと、食べ進めながら後悔した。

それでも何とか食べ終え、ほっと一息つく。これから緊張する対決が待っていると考えると、腹八分目、あるいは七分目ぐらいに抑えておくべきだったが。

「この件についてどう考えればいいのか、俺にはまだ分からねえ」高峰が打ち明けた。楊枝(ようじ)に手を伸ばしかけて引っこめ、代わりに煙草をくわえる。急いで火を点け、顔を背(そむ)けて煙を吐き出した。

「僕にも分からないな。頭の中で処理できない」

「これは……俺の正義ともお前の正義とも違うんじゃねえか」

「ああ。第三の正義というわけでもないと思うけど……正直、僕は迷っている。僕が守ろうとしてきたものは腐っていたんだ。守る価値があるかどうか、今は分からない」

「全部が全部、腐ってるわけじゃねえだろう。ごく一部の悪いところを見ただけで、絶望する必要はないんじゃねえか?」

「一人が腐ると全員が腐る……戦前の政治だってそうだったじゃないか」

「あれはもっと特殊だろう。政治家が情けなかったせいもあるけど、基本的には軍部の暴走だぜ?」

「その頃の政治家と今の政治家……今の方がましだと思うか?」

高峰が腕組みをして黙りこんだ。煙草の煙がゆっくりと立ち上り、灯りの下で渦巻く。海老沢は目を閉じたまま、自分の問いに自分で答えた。

「政治家は今も昔もロクなものじゃない。あの人が元々悪いのか、あるいは周りに染まって悪くなったのかは分からない。金のことだって、あの人が自分から要求したのか、周りの人間が気を利かせてそうなるようにしたのか、ＫＯ社が勝手に気を遣ったのか……真相は闇の中だ。だけど、あの人が金を受け取ったのは間違いない」

「公式には、受け取らなかったことになると思うぜ」高峰が皮肉に言った。「肝心の秘書が、『自分がやりました』と書き残して死んじまったんだから。たぶんこれから、特捜部はうちに接触してくるだろうな。連中も自殺の動機を調べなくちゃいけねえからな」

「ああ。しかし……お前、どうしてそんなに元気なんだ？」

「俺が元気？」高峰が目を見開く。「元気じゃねえよ。そんな風に見えるか？」

「ああ」

「お前は昔から、あれこれ考え過ぎなんだよ」高峰が唇の端を持ち上げるようにして笑った。

「確かに」海老沢はうなずいて認めた。「今回もいろいろ考えた。和人君の関係で、若い人と会う機会が多かったんだが……僕のような仕事をしていても、最近の学生たちと直接話す機会はあまりない」

「お前らにとって、学生――若い連中は敵だからな」高峰が皮肉を飛ばす。「戦争の最中に敵と話し合うなんて、間抜けだぜ」

「これは戦争じゃないけどな……なあ、僕は、この十年の大衆運動は、実は大したものじゃなかったと思う」

「そんなこと、ねえだろう」高峰が驚いた様子で反論した。「六〇年安保の時の国会周辺は滅茶苦茶だった。最近の大規模なデモや事件を見ても、日本は内戦状態と言っていいんじゃねえか？」

「いや……」海老沢は、最近会った若者たちの顔を次々に思い浮かべた。「学生運動にどれだけ熱中していても、卒業するとあっという間に熱は冷めてしまう。そして、どうやって金儲けをして、日本を今以上に豊かな国にするか、真剣に考えるようになるんだ。僕は、最近の若者は基本的に真面目なんだと思う。学生運動は、その真面目さがおかしな方向へ向いてしまった結果なんだろう。学生運動を必死にやるのも、それと正反対みたいなモーレツ社員になるのも、彼らにすればあまり差はないのかもしれない。ほんの少し、意識がずれているだけで」

「ああ……確かにな」思い当たる節があるのか、高峰が深くうなずいた。

「それはそれでいいと思う。運動を卒業して、日本を豊かにするために働こうとするのは悪くないだろう。いずれ彼らの頑張りは、僕たちの豊かな老後に跳ね返ってくるんだし」

「何というかねえ……お前の立場からは、そういうことは発言すべきじゃねえと思うが」

「ここは仕事の場じゃない。とにかく、個人的にはそう思う。とにかく……政治の季節は終わりだ」

「政治の季節？」

「ああ。終戦直後から十年前ぐらいまでは、大衆運動はほぼ同じ方向を向いていた。あの勢いがそのまま続いていたら、政治は今より不安定になっていたかもしれない。最悪、日本は本当に共産主義国家になっていたかもしれない。でも、運動は一枚岩にはならなかった。それは当たり前で……どんな社会運動も、時間が経つに連れて主義主張の違いが出てきて、四分五裂の状態になるのさ。日本の大衆運動も同じ道を辿った。これからは、経済の時代がくるだろうな」先日助けた大学生、畑本の受け売りだと思いながら海老沢は一気に喋った。

「若いうちから真面目に働いて、金儲けを考える時代か」

「ああ」

「だけど、更生できない連中もいるじゃねえか。そういう奴らはどうなる？」

「分からん。もっと過激な運動に走るかもしれないが、正直言って、僕はそれほど脅威には感じていない。少人数で動き回られると動きを追うのは難しくなるけど、こちらは基本的に戦力では向こうを圧倒しているからな。この十年で、公安部と警備部の人数が膨れ上がった結果だよ」

「ああ」

「抑えきれる。僕はまったく心配していない。そして正直、僕たちの仕事は、今後は萎(しぼ)んでいくと思う。十年後……とは言わないけど、二十年後には組織として存在していないかもしれない」

「それはねえよ」高峰がせせら笑った。「役所ってのは、一度摑んだ利権は絶対に離さねえもんだ。一つの組織を潰す時は、新しく別の組織を作る。人がそちらに移動するだけで、全体の人数は減らねえのさ。そうしないと、来年の予算が取れねえからな」

「お前はそんなことまで考えているのか？」

「まさか」高峰がにやりと笑った。「俺は、金の計算が一番苦手なんだ。受け売りだよ、受け売り」

「そうか」海老沢はちらりと壁の時計を見た。午後八時。「九時」と決めていたが、そろそろ動き出してもいいだろう。「行かないか？」

「そうするか」高峰が背広の内ポケットから財布を取り出した。「しかし、ここはやっぱり安いな。いかにも学生街の店だ」

「味はそこそこだったけどな」海老沢は店の人に聞かれぬよう、小声でつけ加えた。

「そこは文句を言うなよ。俺たちだって、小遣いは限られてるんだから。金を稼ぎたければ政治家にでもなればいい。黙っていても、誰かが賄賂を贈ってくれるよ」

それはまったく冗談になっていない。

12

どうやって切り出すか……高峰と食事しながら話すうちに、海老沢はどうにも落ち着かなくなっていた。そもそも自分は何をしたいのだろう？　市川を追い詰め、ＫＯ社との関係を認めさせたいのか？　そんなことをすれば、特捜部の捜査を完全に邪魔することになるのに？

謝らせたいのか？「政治家としてあんなことをして申し訳ない」と言わせたい？　しかし、どんな状況になっても、市川が自分に向かって頭を下げるとは思えなかった。

とりあえず、市川がどんな反応を示すか、見てみたいだけなのかもしれない。向こうの出方によっては、怒りを抑えられなくなるかもしれないが。

食事を終えて市川の家に向かう道すがら、高峰は何も言わなかった。彼にすればどうでもいい話なのかもしれない。何かあったら海老沢を抑えよう、上手くいったら市川がどんな反応を示すかを見たい、という程度の気持ちではないか。ある意味無責任、単なる野次馬だが、彼自身、この件に自分をどうかかわらせていくか、決めかねているようだ。

家の前に来ると、高峰が「でけえ家だな」と嘆息を漏らした。

「ああ」

「こういうのを見ると、政治家はやっぱり儲かる商売かと思っちまうね」

「警備の問題もあるから、大きな家の方がいいのかもしれない」

「まあな。しかし、何となく気に食わねえな。貧乏人の僻みかね」

お前が「貧乏人」などと言ったらバチが当たる……高峰は、実はそこそこ裕福な家庭に育ったのだ。大人になってから分かったのだが、母親の実家が資産家で、昔から様々な援助を受けていたらしい。最初にそうかもしれないと思ったのは、自分と高峰が同時に警察官になった時で、高峰の父親は記念にと、当時は高級品だった腕時計を贈ってくれた。戦時中に家を焼かれた後も、しばらくは知り合いの家を転々としていたのだが、終戦後はすぐに恵比寿に大きな家を見つけて引っ越している。

「行くか?」

「ああ」

海老沢が一歩を踏み出した瞬間、右側から一台の車が走ってきた。見たことのない巨大な車……アメリカ車かもしれない。実際、運転手は左側にいた。

車は市川の家の前で停まり、すぐに助手席から若者が飛び出して来た。後部座席右側のドアを丁寧に開けると、市川がゆっくりと外へ出る。若者が傘をさしかけていないことに腹を立て、「まだ雨が降ってるじゃないか！」と低い声で叱責した。昔はあんな風に威張る人じゃなかったんだけどな、と海老沢は嫌な気分になった。元々そういう人だったのか、政治家になって傲慢な性格が出てきたのか。

一度ドアが閉まった。若者が慌てて助手席に戻り、傘を出してくる。傘を開くと、もう一度後部座席のドアを開けた。

「嫌な感じだな」高峰が吐き捨てる。

「そうだな」応じながら、海老沢は歩き出した。「行くぞ」

狭い道路を渡って、市川の車のリアバンパーの後ろに立つ。まず、どう呼びかけるか——どう呼んでも不自然な気がして、結局「市川さん」と声をかけた。若者——秘書だろう——が傘を少しだけ斜めに上げ、こちらを見る。市川も海老沢を一瞥したが、特に何の反応も示さなかった。

それがおかしい。

顔も知らない人間が、自宅前でいきなり声をかけてきたら、不審に思って不機嫌、あるいは怒りの表情を浮かべるだろう。知り合いだと分かれば、もっと柔らかい顔になるはずだ。しかし市川は、見ているようで見ていない——まるで海老沢が透明な存在のようだ。

「市川さん——以前、警視庁の公安一課でお世話になりました。海老沢です」

「海老沢理事官」

市川がぽつりと言った。覚えている——現在の自分の立場も把握しているのかと、海老沢は警戒した。自分が今何をしているか知っているということは……KO社と朋明商事の事件にも首を突っこんでいると分かっているだろう。

「ご無沙汰しております」

海老沢は素直に、深く頭を下げた。礼儀正しくやるのはここまで、という覚悟もある。顔を上げ、まじまじと市川の姿を見やる。手足が長いひょろりとした体型は昔通りだが、尖っていた顎は丸くなり、全体に少し肉づきがよくなっている。そしてやはり、老けた感じは否めない。

「私に何か用か？」

「お話ししたいことがあります」

「そうか……乗りたまえ」

車に？　予想もしていなかった誘いに、海老沢はかすかに動転した。このまま連れ去られたら——高峰が何とかしてくれるだろう。背中を任せて、自分は話に集中しようと決めた。

市川は、ドアを押さえていた青年に「先に家に入っていろ」と告げた。青年が心配そうな表情を浮かべたが、市川は「さっさと行け」と低い声で命じた。すぐに運転席のドアも開き、中年の運転手が顔を出す。困惑の表情を浮かべていたが、青年と連れ立って家に入って行った。

市川は自分でドアを押さえ、海老沢に「早く中に入れ」と命じた。海老沢がその場で固まっていると、「心配するな。運転手がいないんだから、車は走らない」と馬鹿にするように言って、後部座席に滑りこんでしまった。

「俺も一緒に行こうか？」高峰がすっと近づいて来て言った。

「いや──二人一緒だと、向こうも警戒するだろう」

「じゃあ、その辺で見てる。やばいことがあったらすぐに合図しろよ」

車の中から合図しても助けてもらえるとは思えないのだが……海老沢は素直にうなずいた。後部座席左側のドアを開いて、車内に入る。予想通り、左ハンドルのアメリカ車だった。運転席を少し下げているので、後部座席は左側の方が少し足元が窮屈になっている。

「あの男は一課の高峰理事官か」

「ええ」

「警視庁のエース二人が揃い踏みか。彼も車に入ればいいだろう。濡れるぞ」

「外で警戒しているそうです」

「何を？」

「あなたが何かしでかすんじゃないかと心配しています」

市川が乾いた笑い声を上げた。馬鹿にされたように感じたが、昔からこういう感じの人……部下に対してはユーモアの欠片(かけら)もなく接する人だった。海老沢の記憶には、「冷たい」という印象しか残っていない。

「それで……私に何の用だ？」

「秘書の高森さんが亡くなったのに、会合ですか」

車に乗った途端、海老沢は車内に漂うかすかなアルコール臭に気づいた。

「日常は続くんだ……私には、やらねばならないことがたくさんあるのでね」

「金儲けの相談ですか？」

「私は財界人ではない」市川は平然としていた。「君が何を想像しているかは、見当がつくが」

「高森さんは、ＫＯ社から金を受け取ったことを認めて自殺したそうですね」

「そのように聞いている」

「その金はどうしたんですか？　あなたの口座に入って政治資金になったんですか？　それとも自宅の押入れで眠っているんですか？」

「私はそんな金は受け取っていない」

「特捜部に事情聴取されても、そう言い切れますか」

「事実は一つだ」市川の声にはまったく揺らぎがなかった。「どう聴かれても、答えは常に同じだ」

「朋明商事との関係は長いんですか？」

「関係などない」市川があっさり否定した。「社長と面識はあるが、それだけのことだ」

「朋明商事は、ＫＯ社の日本での代理店です。ＫＯ社が、航空自衛隊の次期主力戦闘機を売りこむ際に、様々な活動をしています」

「そうか」

「戦闘機の売買には巨額の金が動きます。取り引きを確実にするためには、有力な政治家の仲介が必要――ＫＯ社にとってはあなたの存在が極めて大事だったようですね」

「私をずいぶん過大評価してくれるんだな」

「市川さんは、昔から権力志向が強かったんですか？」

「権力？　考えたこともない」

「代議士なのに？」

「単なる仕事だ」

市川が煙草を取り出して火を点ける。ハイライト——今、一番人気の煙草ではないだろうか。アメリカ車は大きいとはいえ、車内はすぐに白く染まる。海老沢は窓を細く開けた。雨の湿気の混じった空気が車内に入りこみ、代わりに白煙が外へ逃げていく。

「ＫＯ社や朋明商事との接触はなかったんですか？」

「ない」短く強い否定。

「この件に関連して、死者が二人出ています。ＫＯ社との交渉窓口になっていた担当部長、それにその部下の若い社員です。二人とも自殺しました」

「そうか。残念だな」

「それだけですか？」海老沢は思わず声を荒らげた。「高森さんも含めれば、三人も自殺しているんですよ？　三人とも、あなたを守るために命を落としたんじゃないんですか」

「戦国時代じゃあるまいし、そんなことがあるわけがない」

「政治家の汚職事件に関しては、今までも何人もの関係者が亡くなっているでしょう。証拠隠滅、口封じのためでしょう。しかし今回は、そう上手くはいきませんよ。特捜部は必ず、あなたの罪を暴きます」

「君は、特捜部とも通じているのかね」

「いいえ」佐橋の顔が思い浮かんだが、海老沢は否定した。「いろいろ事情がありまして、この件に首を突っこんでいるだけです」

「自殺した若い社員というのは、『東日ウィークリー』の編集長の息子だそうだな。若い身空で可哀想なことをした」

海老沢は、かすかに恐怖が滲み出すのを意識した。そこまで知っているとは……自分たちの行動も筒抜けになっているかもしれない。

「その編集長は、君の幼馴染だと聞いている。しかし、よろしくはないな。警察官がマスコミ関係者と親しくつき合うのは、機密保持の観点からも勧められない」

「つき合っているわけではありません」どうして自分が追及されるのかと訝りながら、海老沢は否定した。

「そうか。まあ、私には関係ないことだ。それで、君はどうしたい？　この場で私を追及して、何か喋らせるつもりか？　君が知りたいこと――KO社から私に金が渡っていたかどうかについては、改めて否定する。誰がどう調べても、私に金が渡った証拠はない」

「証拠隠滅したんですか？」

「金が動いていないのに、証拠隠滅もないだろう」

現金は当然、手渡しだったのだろう。状況を知るのは、その場に立ち会った人間だけ。彼らが口をつぐんでしまえば、真相は決して表に出ない。そして話すべき人間――特捜部が供述を期待していた人間は死んだ。和人、篠原、高森。先ほど市川に傘をさしかけた若い秘書も、いずれ自ら命を絶つことになるかもしれない。

そして、市川だけが無傷で残る。

「君は、私に一体何を期待しているのかね」市川が嘲るように言った。「清廉潔白な政治か？」

「そうです。政治家は国民の手本になるべき存在ではないんですか？　その政治家が汚職に手を染めていることが分かれば、悪い影響が出ますよ」

「清濁併せ呑む、ということを君は知らんのか」呆れたように市川が言った。「そもそも君たち公安の仕事も、清濁併せ呑む姿勢でないとやっていけないだろう。法的には問題のある裏の手も使っているはずだ」

「十八年前、あなたが陰で糸を引いていたように、ですか」海老沢は反射的に、古い話を持ち出した。当時は追及できなかったが、ずっと疑っていたこと……共産党から分派した過激派の「革命軍」が起こした駐在所爆破事件。あれは公安内部の秘密工作部隊が仕組んだもので、革命軍を壊滅させるために警察官を犠牲にしたことも分かっている。その計画を了承して推進したのは、当時の公安の実質的なトップ、市川だったのではないか。

「何の話だ」市川がとぼける。

「駐在所爆破事件です」

「古い話だな。あの件は結局、迷宮入りした」

「最初から筋書きができていたんですから、迷宮入りするのが当然です。捜査一課が妨害されずに捜査を続けていたら、公安の中から逮捕者が出たかもしれません」

「君はその状況を知っていて、何の手も打たなかった。内部告発していれば、捜査一課も動けたかもしれない。しかし君は、自分のキャリアを守るために目を瞑った……無事に理事官にまで出世したのだから、その判断は正しかったと言っていいだろう。来年には署長に出世じゃないか？　警察官生活の最後を飾るのに、一国一城の主人になるのもいいだろう——余計なことをしなければ」

「つまり、この件から手を引けということですか？」

「私には未だに、警察に対する影響力がある。おそらく、次の内閣改造では国家公安委員長になるだろう。君たちに直接影響を及ぼす立場になるわけだ」

「それで、私たちを切りますか？」

「それはその時に判断しよう。君は、公安にとって大事な人材だ。今は実質的に公安一課のトップといっていい。過激派対策をしっかり行うためには、君の力が絶対に必要だ。だからこそ、下らないことで足を踏み外すな」

「それは脅しですか」海老沢は挑みかかるように言った。

「君が失敗しないように忠告しているだけだ。優秀な警察官を失うのは、国家の損失だからな」

「腐った政治家を取り除けば、国を正せます」

「私が腐った政治家か？」市川が馬鹿にするように言った。

「それは、特捜部が証明してくれるでしょう」

「まあ、無駄なことはしない方がいい。特捜部も、散々私をつけ回しているようだが……今もその辺にいるだろう」

海老沢は思わず振り向いた。暗闇が広がっているだけで誰もいない。高峰の姿さえ見えなかった。特捜部の検事や事務官は、尾行などを得意にしているわけではないのだが……もしかしたら、手伝っている捜査二課の連中が担当しているのかもしれない。

「今、国会は開会中だ。私に手を出すのは極めて難しいだろう」

その手で開き直るつもりか……確かに国会議員には、会期中の不逮捕特権がある。いや、逮捕できないわけではないが、そのためには議長の許可が必要なのだ。そうなると、「逮捕する」情報が事前に流れてしまい、証拠隠滅が簡単になる。もちろん市川は、とうに証拠を隠してしまっただろうが。

証拠だけでなく証人も消した。

「つまりあなたは、罪を免れると？」

「罪など、そもそも存在しない」

「元警察官僚として、恥ずかしくないんですか？」海老沢は彼の感情に訴えかけた。「あなたもかつては、純粋に正義を守る立場にいたはずです。それが今や、海外の企業から金を貰って、戦闘機の選定に影響を及ぼそうとしている。どうしてこんなことになってしまったんですか？」

「私は戦前、ずっと警保局に勤めていた。主に保安課……つまり、君が所属していた特高の元締めだ。一貫して治安を守るために仕事をしてきた自負はある。君も同じだろうが。日本という国を守る——そのために知恵を絞り、汗を流してきた。それは今も同じだし、今後も変わらん。君は間もなく定年で警察を去るだろうが、私はまだしばらく仕事をする。私を必要としてくれる人がいるからだ。これからも国のお役に立てる」

「そうして、ご褒美として金儲けをするんですか」

挑発して、ちらりと横を向き、市川の顔を確認したが、まったく変化はない。無表情……ただ指先の煙草が短くなっているだけだった。海老沢は、昔観たチャンバラ映画の一場面を思い出していた。あれは何だったか……一人で大勢を相手にし、切って切って切りまくって刀がボロボロになり、最後は力尽きた。今の自分も同じだろう。もはや一太刀も浴びせられないのに、相手には、まだ傷一つついていない。

「君が何を考えているかは分かる。そしてだな……君が自分の仕事に邁進して、頑張れば頑張るほど、私たちを守ることになる。君が守るべきは国家だからな。国家あっての国民だ」

返す言葉がない。市川の容疑に具体的な証拠でもあれば、ここで突きつけてやるところだが、自分は空手で彼に面会しに来てしまったのだと改めて気づく。

「そろそろお引き取り願おうか。これでも私は忙しい。安保条約の延長に向けて、やることは山積みだからな。もしも、君が安保条約について話し合いたいなら、いつでも来たまえ。現場の声を聞くのは参考になる。だが今は——帰りたまえ。君の時間はここまでだ」

海老沢は車を出ざるを得なかった。自分が降り立つと同時に、玄関先で待機していた秘書の青年が傘を開いて駆け寄って来る。ゆっくりと車を出た市川が、ルーフ越しに海老沢の顔を見て、素早く黙礼した。何の感情も感じられず、単なる生理的反応のようだった。

負けた。こんなに簡単にあしらわれるとは思っていなかった。

「どうだった」音もなく近づいて来た高峰が訊ねる。

「どうもこうもない」

「言いくるめられたか？」高峰が皮肉っぽく訊ねる。

「言いくるめられたというか、最初から話が嚙み合わなかった。こちらの準備不足だな」

「何も認めなかったのか？」

「ああ」

「そうか……」高峰が大きく息を吐いた。「まあ、しょうがねえな。政治家を破滅させるなんて、俺たちには無理なんだよ。万が一……と思ったが、期待し過ぎだったな」

「おい」

いきなり第三者の声……周囲を見回すと、見知らぬ男が正面にいた。ころっとした体型で、髪はほぼ白くなっている。丸い顔を見ただけでは、怒っているかどうか分からなかった。

「大槻」高峰が返事した。どうやら知り合いらしい。

「ちょっといいか？　話がある……そっちは……海老沢さんだね？」大槻と呼ばれた男が、海老沢に怒りの表情を向ける。

「失礼だが、そちらは？」海老沢は声を尖らせて聞いた。

「捜査二課、大槻だ」

ああ、そういうことか……この男が、地検特捜部の手足になって市川を監視していたのだろう。大槻が、二人を先導して市川の家から離れた。海老沢は隣を歩く高峰に、「何者だ？」と小声で訊ねた。

「二課の理事官だ」

「理事官自ら監視か？」

「たまたまだと思うが」高峰の声は不安げだった。

大槻は、市川の家からかなり離れたところに覆面パトカーを停めていた。それほど広くない車だが、三人並んで後部座席に座る。真ん中に陣取った高峰は、ひどく窮屈そうにしていた。

「お前ら、一体何をやってたんだ」大槻が厳しく指弾した。

「ちょいと市川さんに話があってね」高峰が軽い口調で答える。

「ふざけるな！」大槻が声を張り上げる。「分かってるんだろう？　相手は地検特捜部の捜査対象だぞ。お前らが接触すれば、捜査が潰れる」

「それぐらいで潰れる捜査なんか、そもそも大したもんじゃねえだろう」

「高峰……」大槻が溜息をつく。「これは一課の事件じゃない。お前らみたいにデリカシーのない人間には理解できないんだよ」

「市川さんは、僕の昔の上司なんだ」海老沢は打ち明けた。

「はあ？」

「昔、公安一課長だった」

「――直属の上司か」

「昔話がしたくてね……それで家を訪ねて行っただけだ」

「冗談は休み休み言え」

「どうせこの捜査は潰れるんだろう？」海老沢は言った。「市川さんは、自分に捜査の手が迫っていることをとうに知っていたはずだ。証拠も完全に隠滅したと思う。それに、重大な証人も消えた」

「それに関しては、後で高峰に話がある。お前が余計なことをしたから、証人が死んだんだぞ」

「そいつには、自殺教唆の疑いがかかっていた。だから調べる――捜査一課としては当然の仕事だろう」高峰が反論した。

「理事官自らが乗り出して調べるようなことか？」

「一課のやり方は、お前らには絶対理解できねえよ」

二人の言い合いを聞きながら、海老沢はどんよりした気分になってきた。この件に直接は関係ない高峰。単なる「下請け」に過ぎない大槻。二人がこうやってやりあっている間にも、市川は自宅で着々と証拠隠滅を進めているだろう。

僕は、市川を破滅させたいのだろうか？　あの男が逮捕され、ＫＯ社を巡る汚職の実態が明らかになった時、何かいいことはあるのだろうか。腐った政治家が一人いなくなる――それは悪くない。しかし、第二、第三の市川は存在しているはずだ。いや、政治家というのは全てが市川のようなものかもしれない。

自分はずっと、そういう人間を守ってきた。ある意味、腐敗を助長してきたと言えるのではないだろうか。

海老沢はドアを開けた。強い雨が、一瞬車内に吹きこむ。

「どこへ行くつもりだ？」大槻が鋭い声で訊ねる。

「僕に用はないだろう。文句を言う以外に何かあるのか？」

「おい――」

海老沢は外に出て、傘もささずに歩き出した。たちまち頭が濡れ、背広に雨が染みこむ。どんなにずぶ濡れになっても、自分の失敗に対する罰にはならないのだが。

13

釈然としないまま、高峰は夜遅くに帰宅した。寝ずに待っていてくれた節子が、すぐにメモを差し出した。

「あちこちから何回も電話がありましたよ」心配そうな表情だった。

「そうか……すまねえな」

部下、捜査一課長の佐々木、そして顔見知りの新聞記者……まったく、記者連中には油断できない。

「記者連中は来なかったか？」

「電話だけでしたよ」

「そうか……」

すぐに電話しなければならないのは一課長だ。しかしその前に、状況を確認しておかないと。高森の死について、何か新しい情報が入っているかもしれない。

この件を担当させている三係の係長、石岡（いしおか）と少し話をした。現状、自殺に間違いなし。家族はその動機について、まったく思い当たる節がないという。

「家族には何も話してなかったんだろうな」

「そのようです。家に仕事の話を持ちこまない人も、珍しくないでしょう」

「そうだな。しかし……可哀想なことをした。ご家族はどんな様子だった？」

「呆然としてました。まったく予期していなかったようです」

「分かった、ご苦労さん——それでな、この件にはこれで蓋をする。自殺の処理は所轄に任せて、終わりにする。マスコミには、絶対に情報が漏れないようにしろ」

「いや、それが……もう、各社が嗅ぎつけて調べ回っています。あんな山の中なのに、現場にも記者がいたそうですよ。関係者には、余計なことを喋らないように釘を刺しておきましたが」

「クソ、所轄の連中が喋りやがったな」高峰は吐き捨てた。都内の事件取材は、各社とも社会部の警視庁詰めの記者が中心になるが、それ以外に所轄を担当する警察回りもいる。取材網は、多摩地区の端の方まで広がっているのだ。そして、本部から遠い所轄の方が口が軽い人間が多い。本部の目が届きにくいから、記者と気楽に喋ってもお咎めがない、とでも思っているのかもしれないし、そもそも事件も事故も少ないから、記者とのつき合い方が分かっていないのかもしれない。

「おそらくそうだと思いますが、所轄にも注意喚起しておきました」

「相手が公的な人間だから、今後も情報が漏れる恐れはあるが……うちからは絶対に漏らしちゃいけねえぞ」

「了解しています」

「市川事務所からは何か言ってきたか？」

「私は聞いていませんが、課長が……」

「そこへ突っこんできやがったか」高峰は舌打ちした。圧力をかける場合、現場の刑事よりも、幹部を相手にした方が効果的だ。「分かった。これから一課長と話してみるが、くれぐれも慎重にな」

「分かりました」

一度電話を切り、急いで佐々木の官舎の電話番号を回した。佐々木は待ち構えていたように電話に出た。節子が残してくれたメモを見ると、一課長から電話がかかってきたのは帰宅する十分前……もしかしたら、十分前からずっと、折り返しの電話を待っていたのかもしれない。

「高峰理事官、高森の件がまずいことになっている」

「はい」一課長に言われると、さすがに緊張感が走る。

「今夜も、うちに来た記者連中の質問はそればかりだった。自殺の事実だけは認めておいたが、それ以上は一切喋っていない」

「この件は封印でいいと思います。あくまで自殺として処理して、それ以上の捜査はしない。マスコミに情報も一切流さない、ということでどうでしょう」

「もちろんそのつもりだが、市川事務所から圧力があった」

「聞きました。課長にですか？」

「いや、部長だ」

直接そこへいったか……警視庁の刑事部長は歴代、警察庁採用のキャリア官僚である。一般の警察官に比べれば当然人数は少なく、上下、それに横――全国規模の絆で固くつながっている。OBとて例外ではなく、現職のキャリアと元キャリアが意外なところで関係していたりするものだ。

「刑事部長と市川の関係は……」

「市川代議士にとっては帝大――東大の後輩になる」

「なるほど、そういうことですか……それで、課長にはどういう命令を？」

「とにかく機密保持を徹底しろ、という話だった」

「この件を絶対に漏らすな、ということですね？」

「事務所側の言い分は、亡くなった高森の名誉を汚したくない、ということだ」

「名誉なんか、とうに汚れきっていると思いますがね」高峰は白けた気分になった。

「この件に関しては、市川事務所の思惑とうちの原則は合致しているんじゃないか？向こうは情報を広めて欲しくない、うちとしても広報する案件ではない……所轄から漏れたようだが、分かってしまったものは否定はしない――ただそれだけだ。今のところ、マスコミの連中は遺書の存在は察知していない。この遺書だけは、絶対に隠しておかねばならないぞ」

「承知しています」高峰は壁に向かってうなずいた。警察が調べた後、遺書は遺族に渡される。心配なのは遺族の存在——市川の犯罪の犠牲になった、身代わりとして死んだと憤り、マスコミに遺書を公開するかもしれない。ただし遺書の内容は、全て自分の責任だと高森が認めるようなものだ……これについては、市川も心配はしていないだろう。

そもそもその遺書は、市川が命じて書かせたものではないのか？「お前が背負ってくれないか」と頼みこまれれば、秘書は呑まざるを得ないかもしれない。非人間的というか、江戸時代以前の主君と家来の関係のようだ。しかしこれが立件できれば、市川を自殺教唆で追いこめるかもしれない。

「もう一つ……午後の篠原の飛び降り自殺の件だ」

「はい」高峰は背筋をすっと伸ばした。

「監察が問題にするかもしれん。その前に——月曜日に詳しく報告してくれ。いや、報告ではなく説明だ。書類に残す必要はない」

それで高峰は、少しだけ肩の荷が軽くなったような気がした。書類を残さない——つまり、佐々木もこの件を闇に葬るつもりだ。監察に対する言い訳というか説明はしつかり考えねばならないが、監察はそれほど厳しく警察官を調べるわけではない。やはり「内輪」に対する調査は甘くなるのだ。しかし、この件が自分の中に深く根を下ろす痛みになることは分かっていた。自殺教唆の証言を取れるはずだったのにみすみす逃げられ、死なせてしまった……警察官人生最大の汚点だ。

「とにかく、月曜の朝一番で顔を出してくれ。俺も刑事部長に報告――言い訳をしなくてはいかん」

「それで……市川事務所からの圧力に対して、刑事部長はどう対応したんですか？」

「高森氏の自殺については、広報する要件を満たしていない、と答えられたそうだ」

公式見解として、自殺について警察が発表するのは「特別」な時だけである。列車への飛び込み自殺で混乱が起きるなど社会的な影響が大きい場合、あるいは著名人が自殺した時ぐらいだ。高森の場合は……政治家の秘書は公的な人間だが、今回は勝手に一般人と解釈したのだろう。「普通の人の自殺は広報しない」という原則を盾に、マスコミの取材は遮断できる――問題は、遺書の存在がバレた時だ。その件を指摘すると、佐々木は平然と答えた。

「遺書の件は、警視庁の捜査には何も関係ない。地検特捜部には関係するかもしれないが、捜査一課と特捜部は、仕事上でもまったく関係していない」

何という胆力か……佐々木は無難なタイプの上司ではあるが、いざという時には腹をくくる。すぐ下で支えてきた高峰は、何度もそういう場面を見てきた。ある意味理想の上司――「上司は責任を取るためだけに存在する」という言葉が昔からあるが、実際にそんな風に仕事をしている上司はまずいない。佐々木は数少ない例外だろう。

「篠原の自殺に関しては頭が痛いが……」

「マスコミの反応はどうですか？」

「今のところは広報していない。原則に照らせば、広報する必要のない事案だ」

「現場も大騒ぎでしたから、いずれ嗅ぎつけるかもしれませんよ。その時、どう説明するか……」

「説明義務があるとしたら、特捜部だろう。高峰理事官が篠原と何の話をしたのか、どういう状況で逃げられたのかは、俺は聞かない——聞かないことにしておく。現場には若い刑事もいたんだな？」

「冨永です」

「奴にはきつい経験かもしれないが、よく言い聞かせておけ。黙っていることも刑事の仕事だ」

　午後、篠原の飛び降り自殺現場で会った時に、佐々木は高峰の責任をかなり厳しく追及した。地検の出方も心配していた。しかし今、特捜部の捜査についてはどうでもいいような雰囲気で話している。何があったのか確認したかったが、高峰はあえて質問を呑みこんだ。何でもかんでも聞けばいいというものではない。無言の了解で、互いに口をつぐんでしまうのも大人のやり方だ。

「とにかく、次の動きは月曜の朝だ。明日は休んで、頭をすっきりさせておけよ」

「分かりました」

電話を切って、ほっと息を吐く。今夜、市川と面会したことは言わなかったな……一警察官としては絶対にやってはいけない行動で、これがばれたら問題はさらに大きくなる。この後も黙っていよう、と決めた。二課の大槻から情報が流れるかもしれないが、その時はその時だ。実際自分は、市川と話はしていないのだし。海老沢に全責任を押しつける格好になってしまうが、あいつは自分のことぐらい自分で守れるだろう。佐々木が最終的に自分の味方でいてくれるかどうかは分からないが、今のところは激怒しているわけではない。月曜の刑事部長との面会次第だが、何とか乗り切れるだろうと高峰は自分に言い聞かせた。

居間は静かだった。隣接する台所に小さな灯りがついているが、居間は薄暗い。高峰はリカーキャビネットを開け、サントリーの「角」を取り出した。少し呑まないと今夜は辛い。グラスに一センチぐらい注ぎ、半分を口中に流しこんだ。しばらく口の中にとどめておくと、粘膜が痺れる感触が広がってくる。目を閉じ、ウイスキーが喉を滑り落ちる感触を味わった。胃が温かくなるのを待って、煙草に火を点ける。

「大丈夫なの？」節子が心配そうに聞いてきた。

「何が？」

「ずいぶん大きな声で喋ってたけど」

「そうかい？」

節子が眉根を寄せたままうなずく。自分ではそんなつもりではなかったのだが……いつの間にか緊張が高まって、声が大きくなってしまったのかもしれない。

「お風呂、どうします？」

「先に入ってくれねえか？」高峰はグラスを目の高さに掲げた。「これを呑んじまいてえんだ」

「……じゃあ、お先に」

今日の節子は言葉が少ない。長年連れ添って、高峰の機嫌が悪くなりそうな時は分かるのだ。そういうことで気を遣わせてしまうのは申し訳ないが、仕方がない。

一人煙草をくゆらせ、ウイスキーをゆっくりと呑む。「角」は口当たりがよく、いつもついつい呑み過ぎてしまうのが問題だ。水割りにした方がいいのだろうが、その準備も面倒臭い。

かすかに音楽が聞こえてきた。拓男か……高峰は顔をしかめた。拓男の唯一の趣味がラジオだ。テレビが家に入って以来、高峰の感覚ではラジオは「引退」だったのだが、拓男は小遣いを貯めてわざわざソニー製のラジオを買い、自室に置いている。夕刊のラジオ欄を見て、どこの局を聴いているか探ろうとしたが、番組名が書いてあるだけなので、まったく分からない。

軽快な音楽にもかかわらず、気持ちは高揚しなかった。まあ、音楽には縁のない生活を送ってきたからな……高峰に馴染みの音楽といえば、舞台や映画でかかるものぐらいだった。そういうものから遠ざかってからは、積極的に音楽を聴く機会は失われてしまっている。特に最近の音楽には苛立つことも多い。数年前に流行ったグループ・サウンズなど、耳に入ってきただけで頭が痛くなった。テレビに出ているのを観ると、強引にチャンネルを替えさせたぐらいである。

節子が残してくれたメモを確認する。他に電話をかけてきたのは……小嶋。早速何か嗅ぎつけたのかもしれないが、今夜話すわけにはいかない。一連の事件の情報を、小嶋にどう伝えればいいのか、まったく判断できないのだ。

この件は、海老沢と相談しよう。この週末は、とにかく小嶋から逃げ回らなくては。どこかへ出かけるのがいいかもしれない、と思った。あいつのことだから、俺が電話に出ないとなったら、家まで押しかけてくるかもしれない。自分ではなく部下を差し向けてくる可能性もある。そうなったら、事態はさらにややこしくなるだろう。

翌朝、高峰は電話の音で叩き起こされた。隣で眠る節子が布団を抜け出そうとしたが、急いで腕を摑んで引き止める。

「いいの?」寝ぼけた声で節子が訊ねる。

「小嶋だったら出ない——話したくねえんだ」

「悪いわよ。昨夜も何度も電話をくれたんだから」節子は、小嶋とも顔見知りである。結婚したての頃は、小嶋が家を訪ねて来ることも珍しくなかった。ただしその後は長い空白——その理由を節子に話したことはない。

「いや、いいんだ」

二人揃って、布団の中で息を呑む。拓男か佳恵が二階から降りてきて電話に出てしまうと面倒なことになるのだが……誰も出ないうちに電話は切れた。もしも公用だったら、出るまで電話が鳴り続けるはずだから、やはり小嶋だろう。

高峰は、枕元に置いた目覚まし時計を取り上げた。七時半……それに気づいた節子が「いけない」と言って慌てて布団を出ようとする。

「どうした？　今日は日曜日だぜ？」

「拓男が、朝から図書館に行くって言ってたのよ」

「何だよ……春休みなんだし、少しは勉強も休めばいいのに」

「そうもいかないでしょう。サボったらついていけなくなるし」

節子が布団を抜け出した後も、高峰は中に止まっていた。暖かい布団の感触が心地好い。昨夜は、午前一時過ぎに布団に入ったものの、寝ついたのは何時だっただろう。あれこれ考えて悶々（もんもん）とし、ずっと寝られなかった気がする。実際、今もまだ眠い……それでも高峰は起き上がり、布団の上で胡座をかいた。頭を掻くと、寝癖で髪が滅茶苦茶になっているのが分かる。しかし最近、寝癖も昔ほどひどくはならない。髪がだいぶ柔らかくなってきたのだ。もうしばらくしたら、抜け毛を心配しなければならなくなるだろう。

朝最初の煙草に火を点ける。小嶋のことだから、一回の電話で諦めるはずがない。無視していてもいいのだが、それは何となく申し訳ない気がした。

まだ長い煙草を揉み消し、台所に向かう。慌ただしく朝食の用意をしている節子に、「昨夜考えたんだが、今日、どこかに出かけねえか」と誘いをかけた。

「どうしたの、いきなり」

「天気もいいみてえだし、せっかくの日曜日、家に閉じこもっているのはもったいねえだろう。たまには花見もいいだろう」

「そうね……でも、花見にはまだ早いわよ」

「それもそうだな」

「じゃあ、佳恵の高校は？　入学式の前に、一度行ってみたいって言ってたのよ」

「ああ、そいつはいいな。拓男はいつまで図書館にいるんだ？」

「どうかしら。聞いてないわ」

「あいつに佳恵の高校まで来てもらって、皆で昼飯ってのはどうだ？」

いた。

「いいの？　小嶋さんの電話に出ないためなんでしょう？」節子はあっさり見抜いていた。

「あいつはしつこいからな。家まで来られたら、たまったもんじゃねえ。誰も電話に出なければ、さすがに諦めるだろうよ」

「それでいいの？」節子が繰り返す。

「たまにはな」逃げ出すのは、小嶋からだけではない。今日は海老沢とも、他の警察関係者とも会いたくなかった。それに、今のところは何もないが、地検特捜部の存在は怖い。あの連中が訪ねてきたら、強引に追い返すことなどできないだろう。

「よし、今日は楽しい学校見学だ」高峰は膝を叩いた。「佳恵を起こしてこいよ。今のうちに早起きの習慣をつけないとな……高校は遠いから、中学の時と同じつもりでいたら毎日遅刻だぞ」

節子の目からは、自分は相当おかしな様子に見えているだろうな、と思った。こんな風に調子よく喋ることなど、普段はまずないのだから。

自分は逃げようとしている。

卑怯（ひきょう）だとは分かっていた。しかし人間には、時に何かから逃げ出さなくてはならない時がある。

その思いは夜までしか続かなかった。小嶋からの接触はなし……彼から逃げていたことが、次第に後ろめたく思えてくる。とにもかくにもあいつは「被害者家族」なのだ。全てを知る権利があるし、その先も――息子の死から立ち直るためには、何かを始めなければならないだろう。

小嶋は編集者だ。『東日ウィークリー』の記事には大袈裟なものも嘘もあるが、真実を鋭く突く記事もある。

そこに、小嶋が立ち直る機会があるのではないか？　会って、話をすべきではないか？

14

月曜日、海老沢は普通に出勤した。捜査二課、あるいは特捜部から横やりが入るかもしれない――公安一課長や公安部長の叱責を受けることも覚悟していたが、結局何もなかった。不気味なほど静かだった。

唯一の異変は、昼前に高峰から電話がかかってきたことだった。庁内の電話を使ってかけてくることなど、まずないのに。

「これから小嶋に会おうかと思うんだ」

「今回の件の説明か？」それは避け得ない……そもそも自分も高峰も、小嶋のためにと今回の件を調べ始めたのだから。

「ああ。奴、週末に何回も電話を寄越しやがって……避けてたんだが、いつまでもそうしている訳にはいかねえだろう。それに、ちょっと考えてることがあるんだ。相談に乗ってくれねえか？」

「分かった。どこにする？」

「『東日ウィークリー』の近くがいいだろう。話が決まったら、奴をすぐに呼び出したい——例の喫茶店でどうだ？」

「いいよ」あまりいい想い出はない喫茶店だが、高峰の言うことにも一理ある。「六時ぐらいでどうだ？」

「俺は構わねえよ」

「分かった。だったら六時に」

電話を切り、左腕を突き出して時刻を確認する。午後三時……終業時刻まではまだ二時間以上ある。それまでに、溜まっている書類を片づけてしまわないと。週末も動き回っている刑事は多く、その間の捜査活動について、報告が上がってきているのだ。もちろん全ての報告が海老沢の手元に来るわけではない。公安の刑事は、摑んだ情報を自分の腹の中に呑みこんでしまい、同僚や直属の上司にさえ話さないこともある。

「理事官」

「ああ？」書類から顔を上げると、山崎が目の前にいた。「どうした？」

「赤軍派のことで、ちょっとご報告が」

海老沢は、傍らに置いた丸椅子に向かって顎をしゃくった。山崎が椅子を素早く引いて腰かける。

「何かあったか？」

「昼過ぎなんですが、二人が神田に向かいました」

「神田？」

「正確に言うと神保町……あの辺、登山用品店がたくさんあるでしょう？」

「そうだな」靖国通りは、駿河台下交差点の西側には古本屋街、東側には登山用品の専門店が多い。

「そこで、ロープを買って行きました」

「登山用のロープか？」正式には「ザイル」だと海老沢は思い出した。

「はい。店の方に確認しましたが、三十メートル分を二巻……相当大きいですね」

「なるほど……その後の足取りは？」

「アジトに戻ったことは確認しています。今は監視中ですが、どうしますか？」

「おそらく、また山岳訓練をやるつもりじゃないかな」

「最近、そういう動きはありませんでしたし、大菩薩峠の失敗も身に染みているはずですが」山崎が反論する。

「あるいは東京を離れて身を隠すつもりかもしれない。今、何人振り向けてる？」

「四人です」

「二人で十分だろう。君たちは、少し働き過ぎだ」

「理事官、そこで気を遣っていただかなくても……」

「週末もずっと出張ってたんだろう？　君たちが倒れでもしたら、俺たちの労務管理が問題になる。監視は二人で十分だ。あとは交代で休むようにしろ」

「分かりました……けど、よろしいんですね？」山崎が念押しした。

「何かまずいか？　問題でもあるのか？」

「そうではありませんが、赤軍派の連中は自棄になっています。何をしてくるか、想像がつかないことがありますから」

「あまり心配ばかりしてると、無駄に疲れるぞ。とにかく、無理はしないようにしろ」

「お気遣い、恐縮です」山崎が立ち上がり、さっと頭を下げた。

赤軍派が起こした大菩薩峠事件は、公安にも衝撃を与えた。逮捕容疑は凶器準備集合罪だったが、公安の中でも、内乱罪あるいは破壊活動防止法の適用を検討すべき、という声が出たぐらいである。凶器準備集合罪はあくまで表層的な処置で、ここは一気に破防法を適用して、革命を叫ぶ勢力に大きな打撃を与えるべきではないか……結局破防法の適用は見送られ、無難な処分になったのだが、それでも公安はそれまで以上に赤軍派を警戒するようになった。東京などの大都会ではなく、田舎に集まって軍事訓練でもされたら、面倒なことになる。

赤軍派がその後分裂し、勢力が衰えているのは間違いないが、山崎が懸念するように、何をしてくるか分からない恐怖もある。ただし、今の海老沢には心配することが他にいくらでもあるのだ。

特に今日は……小嶋とどうやって向き合うか、高峰と話し合わねばならない。

急に暖かな春の陽気になった。日本は事もなし……革命騒ぎに浮かれる若者たちがどんなに声を張り上げても、季節は巡り、春の陽気を楽しむ人がいる。

海老沢は、五時を過ぎるとすぐに庁舎を出た。何となく、赤軍派の連中がザイルを買った店が気になり、訪ねてみることにした。手帳には活動家たちの写真を何枚か挟みこみ、聞き込みの準備も整えている。自分が聞き込みして何が分かるわけではないのだが、気分の問題だった。

問題の登山専門店「山の専門店　ミタケ」は、駿河台下交差点から東へ五十メートルほど歩いたところにあるビルの一階と二階を占めていた。ミタケ……青梅の御岳山のことだろうか。

夕方、店はまだ賑わっている。登山を趣味にするサラリーマンたちが、勤め帰りに立ち寄ったりするのだろう。売っているものを見ると結構本格的なようで、低い御岳山どころか、海外の高峰にも挑戦できる道具が揃っている感じだった。

店主を呼んでもらい、警察手帳を示す。丸顔に頬髭をびっしりはやした、いかにも自ら登山を趣味にしているような店主は、格段不快な様子も見せずに対応してくれた。

「もう、うちの若い連中が話を聴きに来たと思いますけど……何度もすみませんね」

「いやいや、お役に立てれば」

海老沢は手帳を広げ、二枚の写真を見せた。ここにザイルを買いにきたのは、大学生の二人組である。大菩薩峠での軍事訓練には参加せず、逮捕もされていなかった。

「この二人で間違いないですね？」

「ええ」店主が写真を見てうなずいた。

「どんな感じでした？　あなたの印象でいいんですが」自分も写真を見ながら訊ねた。二人ともほっそりした顎、肩に届きそうな長髪——とても山に登るような雰囲気ではない。

「率直に言って、ちょっとおかしいなと思いましたね」

「過激派の人間に見えましたか？」

「いえいえ」店主が苦笑した。「全体の雰囲気で……ひょろりとして、手も綺麗でね」

「手？」

「登山する人間の手は、だいたいごつごつして荒れてるんですよ。あの二人の手は、そういう感じじゃなかった。陽にも焼けてなかったし」

「どういう感じで買い物に来たんですか？　登山の準備だと？」

「ええ」

「登山するように見えなかったのに？」

「客商売としては、買いたい人には売る……過激派の人間だなんて、見た目では分からないでしょう」店主が反論した。

「買っていたのはどのザイルですか？」

「それそれ」店主がカウンターから身を乗り出し、壁を指差した。見ると、丸めたザイルがかかっている一角がある。カウンターから出て来ると、背伸びするようにして大きな束を取り上げて見せた。

「これですか」海老沢は掌でザイルに触れた。ナイロンの、滑らかでしっかりした感触。

「そう」

「よく出る商品なんですか？」

「うちでは一番人気かもしれないですね。安い割に丈夫だし」

海老沢は、値札と一緒についた説明書きを見た。「10・5ミリ、耐荷重2700キロ」。これがどれぐらい高性能かは分からないが、本格的な登山に使うものとすれば、どれだけ丈夫でもいいのだろう。

「今はナイロンの方が、昔のマニラ麻製のロープよりもずっと強いですよ。ただ、鋭い岩なんかで擦れると、やっぱり切れますけどね」

「そうですね。ナイロン製なんですね」海老沢はまた説明書きを確認した。

「なるほど……」

やはり、山岳訓練でもやるつもりなのだろう。だったら放っておいてもいい……いや、もしも滑落事故でも起こしたら、管轄の県警は山岳救助隊を出動させねばならない。過激派の連中が警察に救助される場面を想像すると、微妙な気分になった。

海老沢は先に喫茶店に到着した。メニューにアイスコーヒーがある。夏にならないとアイスコーヒーを出さない喫茶店もあるが、この店は一年中提供しているのだろう。好きでもないのに思わず頼んでしまったのは、喉が渇いていたからだ。

約束の時間ちょうどに、高峰が店に入って来た。いかにも春めいた陽気ではあるが、額が汗で濡れているのは異様……しかし息が弾んでいるのに気づき、ここまで走って来たのだと分かった。

「ちょっと水をくれ」

言うなり、海老沢のグラスを取り上げて水を干す。大きく息を吐くと、今度は紙ナプキンを二、三枚まとめて摑み、額を乱暴に拭った。

「お、アイスコーヒーがあるじゃねえか」嬉しそうに顔を綻ばせる。

「ああ」

「俺もそれにしよう」高峰が右手を真っ直ぐ伸ばして店員を呼び、アイスコーヒーを注文した。そっと息を吐くと、すぐに煙草に火を点ける。

「忙しいんじゃないのか」海老沢は訊ねた。

「忙しいが、呼んだのはこっちだ」

「……土曜日の件は、片づいたのか？」篠原の自殺が、未だに頭に引っかかっている。

「自殺の処理としてはな」高峰がささやくように言ってうなずいた。「それで、小嶋のことだけど」

「ああ」

高峰がすっと背筋を伸ばす。そこへちょうどアイスコーヒーが運ばれて来たので、一度開きかけた口を閉ざした。店員が去ると、背の高いグラスを摑み、直接口をつけて一気に半分ほど飲んでしまう。短く安堵の息を漏らして、グラスを慎重にテーブルに置いてから訊ねた。

「小嶋のことというか、内偵捜査はどうなると思う？」

「間違いなく潰れる。いや、もう潰れているかもしれない」海老沢は即座に答えた。「どう考えても立件は無理だ。標的になっている人間が、自分が狙われている事実を知っているし、重要な証人が三人も死んでいる。そもそも、金の動きを追うのが大変だろう。一方が市川、もう一方がＫＯ社で間に朋明商事が入っているから複雑だ。アメリカの会社をどうやって調べる？　そういう捜査が難しいことは、僕にも想像できる。事情聴取も容易にはできないだろう」

「そうだな」高峰が首を横に振った。「向こうの捜査機関も絡んでくるんじゃねえか？　となると、法律の仕組みも捜査のやり方も違うから、相当面倒なことになる。向こうの担当はどこなんだろうな」

「警察じゃなくて、ＦＢＩかもしれん。連邦犯罪──州の枠を超えて広がった事件の場合は、ＦＢＩが担当するそうだ」

「噂に高(たけ)えＦＢＩか」高峰が皮肉っぽく言った。「向こうで適用する法律は何になるんだろう」

「さあ……アメリカが、東京地検のやりたいようにやらせてくれるとは思えないが」

「俺も、上手くいかねえと思うよ。結局は流れて終わりだ——問題は、この件がそのまま闇に埋もれてしまっていいかどうかだ」

「特捜部のやることだから、僕たちには何も言えないけど……」

「考えたんだが……書かせるってのはどうだ？」

「『東日ウィークリー』に？」海老沢は目を見開いた。「それは……どうなんだろう。僕たちがネタ元になるっていうことだよな？」

「心配するな」高峰がこともなげに言った。「ばれやしねえよ。上手く立ち回れば——」

「土曜日、捜査二課の連中に見つかったじゃないか」

指摘すると、高峰が顔を真っ赤に染めて黙りこむ。張り込みや尾行が得意な人間が逆に監視されていたわけで、高峰の誇りがずたずたになったことは、海老沢にも簡単に想像できる。

「あれはたまたまだ」高峰が強引に反論する。「見張られてたのは、市川だろうが。そこにたまたま俺たちがいただけだ」

「まあ……手はあるよ」海老沢はうなずいた。「最悪、手紙を使えばいいんだ。手紙まで調べている暇はないし、通信の秘密にかかわることだから、憲法でだって保障されている」

「第二十一条第二項——検閲は、これをしてはならない。通信の秘密は、これを侵してはならない、か」

「よく覚えてるな」

「それぐれえはな」高峰がかすかに自慢げな表情を浮かべた。「ま、実際に通信傍受されているかどうか、俺には分からんが。封筒を開けて中身を確認することだってできるだろうし……本当のところはどうなんだ？」

「僕が言うべきことじゃない」

高峰はさらに厳しく質問してくるかと思ったが、そこまでだった。「手紙か」とつぶやくと、煙草を灰皿で揉み消す。

「奴に手紙を書いたことなんかねえな。少なくとも俺は記憶にない」

「僕もだ」

「俺が持ってる資料は、元々は和人君のものだ。一種の遺産として、親には受け取る権利があると思わねえか？　あれがあれば、小嶋はかなり詳細な記事が書けるはずだ」

「だろうな」応じながら、最終的に記事は核心を突くことはないだろう、と海老沢は諦めていた。市川が事実関係を認めるとは思えない。金を受け取ったとされる秘書の高森、渡した篠原は死んだ。仮にアメリカに記者を派遣して、ＫＯ社の担当副社長に取材しても、当然何も言わないだろう。資料があっても、証言が得られなければ、取材は中途半端に終わってしまう。

海老沢は悲観的な見通しを明かした。高峰は真面目な顔で聞いていたが、海老沢が話し終えるとニヤリと笑った。

「特捜部にも渡そうと思う。証人が死んでも、あれがあれば捜査は進むかもしれねえ。とにかく、市川に疑惑の目を向けさせることが大事なんだ。そうなれば、奴もただじゃ済まねえだろう。仮に特捜部の捜査が頓挫しても、国会で野党が追及するだろうし、他の新聞や雑誌も後追いして厳しい記事を書くかもしれねえ。実際、市川の秘書が自殺した件については、マスコミの連中が怪しんで嗅ぎ回っている。市川にとっては、厄介な状況だぞ」

「市川を潰せたら、それで終わりなのかな」海老沢はぽつりと言った。

「ああ？」

「市川は今回の問題――次期主力戦闘機の選定に当たって、確かに大きな影響力を持つ人物だと思う。防衛族の大物だからな。だけど、最終的な決定権を持つのは彼じゃないんだぞ」

「それはそうだが……」高峰は不満そうだった。

「彼だって、駒の一つに過ぎない。一つ悪い駒を取り除いても、他の駒に取って代わられるだけじゃないかな」

「それは、俺たちが心配することじゃねえだろうが……」高峰が自分を納得させるように言った。「結局、情報漏れがなくて、特捜部が無事に捜査を進めていたとしても同じことになるか」

「日本には絶対的な権力者はいない。誰が最終的に責任を取るかがよく分からない……だからこそ上手くいっていることもあるんだろうが、何だか釈然としないな。政界に病巣が広がっているにしても、どこを取り除けば完治できるか分からない」

「これは……どういう問題なのかね。どういう捜査なんだろう」高峰が首を傾げた。

「お前の信じる正義とも違う」

「ああ」

またこの問題か……守ってきた国家が腐っていたとしたら、自分は今後、何を信じていけばいいのか。海老沢としては、うつむいて黙りこむしかない。

「それはともかく、この件は、立件できるかどうかだけが重要じゃねえんだ。今は戦前とは違う。マスコミの力は、昔とは比べ物にならねえぐらい大きくなってるんだ。時にはあいつらの力を利用するぐらいじゃねえとな」

「僕はやっぱり、そうは思えない」海老沢は少し体を倒して、流れてくる煙草の煙から逃れた。「連中の――特に雑誌の連中が考える基準は、売れるかどうかだ。その結果、余計な記事が出て、捜査が妨害されることもある」

「それは俺も認めるよ」高峰がうなずく。「ただな……十八年前のことを思い出したんだ」

「何の話だ？」

「例の駐在所爆破事件の時だ。小嶋は『俺たちを上手く使う手もあるだろう』とか、『協力し合う方が、お互いに利点もあるはずだ』と言っていた。実際、十八年前には、あいつの情報で捜査が少し前に進んだこともある。それに捜査一課は、今も新聞をよく利用してる」

「餌を投げてやって？」

「そう。わざと特ダネを書かせるわけだ――捜査に支障がない範囲でな。特ダネになれば見出しが二段も三段も大きくなって、俺たちも上の覚えがめでたくなるって寸法さ」

「それは単なる自己満足じゃないか」海老沢は顔をしかめた。

「否定はできねえな」高峰がうなずく。「とにかく、まずは奴に情報を投げてみよう。賭けてもいいけど、飛びつくぜ。入れ食いの時の魚みてえに口を開けてさ」

声を上げて笑い、高峰が立ち上がった。背広の内ポケットから財布を抜いて十円玉を何枚か取り出すと、掌の上でじゃらじゃら鳴らしながら出入り口に向かう。レジの近くに赤電話が置いてあるのだ。

一人になり、海老沢は少し椅子を動かした。高峰は煙草に火を点けたまま席を立ってしまい、煙が海老沢を追いかけるように漂ってくる。灰皿をずらしてみても同じだった。まるで煙が意思を持っているように……結局諦め、浅い呼吸を心がける。

アイスコーヒーを一口飲む。最初はよかったが、今はシロップとミルクの甘さがしつこく感じられた。本当は、アイスコーヒーにも何も入れず、ブラックで飲むべきだろう。すっきりした苦さの中に滲むかすかな甘みをじっくり味わいながらがいい。高峰のように、喉の渇きを癒すためにがぶ飲みするなど、問題外だ。

大きな窓から外を見る。既に夕闇が街を覆い尽くし、街灯の光が、道行く人の姿を照らし出していた。この辺りには勤め人も多いが、圧倒的多数は学生だ。力に満ち溢れた若い男女が歩いているのを見ていると、何となくこちらの体にも力が漲(みなぎ)ってくる。

ここでは二年前、神田カルチェ・ラタン闘争と呼ばれた衝突があった。二年前——一九六八年の五月にパリで発生した大規模な学生運動を真似ようとしたものだ。カルチェ・ラタンはパリの文教地区で、高等教育機関がたくさん集まっているという意味で神田とよく似ているから、こういう動きが起きたのだろう。複数の大学の学生が机などを持ち出して道路にバリケードを築き、封鎖を試みたものの、機動隊が出動してバリケード解除を始めると、学生側はあっさり引いて衝突には至らなかった。海老沢は、「三千人ほどの学生が集まっている」という情報を得て臨場し、機動隊の背後から現場を観察していたのだが、学生たちがあまりにも抵抗せず撤退したので気が抜けたのを思い出した。大規模な衝突を覚悟していたのだが、学生側は、所詮強力な装備を擁した機動隊には敵わない——同様の動きは全国各地に広がっていったのだが、海老沢はこの時点で、「大規模な学生運動は遠からず終息する」とはっきり予感した。

今は——街を行き交う男女の学生たちは、とても暴れそうには見えない。もちろん、デモぐらいには参加するだろうが、そこで大暴れして政府をひっくり返してやろうなどと考えるのはごく少数のはずだ。そういう連中は、より過激な思想と行動に走って、本来の大衆運動からは乖離してしまう。

目の前を、手をつないだ若いアベックが行き過ぎる。男の方が盛んに何か話しかけ、女は大きな笑みを浮かべた。戦前は……こんな風に、男女が堂々と手をつないで笑いながら街を歩く光景など、ほとんどと言っていいほどなかった。「戦後」がもたらした自由。自分たちはそれを守ってきたという自負はある。

だが、どうしても釈然としない。信じて突き進んできた道が、突然目の前で断ち切られてしまったようなものだった。見えているのは闇……その先に壁があるのか、巨大な穴が空いているのかは分からない。

このまま突き進んでいくべきか、それとも引き返すべきか、まったく判断できない。

ぼんやりと視線を漂わせ、壁の棚に載ったテレビに目をやる。ボウリング番組の中継中……ボウリングは、いつの間にこんなに流行っていたのだろう。今は街中のあちこちにボウリング場ができ、平日でも若者たちで賑わっているようだ。海老沢の自宅の近くにもあり、一年ほど前の日曜日にどんなものかと見学にいったのだが、「二時間待ち」と言われて恐れをなして帰ってきたのだった。今は、こういうボウリング専門の番組もあるぐらいだから、ブームはさらに過熱しているのだろう。

ボウリングの流行もそうだが、それを流しているテレビの普及にも驚かされる。テレビ放送が始まったのは昔——そう、占領軍が撤収して、日本が独立を取り戻した直後だった。受像機は、最初はとんでもなく高価で、あの頃は二十万円ほどもしたはずだ。当時、勤め人の月収の平均が二万円に届かないほどで、とても一般家庭で手に入れられるものとは思えず、街頭テレビに人が群がる光景を、海老沢は何度も目撃している。その内容がプロレス中継というのもどうなのか——あんなものに夢中になる人間の神経が理解できなかった。

海老沢が家にテレビを入れたのは、昭和三十五年だった。ニュースは本部に置いてあるテレビや自宅のラジオで確認できるし、テレビなどで時間を潰すのは馬鹿らしいと思っていたのだが、妻の圧力に負けてテレビを買ってからは——やはり時間を食われている。息子が下らない番組に興味を持つのも困ったものだと思う。

しかし、日本は間違いなく豊かになった。自分もその恩恵を受けている。戦中戦後からそれほど時が経っていないのに、はるか昔のように感じられた。

高峰が首を捻りながら戻って来た。

「いねえな」

「この時間に？」海老沢は腕時計を見た。週刊誌の編集長は、常にどんと座って睨みを利かせているイメージがあるのだが。

「出張だそうだ」高峰が、先ほどまで座っていた椅子に再び腰を下ろした。煙草をそのままにしていたことにようやく気づいたようで、舌打ちして揉み消す。煙草を一本損した、と思っているのだろう。こちらが煙害に遭っているとは思ってもいないのか。新しい煙草に火を点けると、すぐにアイスコーヒーをぐっと飲んだ。既に半分以上なくなってしまっているが、それから改めてシロップとミルクを加える。

「出張って、どこだ？」海老沢は訊ねた。

「関西だそうだ。帰りは今夜八時くらい」

「そうか」海老沢は気持ちが挫けるのを意識した。こういうのは一気にいかないと駄目になるのだが……。「お前の気持ちは変わらないか？」

「そうだな」高峰がうなずく。「小嶋の居場所を教えてもらって、連絡を取ろう。今夜中に話がしたい」

「そうか……」

海老沢はアイスコーヒーのグラスを摑んだが、口元には持って行かなかった。どうも調子が出ない……。

「今夜はひとまず解散にするか」高峰が伝票に手をのばしかけて引っこめる。「それとも、飯でも食うか？　場所は変えてえところだが……神保町みてえに学生の多い街だと、何だか落ち着かねえんだよな」

「いや、今夜は遠慮しておく」海老沢は首を横に振った。

「何かあるのか？」高峰が疑惑の視線を向けてくる。

「そういうわけじゃない。ただ、何となく嫌な予感がするんだ」

「そうか。そういう勘は大事にした方がいいな」

何の根拠があるか、自分でも分からない勘だったが。

15

海老沢と別れた後、高峰は急いで本部に戻った。急いで動けないのがもどかしい。小嶋はどうして東京にいない？　この件を放置して出張してしまうのは、どこか不自然だ……いや、どうしても外せない出張だったのかもしれない。彼が仕事に打ちこむことで日常を取り戻し、嫌な記憶を早く薄れさせようとしているのは分かっていた。しかし、すぐに彼に会えないとなると、あることをやる余裕ができる。

捜査一課の大部屋には、ほとんど人がいない。刑事たちの主戦場は現場、そして所轄なのだ。本部で待機中の班は、事件がない限りは定時に帰るように厳命されている。残っているのは管理官たち……彼らは複数の係を束ねているから、どこかの特捜本部と連絡を取ったり、仕事の指示を与えたりしている。

高峰はすぐに冨永を呼び出した。夕方、一時警視庁を離れる時に、自分が帰るまで待つようにと命じておいたのだ。自分のデスクの横の丸椅子を冨永に勧め、すぐに煙草に火を点ける。煙を通して、彼の顔を凝視する。元気はない……ひどく緊張した様子だが、決して顔色が悪いわけではない。

「目の前で誰かに死なれたことはあるか？」

「いえ」残酷な言い方に、冨永の顔からさっと血の気が引く。

「俺も、こんな風に人が死ぬのを見たことはねえよ。戦時中は嫌ってほど遺体を見たが、あれはまた別だ」

「はい」

「ショックか？」

「いえ」冨永がうつむく。

「ショックか？」高峰は繰り返し聞いた。

「いえ——はい」冨永が顔を上げる。目はどんより曇っていた。

「俺も同じだ。何十年刑事をやってても、ああいう場面に出くわすことはまずねえからな」

「はい」

「あれを忘れるなよ。俺たちがヘマしてああなったのは間違いねえんだから。どんなに悪い奴でも、一人の人間を死に追いやってしまったんだ。お互いに教訓にしようや」

「自分はともかく、理事官は教訓なんて……」

「俺もまだ刑事なんだよ。刑事である以上、経験は教訓にして生かさねえとな」

「分かりました」

「監察があれこれ言ってくるかもしれねえが、気にせず普通に話せ。仮に問題にされても、お前のことは俺が守る。少しマイナスをつけられても、頑張ればすぐに挽回できるからな」

「……本当に大丈夫でしょうか」冨永はいかにも不安そうだった。かえって心配させてしまったか。

「若えのに、情けねえ顔をするなよ。警察官は庇い合うもんだ。今回の件も同じだぜ」

「はい」冨永が真顔でうなずく。

「よし——どうだ？　今日、軽く呑みに行くか？」高峰は口元に盃を持っていく仕草をした。

「いえ……」冨永が苦笑した。「理事官とさしなんて、恐れ多いです」

「人を化け物みたいに言うな。この前も二人で呑んだじゃねえか」高峰は笑い飛ばした。「まあ、いい。俺と呑む気になったら、いつでも言ってこい。うちへ招待するぜ」

「それこそ恐れ多いです」冨永が立ち上がり、一礼した。「今日は失礼してよろしいですか？」

「おう」

高峰はほとんど吸っていなかった煙草を灰皿に押しつけた。冨永も度胸がないというか……俺が平刑事の頃は、当時の一課長、窪田と膝詰めで捜査の方針について話し合ったりしたものだ。あれから二十年近く——時代も変わったということか。

一人になり、ふっと息を漏らす。この先は不安だ……何がどうなるか、まったく予想もつかない。しかし、あれこれ考えても仕方のないことだ。予想できることならともかく、そうでなければ悩むだけ無駄である。

もう一本煙草を吸って帰るか……夕飯を食べ損ねていたので腹も減っている。電話をかけて、飯だけ用意してもらおうか。いや、私用で電話を使うのはまずい。

何かと窮屈だな——いつの間にか窮屈になってしまった。日本ではずっと、緊張と弛緩が続いてきた。戦時中は、とにかく空襲から逃れるだけで精一杯で、高峰も刑事本来の仕事——凶悪犯人を追う仕事がまるでできなかった。むしろ、空襲の被害にあった人たちを救助したり、遺体を搬出したりと、戦争処理のような仕事が多かった。その最中に得体の知れない事件が発生し、戦後まで尾を引いたのだが……あの時は、戦時中の窮屈な環境が一気に爆発して消え失せたように、自由に動き回れた。新生警察のやり方を探っていたとも言えよう。しかしいつの間にか捜査技術は標準化され、刑事の独断で動ける場面は限られてしまった。今は指揮を執る立場——若い刑事に「こうしろ」とやり方を指示するのが仕事になっている。本当は、刑事には好き勝手にやらせておいた方がいいのだ。自分の頭で考え、何でもやってみる。何かあったら自分たち上の人間が責任を取ればいい。そうしないと、将来には決まりを守るだけで精一杯の、型にはまった刑事しかいなくなってしまうだろう。事件は様々で、一つ一つ表情が違う。硬直した捜査では、そういう事件に対応できない。

そう、自分はこれまで、多種多様な事件捜査に参加してきた。独立後だけでも……例えば、昭和二十八年のバー・メッカ殺人事件。あれは、戦後に出現した無軌道な若者が起こした「アプレゲール犯罪」の典型と言われた。犯人との対峙では、実に神経をすり減らしたものだ。人を殺しておいて、どこか馬鹿にしたような態度を崩さない犯人に対して、まずは自分が感情的にならないように気をつけねばならなかったから……あの犯人は、去年の暮れにやっと死刑が執行された。

昭和三十三年の小松川事件にも苦い思いがある。都立小松川高校の定時制に通う女子生徒が行方不明になり、後に高校の屋上で遺体で発見された事件だが、この時は犯人が新聞社などへ電話をかけて犯行の状況を説明するなど、警察を愚弄するとも言える異常行動に出た。その犯人が、被害者と同じ高校に通う十八歳の少年だったことも、高峰の心をざわつかせた。背後にあった様々な差別を考えると、犯人を逮捕しても素直に喜べなかった。

その翌年に発生したスチュワーデス殺人事件も苦々しいものだった。杉並でスチュワーデスが死体で発見されたこの事件では、ベルギー人神父を重要参考人として追い詰めたものの、帰国されて、結局未解決で終わってしまっている。

昭和三十八年の吉展ちゃん誘拐殺人事件も辛い想い出だ。四歳児が誘拐されて身代金五十万円が奪われ、しかも被害者は行方不明。二年後、別件で服役していた犯人が犯行を自供し、被害者の遺体も発見された。誘拐は、警察官にも大きな衝撃を与える。特に子どもが犠牲になったりすれば……。

最近では何と言っても、二年前に発生した連続射殺事件だろう。犯人は犯行当時、十九歳の少年。現場は東京、京都、北海道、愛知と四ヵ所に及び、最後は都内の専門学校に窃盗目的で侵入したのを発見され、逮捕された。日本中を震撼させた事件の最後としては、呆気ないものだった。

不思議なのは、嫌な――思い出したくもない事件ばかりであることだ。無事に犯人を逮捕すれば、輝くような達成感を抱いてもおかしくないのに、記憶は何故か苦い。

自分は常に「被害者のため」を思って仕事をしてきた。犯罪の犠牲になった人がいれば犯人を捕まえる――それが、被害者やその家族の溜飲が下がる一番の方法だと思っていたのだが、たとえ犯人を逮捕しても、殺人事件の被害者が生き返るわけではない。そう考えると、自分の仕事は死者のためとも言える。

それが虚しい、とは言わない。しかし高揚感に包まれるような仕事では決してないのだ。

そして今、息子の拓男は自分と同じ道を行きたいと言い出している。これで親子三代の警察官かと思うと、誇らしい気持ちはあるのだが、何もこんな辛い思いを味わわずともいいだろう、とも考えてしまう。これまで厳しい経験もなく生きてきた拓男が、こういう辛い捜査に耐えられるだろうか。その場では大丈夫でも、後から思い出して苦しめられるかもしれない。

しかし、息子が自分で選ぶ道ならば、親として何も言うことはない。とはいえ少しだけ、脅しをかけてみよう。刑事の仕事は、無数の被害者に詫びながら地獄の道を歩むようなものだ。お前はそれに耐えられるか——。

刑事の仕事は厳しい。常にギリギリの判断を迫られる。今、高峰ははっきりと決断を下した。海老沢と話して何となく方針は決めていたのだが、一歩を踏み出し、市川を追いこむための作戦を展開すべきだろう。捜査一課の自分にできることは一つ——手元の情報を上手く活用することだ。

よし、自分で手を動かすことだ。若い刑事に任せておいてはいけない。

自宅の最寄駅である国鉄恵比寿駅に着くと、午後八時近くになっていた。本当に来ているかどうか……改札を出て声をかけられた瞬間、どきりとしたが、すぐに覚悟が固まった。

「佐橋さん」高峰は小声で言って素早くうなずいた。

「久しぶりだな……いったい何の用だ？」佐橋は疑わしげだった。

「地検の次席検事にわざわざ来てもらって恐縮です」高峰は頭を下げた。「話があります。ちょっと時間をもらえますか？」

「そのつもりで来た」佐橋がうなずく。「車を用意してある」

佐橋に案内され、駒沢通りへ向かう。エンジンをかけたまま停まっている一台の車……運転席と助手席に人がいるのが見える。三対一の状況だが、ここはあくまで自分が話の主導権を握らなくては。

高峰が後部座席に乗りこんでも、車は発進しなかった。

「君も乱暴な男だな……私は既に忠告した」佐橋が切り出した。

「何のことですか？」高峰はとぼけた。「何も聞いていませんが」

「海老沢君経由では、そんな風にとぼけられても仕方がない。こんなことなら、君に直接忠告しておくべきだった」

「何も聞いていません」高峰はあくまでとぼけ通すことにした。

「そう言うのは勝手だが、君が余計なことばかりしていたのは分かっている。君の無謀な行動が原因で、人も一人死んでいる」

「自殺の捜査をしていただけですが、人が亡くなったのは残念です」傷口を抉られる辛さを我慢しながら、高峰は言った。

「市川代議士をめぐる汚職事件の捜査が進行中だったことは、最初はまったく知りませんでしたよ。私が知る前に、情報が漏れていたんでしょう」

「しかし、君の動きが市川を用心させてしまったのは間違いない」

「分かっています。そして、私の迂闊な行動で一人が死んだのは間違いない。その件は反省しています。死んだ人たち──三人の無念を考えました。一人は責任を押しつけられて追いこまれ、二人は秘密を守るために死んだ。それで、この事件の秘密が明るみに出なかったら、どうなるでしょう。汚職の捜査に関しては私は何も言えませんが、立件できないのは大きなマイナスだとは思います」

「だったら大人しくしていてくれればよかったんだ」

「今さら謝っても、死んだ人は生き返りません。私は刑事として、けじめをつけようと思います」

「どういうことだ?」

「お渡ししたいものがあります」

「そうか……ところで、我々が今日の夕方、小嶋氏の自宅の家宅捜索を行なったことは聞いたか?」

「まさか……」特捜部はまだ諦めていないのだと知り、高峰はその執念に感服した。

「何がまさか、なんだ？」佐橋が突っこんだ。「小嶋氏は関西に出張中だ。しかし奥さんが家にいたし、小嶋氏とも連絡が取れたから、家を——小嶋和人君の部屋を捜索してきた」

「何か出ましたか？」

「いや」否定する佐橋の口調は、いかにも悔しげだった。出てくるはずがない。重要な資料は自分が持っているのだから。

「自宅まで来てもらえませんか？　渡すものが二つあります」

「何だ？」

「持って行っていただいて、目を通して判断して下さい。私には何も言えません」

「君が知りたかったのは、自殺の動機ではないのか？」

「それが捜査一課の仕事ですから」

「それで、汚職にたどり着いた——そういうことだな？」

「汚職に関しては、何も言うことはありません。こっちにとっては管轄外です」

「自殺については納得したのか？」

「理解はしましたが、納得はしてませんよ。和人君は、大きな歯車に巻きこまれて死んだようなものだ。俺にとっては、歯車の仕組みを理解するよりも、それで亡くなった人の無念を晴らすことが大事だ」

「個人の正義か？」ふいに佐橋の声が柔らかくなった。「君は、国家の正義ではなく個人の正義を優先するんだな？」

「当たり前です。国家よりも個人ですよ」ふいに怒りがこみ上げてくる。「だいたい、あなたたちがきちんと捜査をしていたら、こんなことにはならなかったんじゃないですか？　小嶋和人君は、一番重要で、しかも落としやすい証人だったはずだ。早く接触して、きちんと保護しておけば、彼は追いこまれて死なずに済んだんだ」

「おい！」

助手席の検事が怒鳴る。さすがにこれは侮辱——検察の捜査を批判されるいわれはないと思っているのだろう。しかし高峰は平然と続けた。

「前途有望な若者を、あなたたちが殺したようなものだ。私はそれを許せない。人の命より重いものはないんです」

「高峰君」佐橋が急に静かな声で言った。「君は相変わらずだな……こんなに長い間、信念を変えずに仕事をしてきたのは立派なことだと思う。しかし、君は常に信念に従い、それを実践してきたか？」

「もちろんです」

「しかし、君の動きが一人の人間を死に追いやったのは間違いない。目の前で飛び降り自殺されるのは、ベテラン刑事の君でも辛いだろう。嫌な記憶が残るぞ」

反論できなかった。篠原こそが、和人を死に追いやった張本人……しかし自分は、きちんと責任を追及することができなかったのだ。そして自分が篠原を殺した。地検の捜査の核心を邪魔した――その事実に間違いはない。

「君とは、かつては理想を語り合った仲だ。しかしなかなか、上手くはいかないな。省庁の枠を超えた協力関係は築けなかった」

戦後の警察はどうあるべきか……検察はそれをどう指導していくべきか。平の刑事と検事が話し合っても方針が決まるわけではないが、十八年前には、佐橋の熱を感じることができた。しかし彼が言う通り、実際には具体的な動きにつながることはなかったのだが。

「分かってます。それは、次の世代の仕事かもしれません。とにかく、家に来て下さい。渡すものがあります」

「何なんだ？」

「小嶋和人君の、アメリカへの出張日記。それに、見聞きしてきたことを詳細に整理したメモです」

「どこにそんなものが？」

「それは秘密でお願いします」自分の勝手な判断で和人の部屋を家宅捜索（ガサいれ）したことは言えないし、桜井亮子の名前を出すわけにもいかない。彼女の落ちこみようを考えれば……ここで地検特捜部の取り調べでも受けたら、精神崩壊してしまうかもしれない。せめて彼女だけでも守らないと。

「出どころがはっきりしない資料は、捜査には使えん」

「私にも、守らなければならない人がいます。本当に彼が書いたかどうかは、筆跡鑑定でもすれば分かるでしょう。それさえはっきりすれば、出所は問題ではないと思いますがね」

「君にそんなことを言われるいわれはないんだが……」佐橋が苦々しげに言った。

「余計な追及をしないと保証していただければ、日記とメモはお渡しします。私も、この捜査は進めて欲しいと思っているんですよ」

佐橋が瞬時黙りこむ。助手席の検事が振り向き、佐橋に必死に視線を送った。しかし佐橋が目を瞑ってうつむいていたので、合図が通じない。「次席」と声をかけられ、佐橋がようやく目を開けた。若い検事が何度もうなずきかける。佐橋が重々しい表情でうなずき返した。

「分かった。出所は詮索しない。現物だけ渡してもらおう」

「では……家までお願いします」

「行き方を教えてやってくれ」

高峰は住所と、大雑把な行き方を教えた。あとは小嶋に同じ資料を渡すだけ……資料は必死に、捜査一課で複写してきた。かなり時間がかかってしまったが、手で書き写すよりは速いし、複写の方が、証拠としての価値は上だ。

高峰は腕組みをして、前方――若い検事の後頭部を凝視し続けたまま、沈黙を守った。出張中の小嶋にも連絡して、これから複写したものを渡す手はずをつけている。あの資料だけで、『東日ウィークリー』は記事にできるだろうか。いや、小嶋は頑張ってくれるはずだ。彼はいち早く息子の自殺の背景を調べ始め、会社に何か問題があるという疑念を抱いていた。それが、KO社の絡んだ汚職というところまで調べ上げていたかどうかは分からないが、篠原と市川の秘書・高森の自殺を知って、疑念を深めたのは間違いないだろう。そこに資料があれば、一段深く突っこんだ取材ができるはずだ。

「一つ、聞いていいですか」高峰は口を開いた。

「ああ」驚いたように佐橋が返事する。高峰がずっと口を閉ざしたままでいると思いこんでいたようだ。

「この件、まだ諦めていないんですか」

「着手してもいないのに、諦めるもクソもない」佐橋が吐き捨てる。

「特捜部は、どの段階で『着手した』というんですか？」

「内偵では調べられないことを調べ始めた時だ」

「関係者の事情聴取、関係各所の家宅捜索に入る時ですね？」

「そう考えてもらっていい」

「では、まだ立件できる可能性もあると？　俺はそれを待っていればいいんですね？　結果は新聞で読むことになるでしょうが」

佐橋が不機嫌に黙りこむ。やはり自信がないのだ……和人が残したものは喉から手が出るほど欲しいが、それが決定的な証拠になるかどうかは分からない――重要な証人が三人も死んでいるし、市川は既に防衛策を講じているだろう。それでも資料を求めるのは、特捜部の意地だろう。そういう気持ちは高峰にも分かる。しかし、捜査一課とは根本的な違いがある。一課が相手にするのは個人。特捜部が狙うのは「権力」だ。本来は仕え、奉仕する立場にある権力の罪を暴く――非常にデリケートかつ大胆な作戦が必要なはずだ。少しでも歯車がずれれば、動きは止まる。

今回は止まったはずではないのか？

車が静かに停まり、高峰は「せっかくだから上がって下さい」と声をかけた。

「ああ？」佐橋が、頭の天辺から抜けそうな声を出した。

「佐橋さんには、お茶ぐらいお出ししますよ」

「そんな必要はない」

「純粋に好意からなんですがね」

佐橋が黙りこむ。高峰が冗談か本気か、考えているに違いない。

「用意するのに時間がかかります。それと、ちょっとお願いがあるんですけどね」

「何だ」佐橋が警戒心を露わにして訊ねる。

「うちの息子が、警察官になりたいって言い出しましてね。検事の目から見た警察官のいいところ、悪いところを説明してやってくれませんか」

「君を見ていると、いいところを指摘するのは難しい」佐橋が渋い表情を浮かべる。

「前途ある若者に、マイナスの話はしないで下さい」高峰はドアを開けて外に出ると、開いたままにした。「俺の信じる正義が、あなたの正義とどう違うか、講義してやって下さい。私も拝聴したいぐらいですけどね」

「君の正義は何なんだ」

「個人を守ること。個人が事件に巻きこまれたら、犯人を逮捕すること。それでこそ、世の中は平穏になります」

「君らしいな」佐橋の表情がかすかに綻ぶ。

結局佐橋は車から出て来た。しかも如才ないというか、家に入ると、愛想のいい笑みを浮かべて高峰の家族に挨拶した。拓男に声をかけて「いろいろ話を聞かせてもらえ」と言ってから、高峰は書斎に引っこんだ。デスクの一番下の引き出しに隠しておいた日記とメモを取り出す。日記が書かれたノートの表紙を手で撫で、溜息をつく。

頼むぞ――これで何とか、市川を追いこんでくれ。

お茶を出し終えたのか、節子が入ってきた。いったい何事かと、心配そうな表情を浮かべている。

「あなた、東京地検の人って、どういうことなの？」

「心配いらねえよ」高峰はできるだけ優しい声で答えた。「古い知り合いなんだ。今日はちょっと仕事の話があってな」

「でも、検事さんがうちに来たことなんてないでしょう？」

「そりゃそうだ」高峰は声を上げて笑った。「向こうは、俺たち警察官にとっては上司みてえなものだからな。だけど、知り合いだったら関係ねえだろう？」

「よく分からないけど……大丈夫なの？」

「心配いらねえよ」高峰は繰り返した。「検事だって普通の人間だから。拓男にいろいろ話してやってくれって頼んだんだ」

「お酒でも出しましょうか？」

「そこまで長居はしねえと思う。茶菓子でもあればいい」

まだ心配そうな表情ではあったが、節子はうなずいて部屋を出て行った。高峰は日記とメモをまとめ、近くにあった封筒に落としこんだ。これを渡してしまえば、自分と市川の犯罪との関係は切れる。

いや、そもそも汚職の捜査には首を突っこむ権利もなかったし、突っこんでいなかったのだが。

普段の自分の仕事とはあまりにも違う捜査。これが、残り少ない自分の警察官人生にどんな影響を与えるかは分からなかった。

16

三月三十一日――海老沢はいつものように朝七時半に出勤すると、東日新聞をじっくりと読み始めた。家でも読んできたのだが、この記事は繰り返し読む必要がある。これが、大きな騒動の始まりになるかもしれない。

市川氏　事情聴取へ　東京地検

内容はまさに、海老沢たちが想像していた通りだった。ＫＯ社と朋明商事の関係、次期主力戦闘機を巡る交渉、朋明商事と市川の蜜月関係、金の流れ――地検の捜査に合わせて打った記事だ。小嶋は、東日新聞本紙と協力して、新聞の方で先に記事を書いてきたのだろう。和人の自殺については触れられていないが、それは小嶋が悩みに悩んだ末の判断だったはずだ。いや、和人の名前と自殺を出さないことで、息子の名誉を守ったのかもしれない。

テレビに視線をやると、まさに東京地検に入る市川の姿が映し出されていた。この件は東日の特ダネだったが、朝刊を読んだ報道各社が、一斉に地検に詰めかけたのだろう。カメラのフラッシュを浴びる市川の顔は、海老沢が知る傲岸な表情そのままだったが、明らかに引き攣っている。

これで市川は終わりだ。立件されなくても、名誉は地に落ちる。自民党も見放すかもしれない。トカゲの尻尾切りのようなものか……次の選挙で勝てるかどうか分からないし、選挙に落ちればただの人、権力を一気になくす。

昨夜遅く、海老沢は高峰からまた連絡を受けていた。地検の動きを聞き、さらに小嶋に情報を渡したことも知った。小嶋は、一刻も早く記事にするために、発売日が先の『東日ウィークリー』ではなく、東日新聞本紙に書かせたのだろう。忸怩たる思いもあったかもしれないが、時間が一番重要だったのではないだろうか。それにしても素早い動きだった。もしかしたら東日新聞も取材を進めていて、小嶋からの情報提供が決定打になった可能性もある。

「おはようございます」

新聞から顔を上げると、山崎が「休め」の姿勢を取って立っていた。今日は顔色が違う……普段からあまり表情の変わらない男なのだが、今朝は明らかに焦っていた。

「どうした」

「見逃しました」

「何だと？」低い声で言って、海老沢は立ち上がった。山崎の肩を押して窓の方を向かせる。二人並んで同じ方向を向きながら訊ねた。こうしていれば、他の課員に話を聞かれる心配はない。

「見逃したのはいつだ？」

「昨夜です。十時前だったんですが、アパートのアジトから、マル対二人が出て来ました。銭湯へ行く格好だったんですが」

「その二人は囮か？　アパートには他にも誰かいたんだな？」

「はい……」山崎の声から力が抜けた。「うちの刑事が二人、銭湯の前で張っていたんですが、一時間経っても戻って来なかったので、銭湯に踏みこみました。既に裏口から出て行った後でした」

クソ……海老沢は悔しさと情けなさを何とか呑みこんだ。これは明らかに、山崎の部下の失敗だ。相手がどこかへ出かける時には、必ず間近に接近する。どこかの店に入ったら当然自分も入る。銭湯も例外ではない。背広姿の男が銭湯に入っていけば不自然にはなるが、そこは何とかしなくてはいけない。また、銭湯の前でしか張り込みしていなかったのも失敗だ。初めて行く場所では、必ず表と裏を見て、脱出口がいくつあるか確認しなければならない。人が足りないと思えば、すぐに応援をもらうのが筋だ。

公安一課が発足して十八年。捜査の技術は蓄積され、洗練されてきたと自負していたが、それは単なる思いこみだったのか。しょせんは、個人の能力に依拠するしかない——。

「その後は?」

「徹夜でアジトを張り込みましたが、戻って来ませんでした。それで、朝一番でアパートに踏みこませました」

「令状がないぞ」海老沢は眉をひそめた。

「鍵がかかっていなかったんです。中を覗かせただけですから、問題ないでしょう」

「……で、どうだった?」

「もぬけの殻でした。詳しくは調べられませんでしたが、何もないようでした」

「寝泊まりするだけの場所か……」海老沢は顎を撫でた。不快な髭の感触に気づいて嫌な気分になる。髭を剃るのはいつも朝なので、この時間だとまだ肌はすべすべしているのだ。しかし今日は何かが違う。剃り残した髭の感触のように、嫌な気分が芽生えた。

「引き続き張り込みと捜索を続けてくれ。周辺捜査もだ。昨日のロープの話……山岳訓練だと思うが、それならそれではっきりさせないと気分が悪い」

「了解しました」山崎がさっと頭を下げてその場を辞す。

あの男も、何を考えているか分からないな……直轄の部隊があると何かと便利なのだが、そのトップが腹に一物ありそうな人間というのは、どうにも不気味である。一度、酒でも呑みながら、腹を割って話し合うべきかもしれない。

山崎のような男が、簡単に本音を吐くとは思えなかったが。

デスクの電話が鳴った。こんな朝早くから……と不審に思いながら受話器を取り上げると、高峰だった。

「朝刊、見たか？」

「ああ」

「これ以上、俺たちにできることはねえ。和人君の自殺については、改めて調べ直すことになると思うが、小嶋が納得する結果が出るかどうかは分からねえ」

「……そうだな」

「正義はもう一つあるんだな」

「何だよ、いきなり」

「佐橋さん――地検特捜部の連中が信じる正義は、『法律』なんだと思う。法律の意味合いは時代や社会によって変わってくるから、法律に依拠する普遍の正義は存在しない。俺やお前の信じる正義は、もっと原始的というか、法律には関係ない……人間がいて国家がある以上、誰もが意識せざるを得ない正義じゃねえかな」

海老沢は考えこんだ。本当は高峰の正義——個人を守る正義こそ原初の正義なのだろう。国家が生まれたのは、人間が人間らしい自意識を持つようになってからだ。

「法律は人間の理屈から生まれた」高峰が淡々とした口調で続ける。「それに従うのは、人間に理性があるからだろうが、何て言うかな……俺の信じる正義よりは、一段レベルが上じゃねえか」

「自分を卑下するなよ」

「違う、違う」高峰が慌てて否定した。「俺の正義はもっと根源的なもので、人間なら誰でも持っているものだ。法律ってえのは、もっと抽象的なものじゃねえか。書いてある法律そのものが力を持つわけじゃねえんだから。その理念と仕組みを理解できる人間がいるからこそ、通用する」

「お前から法律の講義を受けるとは思わなかった」

「馬鹿言うな」高峰が声を上げて笑う。「俺だって法律の勉強はしてる。刑法だったら第一編の総則からそらんじられるぞ」

「そうか」

「とにかく、俺の正義は変わらねえからな」自分に言い聞かせるように高峰が言った。

「こんな目に遭ってもか?」

「ああ」高峰の声には力強さが戻っていた。

「変わらないな、お前は」

「あたりめえだ。俺は死ぬまで捜査一課の刑事だぞ」

僕はそういうわけにはいかない……まさか五十三歳になって、こんなに悩むとは。普通、警察官の五十三歳といえば「仕上げ」の年齢である。後輩に仕事を引き継ぎ、手柄を磨いて記憶の倉庫に入れ、失敗はさっさと忘れる——警察官人生が残り二年になって、こんなに足元が揺らぐことになろうとは。

この国を守る意味はあるのか?

一日が静かに始まった。山崎からはその後、何も報告がない。お茶を飲み、新聞記事を確認し……こういう時間が、毎朝三十分ほどはある。というより、この三十分を確保するために、毎朝定時より早く出勤するのだ。

三十分が過ぎ、通常業務——目の前に溜まった書類を処理しようと老眼鏡を取り上げた瞬間、公安一課の部屋に声が響いた。

「ハイジャック！」

その言葉が海老沢の脳裏に染みこむのに、少しだけ時間がかかった。ハイジャック……飛行機が乗っ取られた……海老沢は思わず立ち上がった。ハイジャックは、六〇年代後半から世界各地で頻発している。犯人の目的は様々だが、公安一課では、過激派によるハイジャックもありうるとして、様々な想定をしてきた。

「復唱！」

海老沢は声を張り上げた。自分のすぐ近くにいる若い刑事がどこかから電話を受けたようだが、声が小さい。近くにいる全員に聞こえるように内容を復唱すれば、すぐに情報を共有できる。

「羽田発福岡行日航三五一便、『よど号』がハイジャック……午前七時四十分……行き先に北朝鮮を指示……赤軍派？」

一斉に椅子が引かれる音が耳障りに響いた。クソ、赤軍派だと？　海老沢は顔から血の気が引くのを感じた。刑事たちが一斉に飛び出そうとしたが、海老沢は再び声を張り上げ「待て！」と指示した。バラバラに動き始めても仕方がない。相手は空の上……まずは情報収集が大事だ。

若い刑事が電話を切り、「ハイジャックです！」とまた叫んだ。顔面は蒼白で、今にも吐きそうである。

「分かったことをここに書き出せ。箇条書きでいい」

海老沢は、自分のデスクの横にある黒板を平手で叩いた。若い刑事が前に出て来て白墨を摑んだが、指先が震えているのか、字が崩れてしまう。

「落ち着け！」怒鳴り上げると、長い白墨が折れて転がり落ちた。

まだほとんど情報がない。まずは情報を集めないと、動きようがない。

「係に関係なく動いてもらう」海老沢は即座に指示した。「五人一組になって、情報収集に動いてくれ。行き先は日航本社、羽田空港、それに空港署だ。残りの者は、赤軍派メンバーの所在確認。偽情報の可能性もある——あくまで犯人がそう名乗っているだけだから、まだうちの事件だと決まったわけじゃない。焦るな！」

刑事たちが一斉に動き出した。公安一課長の滝本が、自室から出て近づいて来る。

「こいつは本物のハイジャックだぞ」横に立ってぼそりと告げる。

「おそらくは」海老沢はうなずいた。

「警察庁とのホットラインをつないでおけ。この件はうちだけではどうしようもない——相手は飛行機だ。どこに飛んでいくかも分からん」

「しかし、北朝鮮とは……」海老沢は唇を嚙み締めた。

「赤軍派と北朝鮮の間に、何かパイプがあるのか？」滝本が首を傾げる。

「ありません」正確には「把握していない」だが、海老沢は断言した。

「ということは、行き当たりばったりの行動か？」

「その可能性が高いですね」

「これは政治問題——外交問題になる可能性が高い。北朝鮮に逃げこまれたら、どう展開するか、まったく予期できん」

「仰る通りです」

「とにかく、まずは情報収集だな……それと、この部屋に新聞記者は入れないようにしろ。シャットアウトだ」

しかし既に、記者たちは入りこんでいた。「赤軍派がハイジャック」となれば、警視庁詰めの記者たちが公安一課に飛びこんでくるのは当然である。部下に、記者たちを排除するよう指示してから、海老沢は黒板の前に立った。情けなく震える字で、ごくわずかな情報が書きつけられている。

長い一日になりそうだ。


状況は刻一刻と変化した。一番的確に情報を摑んでいるのは、羽田空港に詰めた刑事たちである。機長と管制塔のやり取りで、犯人たちの動きがよく分かるようだ。

「よど号」は、定刻を十一分遅れの午前七時二十一分に羽田空港を出発した。乗員七人、乗客百三十一人。そのうち乳児が二人いるのが気になる……子どもが泣き叫ぶと、犯人グループを刺激してしまうかもしれない。

午前七時四十分、機が富士山頂南側付近まで到達した時、二人の学生がピストルや日本刀を持って操縦席に侵入し、「針路を変更して北朝鮮へ向かえ」と脅した。学生たちは「北朝鮮系赤軍派」と名乗っているというが、公安一課では、そういうセクトの存在を確認していない。おそらく、ハイジャックのためにそう名乗っているだけだろう。機長はあくまで冷静に、「燃料が足りないので福岡に降りて給油する」と対応した。そして午前九時前、よど号は板付(いたづけ)空港に無事に着陸し、北側の五番スポットに横づけした。

福岡県警は現場に警察官七百人を急行させ、強行突入の準備を進めている。警察庁は、乗客の安全確保、給油での時間稼ぎ、爆発物の撤去などを県警に指示し、午前十時五分から給油が始まった。福岡県警の警備責任者には、機長から無線で連絡が入ったが、犯人が「給油が遅い」と騒ぎ出しているという。しかし、そう簡単には出発できない……。

犯人は十五人で、板付空港では飛行機の内側から扉を閉ざし、内部の様子が窺えないようにしている。乗客のうち男性は手を縛られ、すぐに動き出せないように窓際の席に移らされた。

用意周到だ……しかし、飛行機がこんなに簡単に乗っ取られるとは、と海老沢は啞然とした。事態が膠着し始めた中、海老沢は突然、ある事実に気づいた。ロープ……乗客を縛っているのはナイロンロープだという情報がある。海老沢は山崎の席に近づき、「昨日の件だが」と切り出した。

「はい」電話を終えたばかりの山崎のこめかみを汗が伝う。

「連中は昨日、登山用品店でロープを購入していた」

「はい」山崎がのろのろと立ち上がる。こんな弱気な彼を見るのは初めてだった。

「そのロープが、今日使われたんじゃないか？」

「それは何とも言えません……犯人が誰かも分かっていませんし……」小さな声は完全に言い訳だった。

「言い訳はいらん！」海老沢は声を張り上げた。周囲の視線が突き刺さってくるのを感じたが、頭に血が昇ってどうでもよくなっていた。「これからはこういう時代なんだ。大衆行動は流行らない。そこから零れ落ちた人間が、こういうゲリラ的行動に出る。出ざるを得ない。そしてどう動くか分からない連中に対しては、今まで以上に監視を厳しくしなければいけない」

「まさか、処分では……」

「余計なことは考えるな。今はやることがあるだろう。お前たちの捜査には、国民の命がかかっている。今も百人以上の人たちが、生きるか死ぬかの瀬戸際にいるんだぞ」

唇を嚙み締めた山崎をその場に残し、海老沢は自席に戻った。これは責任転嫁だ……先日気になって、登山専門店にまで行ったのに、ハイジャックの可能性になど思いも及ばなかった。監視の人数を減らしたのも自分だ。そもそもこの事件は、日本で初めてのハイジャックなのだから、想像力の限界もあるかもしれないが……。

海老沢は音を立てて自席に腰を下ろし、肘掛を摑んだ。公安一課――自分が戦後の人生を捧げてきた公安一課は、かつてないほどばたついている。このハイジャック事件がどう決着するかはまったく分からない。板付空港に止まったまま、福岡県警が突入して乗客を解放するかもしれないし、本当に北朝鮮まで飛んで行ってしまうかもしれない。そもそも北朝鮮に直接フライトできるのか？　仮に上手く入国できたとしても、帰って来られるのか？　どこの警察が乗客解放という最終局面に立ち会うかは分からないものの、その後を捜査するのは公安一課である。これから安保条約を巡る動きも活発化していく中で、とんでもなく重い事件を背負いこんでしまった。

そこは人員増で対応するしかないだろう。公安一課の予算は事実上青天井で、特に人を集めることについては、要求さえすればすぐに叶う。

政治の季節は終わった――政治というのが、多くの人が参加して、国の方針などを決めていくものだとしたら……デモや集会に流れていた若者たちはそれに飽き、卒業していくだろう。しかし、あくまで活動に執着し、抜けられない人間はどうなる？赤軍派のようになるのだ。少人数による武装闘争で、何とか自分たちの名を成そうとする。

ゲリラの季節が来る。

残りの人生、自分はそういう事件を一つずつ潰していかねばならないのだ。

取材協力

内田宗治氏

解説

内田　剛
（ブックジャーナリスト）

骨太にして壮絶な昭和の警察史だ。まさに切れば血が出るように鮮烈で、人間たちが醸し出す生々しい臭いまで伝わる濃密な物語世界。血湧き肉躍る高揚感にラストまで一気に読ませてしまうテクニック。警察小説といえば堂場瞬一の名前が真っ先にあがるほど、人気ジャンルの頂点に君臨する著者の真骨頂が味わえ、ここでしか体感できない唯一無二の凄みまで感じられる。まさに金字塔といっても過言ではない作品である。

本書『沃野の刑事』は昭和の時代と刑事をモチーフとした大河シリーズの三作目にあたる。混沌とした時代が生み出したとしか思えないようなタイミングで刊行となったので、まずは単行本の奥付から追ってみる。第一作『焦土の刑事』は二〇一八年七月、二作目の『動乱の刑事』は二〇一九年五月、そしてこの『沃野の刑事』は二〇一九年十一月。元号になおせば令和元年は二〇一九年だから、まさに平成から令和へと時代が変わる時期に世に出された「節目」となる作品なのだ。

令和に入ってからのコロナ禍によって時代はさらに先行きが不透明となった。新たなライフスタイルが模索されるなかで「ヒト」、「カネ」、「モノ」などあらゆる方向で「分断」がいっそう進んでいる。さらに世界情勢に鑑みて心を痛めざるを得ないのは戦争の足音が近づいている事実だ。昭和の時代に生死の境を彷徨う戦争体験をし、血の滲むような思いで苦悩し続けた刑事たちの闘いはいまもまだ終わっていない。社会の暗部に果敢に攻め入り声なき人々の叫びを掬いあげたこのメッセージ性の極めて強い三部作が、二〇二二年四月から六月にかけて連続刊行。重厚にして記念碑的なシリーズ作品が手に取りやすい文庫版となって登場したことは大きな意味がある。

これほどの大作でありながらページをめくる指は加速するばかりで驚くほど読みやすい。この圧倒的ともいえるリーダビリティーの根幹にあるのは「刑事の正義」という揺るぎなく、また一筋縄ではいかない問いかけだろう。時代の闇に隠された正義に対する思いがシリーズ全体を貫き通しているのはもちろん、「昭和」という時間軸を俯瞰する縦糸と、対立しながら信頼しあう二人の刑事の生身の「人間ドラマ」という横糸が明快に絡み合っている点もまた見逃せない。

シリーズ第一作目である『焦土の刑事』は一九四五年三月十日の東京大空襲の真っ只中に起きた殺人事件から始まる。「焦土」とはまさに焼け野原となった東京の街のことだ。防空壕に遺棄された他殺死体。戦争という大きな闇の中で揉み消された事件の背後には隠された悪の存在があったのだ。京橋署の刑事・高峰靖夫は特高に所属する中学からの親友・海老沢六郎と終戦後も密かに捜査を続ける。組織の中での無力さを痛感しながら、刑事として人としてすべきことに気づかされるのだ。被害者の無念を晴らせなかったことに対する激しい後悔と慟哭。戦場における無数の死体に紛れた、たった一つの他殺死体が象徴する意味合いが、この後のシリーズにも効いてくるのだが、戦争という悲惨な体験を経て社会体制は劇的に変われども揺らぐことのない刑事たちの執念を描いた一冊だ。

第二弾となる『動乱の刑事』は戦後の動乱期にあった警察組織の内部にある光と闇に迫るスリリングな物語。刑事の高峰は特高から公安へと移った海老沢と組んで再び極秘調査に乗りだす。戦争は終わっても日本国内では革命の風が激しさを増す。内乱の火種が至る所にある、まさに「動乱」の時代であった。そんなサンフランシスコ講和条約発効直前の一九五二年、東京都内の駐在所爆破事件によって血が流された。警察の仲間たちだけでなく、名もなき市民たちの命をいかに守ればいいのか。個人か社会か、それぞれが信じ従うべき真の正義はいったいどこにあるのか。刑事と公安、袂を分かちながら、根底では誰よりも信頼し合う親友同士の矜持が、激しく衝突し魂を震わす仁義なき闘いが繰り広げられる。脳裏に焼きつく「お前の正義は何だ？」のフレーズ。シビれまくりのストーリーだ。

さていよいよ三作目の区切りとなる作品が本書『沃野の刑事』である。登場人物の関係性も丁寧にストーリーに盛り込まれているので、前作を読んでいなくともこの一冊単独でも楽しめる。危険分子の排除のためには手段を選ばない公安一課と、毅然たる捜査にも「情」の要素に重きを置きたい捜査一課。理想と現実の狭間で真の正義を巡り刑事たちの懊悩を抉り出す主題に変わりない。時は大阪万博を控えた一九七〇年。定年間近で理事官となった高峰と海老沢。二人の親友である週刊誌編集長の息子の自殺をきっかけに「警察の正義」を再び見つめ直すこととなる。誰もの安心と安定のために優先して守るべきは個人と国家のどちらなのか。高度経済成長時代にねじれて歪んだこの国の理不尽。善と悪は表裏一体となって人々の暮らしに光を当てると同時に、重たく醜い影を落としている。繁栄の光が眩しいほど闇もまた目を背けたくなるほど深くなるのだ。社会的弱者を食いものとする身勝手な権力者たちの横暴は現代にも連なる社会の病理でもある。「沃野」とは「地味のよく肥えた平野」のことだが病める日本という国を逆説的に象徴しているかのようだ。そもそもこの国自体に守る価値があるのだろうか。ともあれ人間味に溢れ迫真にして高密度な一冊である。

　とりわけ印象に残るのは随所に差しこまれた昭和の流行や忘れがたき世相だ。ソニーの社長・井深大の活躍、大学紛争、過激派セクト、よど号ハイジャック事件、人気のテレビ番組「ゲバゲバ90分!」、マツダのコスモスポーツ……『沃野の刑事』からだけでも豊富に登場し、セピア色の記憶が鮮やかに色づくことを体感できるに違いない。土地の匂い、街の喧騒、湿度や空気感も伝わるリアルな描写はまさにタイムスリップしたかのようだ。

ありし日の面影に思いを寄せる楽しみもあるが三部作を読み返して強く感じるのは、街の風景や年齢を重ねる人の営みのように時の経過によって移ろいゆくものがある一方で、戦争やテロなど人と人が互いに傷つけ合う無為な行為が、一向に収まってはいないという現実にも改めて気づかされる。変わらなければならないものを変えられないジレンマ。人はいったい過去から何を学び、何を未来に遺そうとしているのか。尊き命の重さを切実に訴えかけ、いまここにある危機を真正面から描ききったこの物語から響いてくるメッセージは握りしめた拳のように硬くて強い。

シリーズを通じて組織の歯車の中で生きる者の苦悩に胸を掻きむしられる。これは矛盾だらけの日々に束縛されている多くの社会人にとっても大きな共感ポイントであろう。もどかしい思いは激しく揺れ動いても、行き着く果てはすべてたった一つの信念とかけがえのない人間愛につながっており、まったくブレがない。人間としてやらなければならないことをただシンプルにやり遂げる。清々しいまでの一途さ、たとえ不器用であっても決意と覚悟が感じられる生き様は輝き続ける。それがこの物語の最大の魅力であり、堂場瞬一作品が愛される理由なのだと強く感じる。

本シリーズのもう一つの重要なテーマは受け継がれる魂の「継承」でもあると感じるが、この『沃野の刑事』文庫化によって「刑事シリーズ」三部作がまとめて書店頭に並ぶとほぼ同時に単行本の新作『鷹の系譜』が発売となったニュースもまた嬉しい。『鷹の系譜』の主人公は引退した高峰と海老沢の息子たち。団塊世代の二人が刑事と公安、それぞれの立場から正義への思いに立ち向かう。まさにシリーズの流れをそのままに昭和から平成に舞台を移したものだ。象徴的な「節目」である昭和最後の日に起きた殺人事件から始まり、公安一課と捜査一課との確執と融和が重要なテーマとなっている。昭和から平成へと元号は変われども、熱き刑事の矜持は揺るがない。「刑事は人の苦しみを背負うのが仕事なのだ」というセリフにも心を奪われるが、まさに継承すべき警察小説の到達点ともいえる物語である。

すでに押しも押されもせぬ人気作家の地位を確立し二〇二一年にデビュー二十周年の「節目」を迎えた堂場瞬一はいまもっとも注目しておかなければならない存在であることは間違いない。これからも真の正義を追い求め、時代とともに進化をし続けるだろう。これから先、いったいどんな高みを極めるのか楽しみで仕方ない。不安と不穏に満ちて閉塞感溢れるこの世界には血も涙もある堂場作品が必要だ。理不尽が蔓延(はびこ)り暗闇に包まれた空気を打ち破って、全身全霊で読者を楽しませてくれる堂場作品からますます目が離せない。

本書は二〇一九年十一月、小社より単行本として刊行されました。

|著者| 堂場瞬一　1963年茨城県生まれ。2000年、『8年』で第13回小説すばる新人賞を受賞。警察小説、スポーツ小説など多彩なジャンルで意欲的に作品を発表し続けている。著書に「警視庁犯罪被害者支援課」「刑事・鳴沢了」「警視庁失踪課・高城賢吾」「警視庁追跡捜査係」「アナザーフェイス」「刑事の挑戦・一之瀬拓真」「捜査一課・澤村慶司」「ラストライン」などのシリーズ作品のほか、『傷』『誤断』『黄金の時』『Killers』『社長室の冬』『バビロンの秘文字』(上・下)『犬の報酬』『絶望の歌を唄え』『宴の前』『帰還』『凍結捜査』『決断の刻』『ダブル・トライ』『コーチ』『刑事の枷』『沈黙の終わり』(上・下)『赤の呪縛』『大連合』『聖刻』『0 ZERO』『小さき王たち』など多数がある。

沃野の刑事

堂場瞬一

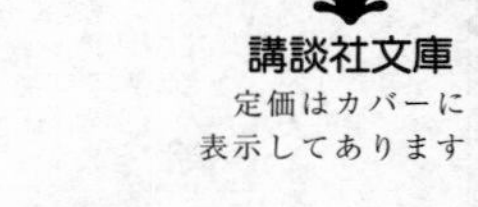

定価はカバーに
表示してあります

2022年6月15日第1刷発行

発行者――鈴木章一
発行所――株式会社　講談社
東京都文京区音羽2-12-21　〒112-8001
電話　出版 (03) 5395-3510
　　　販売 (03) 5395-5817
　　　業務 (03) 5395-3615

Printed in Japan

デザイン―菊地信義
本文データ制作―講談社デジタル製作
印刷―――凸版印刷株式会社
製本―――株式会社国宝社

ISBN978-4-06-527816-1

講談社文庫刊行の辞

二十一世紀の到来を目睫に望みながら、われわれはいま、人類史上かつて例を見ない巨大な転換期をむかえようとしている。

世界も、日本も、激動の予兆に対する期待とおののきを内に蔵して、未知の時代に歩み入ろうとしている。このときにあたり、創業の人野間清治の「ナショナル・エデュケイター」への志を現代に甦らせようと意図して、われわれはここに古今の文芸作品はいうまでもなく、ひろく人文・社会・自然の諸科学から東西の名著を網羅する、新しい綜合文庫の発刊を決意した。

激動の転換期はまた断絶の時代である。われわれは戦後二十五年間の出版文化のありかたへの深い反省をこめて、この断絶の時代にあえて人間的な持続を求めようとする。いたずらに浮薄な商業主義のあだ花を追い求めることなく、長期にわたって良書に生命をあたえようとつとめるところにしか、今後の出版文化の真の繁栄はあり得ないと信じるからである。

同時にわれわれはこの綜合文庫の刊行を通じて、人文・社会・自然の諸科学が、結局人間の学にほかならないことを立証しようと願っている。かつて知識とは、「汝自身を知る」ことにつきていた。現代社会の瑣末な情報の氾濫のなかから、力強い知識の源泉を掘り起し、技術文明のただなかに、生きた人間の姿を復活させること。それこそわれわれの切なる希求である。

われわれは権威に盲従せず、俗流に媚びることなく、渾然一体となって日本の「草の根」をかたちづくる若く新しい世代の人々に、心をこめてこの新しい綜合文庫をおくり届けたい。それは知識の泉であるとともに感受性のふるさとであり、もっとも有機的に組織され、社会に開かれた万人のための大学をめざしている。大方の支援と協力を衷心より切望してやまない。

一九七一年七月

野間省一